AL OTRO LADO DEL ESPEJO

AL OTRO LADO DEL ESPEJO

ANDREW MAYNE

Traducción de Pilar de la Peña Minguell

Título original: *Looking Glass*
Publicado originalmente por Thomas & Mercer, Estados Unidos, 2018

Edición en español publicada por:
AmazonCrossing, Amazon Media EU Sàrl
38 avenue John F. Kennedy, L-1855, Luxembourg
Marzo, 2019

Adaptación de cubierta por PEPE *nymi*, Milano

Impreso por: Ver última página
Primera edición digital 2019

ISBN: 9782919805174

www.apub.com

SOBRE EL AUTOR

Andrew Mayne, estrella del programa *Don't Trust Andrew Mayne*, de la cadena estadounidense A&E, es un mago y novelista catalogado por Amazon Reino Unido como el quinto autor independiente más vendido del año. Comenzó su primera gira mundial como ilusionista cuando era adolescente y después trabajó entre bambalinas para Penn & Teller, David Blaine y David Copperfield. También presenta el podcast *Weird Things*. Sus títulos anteriores, *El naturalista* y *Angel Killer*, han conocido un gran éxito. Puede hallarse más información sobre él y su trabajo en www.AndrewMayne.com.

Prólogo

Chucho

Tiko hizo rodar por el callejón el balón de fútbol desinflado y rio al ver que MauMau, el cachorro de color canela con una oreja mordisqueada, lo perseguía hasta el charco, salpicándolo todo de barro y de gotitas con sus patas desproporcionadamente grandes.

Le encantaba ese perro. No era suyo. MauMau era un perro callejero que andaba olfateándolo todo en busca de comida y persiguiendo ratas cuando no encontraba otra cosa, pero era su mejor amigo.

A Tiko, tan paria como el cachorro, su madre lo había repudiado a los tres años, en cuanto había comprendido que su piel pálida y sus ojos enrojecidos no iban a desaparecer.

Había rezado por él y hasta le había pedido a la curandera del pueblo vecino que lo librara de aquel mal, pero todo había sido en vano.

Cuando la madre de Tiko empezó a ser objeto de desprecio por haber dado a luz a un niño brujo, decidió tenerlo en casa el menor tiempo posible. Le daba de comer cuando no le quedaba otro remedio, pero lo obligaba a hacerlo en la calle y lo mandaba a recados cada vez más largos, sin preocuparse de si volvía o no.

Tenía cuatro años cuando la oyó decirle a otra mujer que, en realidad, no era hijo suyo, que era el pobre niño de una amiga que lo había dejado a su cargo.

Tiko estaba convencido de que eso no era cierto, pero no se lo reprochaba. Sabía que era distinto y aquello no debía de ser fácil para su madre.

Cuando volvió a quedarse embarazada, lo echó de casa a patadas delante de todos los vecinos. Renegó de él y le dijo a todo el mundo que aquel niño no era suyo.

Desde ese día, no lo había dejado volver a entrar. Si de noche lloraba de hambre a la puerta de la casa, a veces le daba algo, pero, como hubiera algún hombre con ella, le gritaba que se largase, como si no lo conociera.

Tiko aprendió a sobrevivir sin interponerse en el camino de nadie y descubrió que algunas personas lo ayudaban, pero solo si nadie las veía hacerlo.

Había una anciana sin hijos que le daba medio pastel de alubias o un poco de jalea cuando sus amigas hacían de más. El señor Inaru, dueño de un taller mecánico y un desguace repleto de piezas de automóviles oxidadas, lo dejaba dormir allí por las noches y colarse entre los barrotes para esconderse cuando lo perseguían los otros niños.

Lo perseguían mucho y, cuando lo pillaban, le daban puñetazos, le tiraban del pelo y lo llamaban «niño brujo».

MauMau le gustaba tanto porque no lo odiaba ni lo toleraba solamente sino que, lejos de eso, le lamía la cara y se acurrucaba a su lado cuando llovía o hacía frío.

Tiko se arrodilló, le dio unas palmaditas al cachorro y cogió el balón de fútbol, preguntándose si el señor Inaru podría arreglarlo para que no se desinflara. Sabía que los otros niños no tardarían en quitárselo, claro.

Mientras estudiaba el balón, reparó en algo que se reflejaba en el charco: un hombre, altísimo, le sonreía desde arriba.

Miró a aquel tipo amable. Llevaba pantalones de vestir negros y camisa blanca, así vestían los hombres de su pueblo cuando iban a trabajar o querían parecer importantes.

—¿Eres Tiko? —le preguntó aquel hombre con una voz tan fuerte pero tan cálida que le habría contestado que sí a cualquier cosa, si bien, demasiado nervioso para decir nada, el niño se limitó a asentir con la cabeza.

Una de las manos enormes de aquel hombre lo agarró de la barbilla y le hizo girar la cabeza a un lado y a otro. En vez de tocarlo con repulsión, lo miraba como él tocaba a MauMau.

—Eres un niño muy bueno. ¿Querrías venir a dar un paseo en mi camioneta?

Tiko nunca había subido a una camioneta, pero las había visto pasar por el pueblo con hombres armados que se dirigían a algún lugar lejano y a veces las había visto volver a toda velocidad con hombres tendidos en la parte de atrás, con los ojos cerrados o gritando de dolor mientras se agarraban el vientre o las extremidades ensangrentados.

El niño accedió. Dar un paseo en camioneta sonaba emocionante. Sobre todo con ese hombre.

El tipo le tendió la mano y lo llevó por el callejón hasta un vehículo verde aparcado en el otro extremo.

Cuando se volvió a mirar a MauMau, el cachorro estaba sentado al borde del charco, con la cabeza ladeada, como intentando encontrar sentido a algo que era demasiado joven para comprender.

Tiko le dijo adiós. Por un instante, juraría que había visto asomar el rostro de su madre al final del callejón, observándolo, pero, cuando volvió a mirar, ya no estaba.

El hombre abrió la puerta de la camioneta y Tiko subió a su sitio. Una amplia sonrisa le iluminó el rostro al pensar en la envidia que les daría a los otros niños cuando lo vieran sentado en aquella camioneta.

Pero aquel tipo no cruzó el pueblo sino que sacó a Tiko de allí por una carretera secundaria que pasaba solo por delante de unas cabañas y luego por un sendero que se adentraba en la maleza, lejos de los otros municipios.

Al tiempo que veía alejarse su pueblo por el retrovisor polvoriento, el niño detectó algo por el rabillo del ojo: la sonrisa del hombre amable se había esfumado.

Aquel era un hombre distinto del que había visto reflejado en el charco.

Jamás se habría subido a una camioneta con alguien así.

Era el hombre con el que lo amenazaban los otros niños, el que se llevaba a los niños brujos y los hacía desaparecer.

Capítulo 1

Vida extra

Estoy jugando a un videojuego en el que a uno lo pueden matar de verdad. No lo llaman así, pero eso es precisamente el Simulador de Operaciones Tácticas: una serie de estancias comunicadas entre sí y en cuyas paredes se proyectan vídeos con los que se recrea un espacio virtual que es una réplica exacta de otro lugar en alguna parte del mundo.

Ahora mismo el simulador es un apartamento de Houilles, al norte de París. El inquilino, Yosef Amir, informático de un banco francés, está en la otra punta del pueblo, en la fiesta de cumpleaños de su hermana. En su ausencia, tenemos a dos hombres en el apartamento real, en Francia: uno está escaneando el interior con una cámara de gran resolución, convirtiendo la imagen pixelada de nuestras paredes en una tan buena que el ojo humano es incapaz de distinguirla de la de verdad; el otro, al que llamamos «el Borrón», porque las cámaras solo captan su rastro mientras se mueve por el apartamento, está recogiendo pelos de la ducha, fibras de los muebles y polvo de las suelas de los zapatos y del felpudo de la entrada con un dispositivo pequeño que parece una linterna.

Cada equis minutos, saca un cartucho del aparato y se lo entrega a un tercer hombre, que va y viene a toda prisa del apartamento a una furgoneta de FedEx aparcada a la puerta, donde un equipo valorado en unos veinte millones de dólares que sería el orgullo de cualquier laboratorio universitario nos envía datos en tiempo real según va descodificando el ADN, busca coincidencias e intenta generar un modelo de todas las personas con las que Yosef ha tenido contacto. Es una cantidad tremenda de datos. Por suerte, disponemos de un *software* que nos permite analizarlos para alcanzar nuestro objetivo: averiguar si estallará una bomba en un estadio de fútbol en las próximas veinticuatro horas.

El nombre de Yosef surgió en una llamada telefónica interceptada entre un conocido operativo de ISIS en Yemen y otro de Francia. Antes las autoridades se habrían limitado a detenerlo para interrogarlo y obligarlo a delatar a sus cómplices, pero últimamente eso resulta problemático. Los grupos terroristas han estado empleando nombres de civiles inocentes en sus comunicaciones, con lo que muchas más personas de las que han salido en las noticias han sido objeto de interrogatorios y han visto trastocada su existencia mientras los malos de verdad se mantienen ocultos.

—¿Doctor Cray, doctora Sanders…? —dice Emily Birkett.

Es nuestro enlace gubernamental en el Servicio de Inteligencia de Defensa. Birkett, una mujer de treinta y muchos y pelo castaño, es una antigua oficial de aviación que empezó a trabajar para el más espeluznante de los espeluznantes servicios de inteligencia del gobierno.

Kerry Sanders y yo somos civiles. Sanders es una antropóloga de mi edad, treinta y pocos, que pasó varios años ayudando a Facebook a componer nuestra gráfica social, es decir, a quién conocemos y qué son para nosotros, antes de empezar a trabajar en OpenSkyAI.

En apariencia, OpenSkyAI es como cualquier empresa de tecnología de Austin, Texas, instalada en un parque empresarial normal y corriente junto con empresas de videojuegos y aseguradoras médicas.

En realidad, OpenSkyAI es un proveedor particular del Servicio de Inteligencia de Defensa, que los ayuda a analizar miles de datos y a decidir a quién habría que llevar a un centro de detención clandestino para averiguar si sabe algo o está a punto de cometer un delito que suponga un peligro claro e inminente para la seguridad nacional.

Sanders está examinando la cuadrícula de rostros extraídos de las fotos del apartamento de Yosef.

—El *software* de reconocimiento facial no ha encontrado coincidencias.

—¿Theo? —vuelve a preguntarme Birkett, esta vez algo más impaciente—. Yosef ya está de vuelta. ¿Puedo sacar al equipo?

Paseo por el apartamento, bueno, por la versión virtual, mirando fijamente al interior de los armarios abiertos, procurando ver lo invisible, mientras me pregunto para mis adentros cómo demonios he llegado aquí.

—Creo que está limpio —dice Sanders.

Quisiera coincidir con ella. Me angustia pensar que Yosef vaya a ser víctima de una experiencia que le ponga la vida patas arriba solo porque algún gilipollas de Yemen haya sacado su nombre de una búsqueda de Google, pero también sé que el que me angustie no significa que deba darme por vencido antes de tiempo.

Vuelvo a entrar en la cocina. La puerta de la nevera de Yosef está atestada de fotografías, la mayoría de él con su novia o con sus amigos, sonriendo a la cámara, riendo alrededor de una mesa repleta de bebidas. Lo típico de un *millennial* parisino.

Ya hemos rastreado su presencia en las redes. Todas sus publicaciones de Facebook, sus *me gusta*, los amigos a los que les han gustado sus publicaciones, todo eso ha pasado por nuestro sistema.

Nada sospechoso. Eso no significa que no haya conexiones. Todos estamos a tres o cuatro grados de separación de alguien espantoso. Yosef tiene un tío en Catar que frecuentaba la misma mezquita que un tipo que es miembro activo de ISIS, pero, en este mundo tan interconectado, en el mejor de los casos, esa no es más que una vinculación vaga.

El problema del rastro digital es que los terroristas han afinado sus maneras de actuar. Saben separar una vida de la otra. Podemos rastrear a Yosef, pero, si tiene un *álter* ego y es lo bastante listo como para no mezclar nunca ambas cosas, será casi imposible atraparlo. Por suerte, la mayoría comete algún desliz en algún momento. Por desgracia, los que no lo hacen son más listos que nuestros sistemas de búsqueda. Hemos creado un cepo con el que las ratas son cada vez más listas.

—Cray —dice Birkett—. Voy a sacar al equipo.

—No —digo más bruscamente de lo que pretendía.

—¿Qué tienes? —pregunta.

—Un momento…

—¿Qué te dice tu instinto?

—Soy científico. Me he entrenado para no fiarme de mi instinto. Necesito unos minutos más.

—Lo tenemos todo aquí —dice Sanders—. Podemos dejar que se marche el equipo y revisarlo todo.

—No…

He intentado explicarles esto un centenar de veces. Una simulación, incluso una basada en datos reales, sigue siendo una simulación. Sé que hay un frasco de mantequilla de cacahuete en la encimera, pero no sé si de verdad contiene mantequilla de cacahuete hasta que alguien lo mire. Podría ser C-4. Estoy seguro de que no, pero es una posibilidad.

A simple vista, y es todo a simple vista, esto que llaman examen forense no invasivo es útil, pero no sustituye a un buen trabajo de laboratorio.

—Si es importante, puedo entretenerlo cuando salga del metro, pero me lo tienes que decir ya —insiste Birkett.

Me arrodillo para examinar las fotos de la nevera más de cerca. Casi todas son impresiones caseras.

—Tenemos todas las fotos —dice Sanders, a mi espalda—. Hemos pasado todas las caras por el *software* de reconocimiento facial. No hay coincidencias.

Alargo la mano para coger una, sin recordar que no es más que una simulación.

—Esa. Dile a Borrón que le eche un vistazo.

Yosef sonríe a la cámara al lado de una mujer joven y guapa, de ojos verdes, que parece de Oriente Medio. Tendrá veintipocos años, un bombón.

—¿Quién es? —pregunto.

—No la tenemos registrada. Si ampliamos la búsqueda, probablemente consigamos un nombre, pero no la tenemos en nuestro filtro.

Borrón le da la vuelta a la foto. Por detrás, lleva impresa una fecha de marzo y el texto ACONTECIMIENTOS MUY ESPECIALES.

—Detenedlo —le grito.

Birkett grita algo al pinganillo.

—Interceptadlo ya.

—¿Quién es esa mujer? —pregunta Sanders, haciéndose eco de mi pregunta.

—No tengo ni idea. Es por la foto: está hecha con una cámara desechable, de esas que se usan en las bodas, que luego mandan a revelar para enviarte después las fotos por correo junto con una copia digital.

—No hay ninguna boda en la ficha de Yosef —replica.

Me levanto y me vuelvo hacia Sanders y Birkett.

—Ese es el problema. Normalmente te dan una copia digital de esas fotos, pero está claro que Yosef no ha usado el archivo digital para imprimir esta foto. Ha preferido la versión analógica para asegurarse de no dejar rastro electrónico. Muéstranos el apartamento de Mosin Kasir —le digo al operador que controla las visualizaciones.

Enseguida nos teletransportamos virtualmente a un apartamento de Yemen que un equipo de campo registró hace cuatro días. En la pared de encima del escritorio de Mosin hay colgadas decenas de fotografías.

—Esa mujer no está en ninguna de ellas —dice Sanders—. El sistema lo habría detectado.

Señalo una foto de Mosin con una mujer mayor con los mismos ojos verdes.

—¿Quién es? —digo.

Sanders lo mira en la tableta.

—Una tía abuela. ¿Tenemos el reverso de la foto?

Niego con la cabeza.

—No, pero la foto es del mismo tamaño y tiene la misma distorsión del objetivo.

—El primo de Mosin se casó en marzo. Y aquí dice que Yosef estaba en Baréin. A lo mejor estaba en Yemen en realidad.

—Lo pillo —dice Birkett—. Buen trabajo, Cray. Ya tenemos a Yosef en una furgoneta. Pronto lo sabremos. Además, vamos a pedir las fotos a la empresa que distribuye las cámaras. A saber qué más podríamos encontrar.

Está contentísima. Si le sacamos algo más a Yosef, todo este gasto quedará justificado ante sus superiores.

—Hay que asegurarse de conseguir el reverso de todas las fotografías que encontremos —dice Sanders, tomando nota de eso.

Me dan ganas de decirle que esa no es la cuestión, pero sé que será inútil. Se felicitan todos por un éxito cuando lo único que tenemos es una correlación.

Salgo de la oficina al sol abrasador de Texas que hace resplandecer el aparcamiento asfaltado, procurando convencerme de que ha ido bien, pero preocupado, pensando que puede que las herramientas y el proceso causen más perjuicios que beneficios o que al menos las mismas deberían estar en manos de personas mejores que actuaran de forma más inteligente.

Mientras vuelvo en coche a mi apartamento, intento entender cómo es posible que un rastro de cadáveres me haya hecho terminar así.

Capítulo 2

Indios y vaqueros

Hace un año era profesor universitario especializado en bioinformática. Intentaba crear modelos predictivos del mundo que nos rodea. Mi trabajo me parecía interesante y tenía una repercusión trascendental, desde la propagación de enfermedades infecciosas hasta comprender por qué se extinguió el Neandertal. Entonces un asesino en serie llamado Joe Vik se cruzó en mi camino y todo cambió.

Asesinó a una de mis antiguas alumnas y, en un principio, me convertí en sospechoso, porque casualmente la víctima se encontraba en la misma zona de Montana que yo, haciendo su propia investigación, algo que para las autoridades locales era demasiada coincidencia.

Tras mi exoneración, las autoridades concluyeron que Juniper Parsons había muerto atacada por un oso, una estratagema de Vik, y no era la primera víctima de la que se deshacía de ese modo.

Al intentar entender lo que le había pasado a Juniper, me topé con más víctimas y más policías incapaces de ver lo que tenían delante. Al final, se amontonaron tantos cadáveres que conseguí dar con Joe.

Su masacre acabó con la vida de su familia y de siete agentes de policía. Yo mismo estuve a punto de morir asesinado por él.

Algunos me creen un héroe porque encontré al oso pardo asesino y ayudé a acabar con él. La policía no lo tiene tan claro. Yo solo sé que, cuando me acuesto por las noches, imagino un millar de formas distintas en que podría haber resuelto el caso y que con muchas de ellas se habrían salvado hombres y mujeres buenos.

Mi problema es que no siento remordimiento, solo conozco el compartimento vacío que debería ocupar. Creo que tengo unos cuantos compartimentos vacíos en los que deberían residir sentimientos similares.

Jillian, la mujer que me salvó la vida y la persona que acabó en realidad con Joe, vino a verme hace una semana. Queríamos ver si había algo más entre nosotros. Lo malo es que veo perfectamente el compartimento que lleva su nombre, pero no sé si ese es su sitio o si es el sitio de alguien.

Ya estaba así de jodido antes de Joe, así que no lo culpo de eso. Él solo hizo que se pusiera de manifiesto. Ni siquiera sé si culpo a Joe como se culpa a otro ser humano.

Después de nuestro terrible enfrentamiento, mientras me sometía a interminables interrogatorios y explicaba a la policía aún escéptica el método que había empleado para encontrar los cadáveres, secuencié el ADN de Joe y busqué mis propias respuestas.

Encontré una, un gen relacionado con la apoE4, el llamado gen de riesgo. Joe tenía una variante que no había visto hasta entonces. Hablando en plata y con palabras que jamás dejaría por escrito ni permitiría que oyese ningún colega, Joe había nacido para correr peligros, pero también tenía cierta predisposición a sufrir una conducta obsesivo-compulsiva del estilo de la que hace excelente a un golfista profesional o brillante a un neurocirujano. A Joe le producía la misma emoción correr un peligro extremo que a un gran ajedrecista abrir el juego con una jugada maestra. Cálculo, seguido de euforia.

Mientras a cualquier persona corriente salir impune de un delito la haría sentirse mal (o debería), a Joe lo ponía eufórico y lo llevaba a buscar más situaciones similares. Lo ponía a mil no solo hacer cosas malas, sino también tomar medidas para evitar que lo atraparan.

Su patrón de conducta asesina era como el del tiburón blanco. Al examinar su ADN, caí en la cuenta de que esa correlación era más que circunstancial. El mismo algoritmo depredador que impulsa a un tiburón puede impulsar el *software* que se apodera de una red o al asesino que encuentra a la presa adecuada.

Birkett me reclutó bajo promesa de que daríamos caza a otros asesinos como Joe. Eso ha terminado siendo verdad a medias. Aunque combatir el terrorismo sigue pareciéndome urgente y cada vez me muestro más dispuesto a detener a quienes conducen furgonetas cargadas de explosivos entre multitudes de civiles o convencen a adolescentes con síndrome de Down para que se pongan un chaleco de explosivos, no siempre estoy conforme con nuestros métodos.

Con una sola palabra mía, a Yosef Amir lo han agarrado en la calle, lo han metido a la fuerza en un furgón y seguramente se lo han llevado a algún lugar secreto donde los agentes de inteligencia franceses, estadounidenses y quizá de un tercer país lo obligarán a cantar.

No me cuentan lo que hacen ni cómo lo hacen. Sin embargo, sé que últimamente se ha producido un agujero negro en la investigación de la influencia de las drogas psicotrópicas en el habla. Del mismo modo que el descenso de los trabajos de investigación sobre la informática cuántica indica que la NSA, la CIA, la NRO y sus proveedores particulares han empezado a contratar a todo aquel profesional cualificado para trabajar en la creación de un desencriptador superavanzado, la ausencia de publicaciones en este campo me dice que los servicios de inteligencia se han volcado en la producción de los llamados sueros de la verdad y otras drogas que favorezcan la cooperación de los testigos.

A las personas como yo y a las empresas como OpenSkyAI, con su Simulador de Operaciones Tácticas, se nos concede mucho más crédito del que merecemos. Aunque esté consiguiendo resultados, no tengo claro si es porque mis métodos son excelentes o porque las tácticas anteriores eran malísimas.

Me suena el teléfono. Dejo la cerveza en la encimera de la cocina, al lado de los recipientes vacíos de la cadena de restaurantes chinos Panda Express y miro a ver si Jillian ha contestado a mi mensaje.

Es Birkett: «Victoria por siete».

Está en clave: Yosef los ha conducido a otros siete conspiradores. En teoría, yo no debería saberlo. Soy un civil con una habilitación de seguridad moderada, pero a Birkett le gusta tenerme contento o al menos hacer cosas que piensa que me alegran.

Me envía otro mensaje: «Reunión con jefe a las nueve».

Nuestro jefe, Bruce Cavenaugh, no el presidente de OpenSkyAI, sino el supervisor de la DIA, el servicio de inteligencia de Defensa, y quien autoriza nuestro presupuesto, me asusta. Es un hombre afable de cincuenta y pocos años, de esos que se ofrecen voluntarios en la iglesia el día de Acción de Gracias para dar de comer a los indigentes y ayudan a desconocidos a cambiar ruedas pinchadas.

Lo que me asusta es la clase de poder que tiene. A las pocas semanas de trabajar en OpenSkyAI, en mi primera visita a su despacho, le comenté mi preocupación por nuestro sistema de creación de perfiles. Cuando me preguntó qué cambiaría, pensé en Joe Vik y mencioné la idea de buscar determinados genes de riesgo en terroristas potenciales.

—¿Bastaría con novecientos mil dólares? —preguntó.

—¿Para qué? —contesté.

—Para crear la tecnología necesaria. Por encima de esa suma necesito autorización, pero con esa cantidad puedo dar luz verde a un laboratorio ahora mismo. Necesitaríamos un equipo de campo en cinco meses.

Solo por un comentario, Cavenaugh estaba dispuesto a darme casi un millón de dólares para que les hiciera un dispositivo que identificase marcadores genéticos que pudieran estar relacionados con conductas propias de un terrorista.

«Pudieran.» Causa y relación no son lo mismo, aunque a menudo viven en el mismo vecindario. Me horrorizaba la idea de poner un dispositivo seudocientífico de dudosa utilidad en manos de un agente en activo de la CIA o la DIA en busca de una excusa para justificar una corazonada. Imaginaba que el ADN recogido de «víctimas colaterales» se usaría como prueba de que quizá tuvieran a los culpables. Otra excusa más que el gobierno podría emplear para restar importancia a la muerte de civiles en la lucha contra el terrorismo.

Cavenaugh ni siquiera pensaba en ellos. Solo quería atrapar a los malos. El verdadero peligro no es lo que los artículos de la revista *The Atlantic* o los editoriales de *The New York Times* nos hacen creer: que los buenos se convierten en malos. El verdadero peligro es que los buenos sigan haciendo a ciegas maldades que para ellos no los son. Como esas personas que lo darían todo por ayudar a los pobres y a los hambrientos, pero se manifiestan en contra de los alimentos modificados genéticamente, aunque esos alimentos pudieran salvar a millones de niños de la ceguera y de la inanición. Como cuando los mismos que quieren la democracia en Oriente Medio se encuentran de pronto construyendo bases militares en lugar de escuelas y hospitales. Como cuando tipos como Bruce Cavenaugh ofrecen a personas como yo un presupuesto ilimitado para la creación de dispositivos y programas que podrían costar aún más vidas, malgastando el tiempo y desviando recursos porque las soluciones de verdad son menos atractivas y es menos probable que seduzcan a un senador.

Desde entonces, he aprendido a tener la boca cerrada delante de Cavenaugh. Por desgracia, Birkett lo ha convencido de que soy una especie de genio analítico. Mientras el mundo académico prácticamente me ha repudiado por lo sucedido con Joe Vik, en el ámbito de la inteligencia de Defensa, por lo visto, soy una especie de Caballero Oscuro, un científico vengador.

Jillian dice que exagero, pero hay cosas que no voy a poder contarle nunca, como que el ataque de un dron en Yemen que ha salido en todos los telediarios esta noche ha ocurrido por algo que yo he dicho hace unas horas o que la foto de una de las víctimas que se ha divulgado en todos los medios árabes es de la misma mujer de ojos verdes a la que yo he visto en la nevera de Yosef.

Daños colaterales.

Capítulo 3

Predox

Bruce Cavenaugh me recibe con una amplia sonrisa cuando entro en la sala de reuniones en la que ha acampado durante su visita a OpenSkyAI. Birkett está sentada enfrente de él, junto con Trevor Park, CEO y fundador de la compañía.

Antes de empezar a vender tecnología al gobierno, Park trabajaba en el sector de videojuegos e imagen. Se rumorea que el Simulador de Operaciones Tácticas, o SOT, se les ocurrió cuando los oficiales del servicio de inteligencia empezaron a quejarse de tener que ir a recabar información *in situ* y plantearon la posibilidad de hacerlo más «al estilo dron». En las operaciones con drones, un comandante supervisa la operación por encima del hombro de un experto en control remoto de aeronaves en una sala con aire acondicionado en pleno Nevada, en vez de tener que estar cerca del sitio que pretenden atacar.

Aunque no soy en absoluto un experto en inteligencia, el científico que llevo dentro opina que hay que acercarse todo lo posible a los datos, porque las preguntas que no se te ocurre hacer son precisamente las más importantes. Poder darle la vuelta a la foto ha sido decisivo, para bien o para mal. Aun así, no hace mucho, la DIA no habría permitido a un analista de bajo nivel como yo entrar en el SOT, un honor que se reservaba a los altos mandos.

Esa norma cambió después del primer ensayo en el que participé, cuando señalé literalmente cuarenta sitios distintos donde Borrón no estaba recogiendo muestras útiles y que el generador de imágenes estaba ignorando detalles como asegurarse de que los libros de las estanterías llevaban todos la sobrecubierta que les correspondía. El SOT contaba con un *software* genial que recogía datos de los libros encontrados de las librerías de los terroristas en potencia e indicaba si eran de contenido radical, además de si se habían encontrado en manos de otros sospechosos. Lo que no decía era si se había vaciado el interior del libro para esconder un móvil de prepago del que no teníamos conocimiento.

Cuando me siento, todos parecen muy satisfechos de sí mismos. Birkett observa a Cavenaugh, impaciente por oír lo que está a punto de decir.

Me pasa un sobre que tiene escrito Confidencial de punta a punta.

—La DGSI francesa nos ha mandado esto. He pensado que te gustaría saber lo que has conseguido.

Saco sin ganas las fotografías del sobre, convencido de que serán del ataque de Yemen, pero son fotos de un estadio de fútbol lleno de gente. Se ha trazado a mano un círculo alrededor de un centenar de personas.

—Ese es el radio de acción de una bomba que hemos encontrado en Niza. Se había adherido al tejido de un chaleco que pertenecía a un colega de Yosef Amir. Tenía entradas para el partido en esa zona. La foto se tomó anoche después de que se registrara su apartamento.

Estudio los rostros de mis colegas y de pronto recuerdo que, en algún momento, he leído algo sobre una tragedia ocurrida en algún lado, he invertido ocho segundos en sentirme mal y luego he hecho clic en otra noticia que me hiciera sentir mejor, un patrón del que soy consciente gracias a Kerry Sander.

Suelto la foto.

—¿Qué hay de Yemen?

—¿Cómo dices? —pregunta Cavenaugh.

Veo que Park se tensa. No le gusta que me ponga agresivo, pero también sabe que podría tener mi propio laboratorio y mi propio presupuesto con una sola palabra.

—En las noticias han hablado de un ataque en Yemen que ha acabado con unos mandos de ISIS, pero también con familiares y empleados suyos. ¿Qué hay de eso?

—Llevan más de un año librando una guerra civil. Eso ocurre a todas horas. No entiendo adónde quieres llegar.

—Esta vez no ha sido cosa del gobierno ni de los rebeldes. Han tomado parte activos franceses y estadounidenses.

Cavenaugh se vuelve hacia Park y Sanders.

—¿Os importa dejarme un momento a solas con el doctor Cray?

Salen torpemente. Park me mira, cabreado de que lo hayan echado por mi culpa de su propia sala de reuniones.

Cavenaugh espera a que se cierre la puerta.

—Doctor Cray, no alcanzo a comprender cómo funciona su mente, pero lo malo de ver las cosas desde su torre de marfil es que no sabe cómo son a pie de calle. —Le daría la razón, pero no quiero interrumpir—. ¿Estaba relacionado el ataque con lo que descubrimos ayer? La verdad, no lo sé. Lo que sí sé es que las normas del juego son muy distintas de como usted cree. Si se empeñan en trasladar el conflicto a nuestro territorio, no podemos limitarnos a intentar negociar con los pobres hijoputas a los que mandan a hacer esas cosas, hay que ir a por los jefes y las cabezas pensantes. Y no semanas ni meses después de su numerito. Hay que devolvérsela con fuerza.

—¿Hemos tumbado a quien teníamos que tumbar? ¿Y la mujer?

—¿La mujer?

—La que ha salido en todos los medios árabes. La de la foto que encontré en la nevera de Yosef.

Cavenaugh asiente con la cabeza.

—¿Esa? ¿La civil? Rezo por ella. Rezo por todos los niños a los que hemos bombardeado. Ojalá no fuera así. Un centenar de personas ha sobrevivido —dice, clavando el dedo índice en la foto del estadio lleno de gente—. Media docena ha muerto. Haga cuentas.

Sabe Dios que lo intento. ¿Cómo se sopesa lo conocido frente a lo desconocido? No se puede. Todo se reduce a qué estadísticas prefiramos creer.

—Doctor Cray, me encantaría contar con una alternativa. Le he ofrecido un presupuesto. Ya he puesto en marcha su idea del gen terrorista. Tenemos un laboratorio en Maryland donde están trabajando en ello.

—¿El gen terrorista? —espeto—. ¿Qué demonios es eso?

—Lo que me contó sobre los factores de riesgo genéticos que provocan la radicalización. Como usted no quería investigarlo, hemos buscado a alguien dispuesto a esbozar un perfil y contamos con un equipo para el trabajo de campo.

Me esfuerzo por controlar el tono de voz.

—Eso es una bobada. Ni siquiera sabemos si existe relación entre ambos y, aunque la hubiera, ignoramos si el gen está activo o inactivo. Hay un millón de factores más. No se puede criminalizar a un grupo entero de personas por su genotipo.

—La mayoría de los asesinatos terroristas los comenten adeptos a una religión que sigue una quinta parte de la población. ¿Eso es solo coincidencia?

—Y los homicidios cometidos en Chicago son responsables del incremento del cincuenta por ciento de la tasa de asesinatos en Estados Unidos el año pasado. ¿Cree usted que es por la *pizza* de masa gruesa o porque se ha convertido en un sitio asqueroso donde vivir?

Eso lo hace reír.

—Ese cerebro suyo. Apuesto lo que sea a que esa comparación se le acaba de ocurrir y que no ha sido por nada que haya visto. Necesitamos más así. He venido a felicitarlo por salvar más de un centenar de vidas y a decirle que, si se le ocurre un modo mejor de hacerlo, lo pondremos en marcha. Hace un tiempo mencionó una versión nueva de ese *software* de IA que usó para atrapar al oso pardo asesino. ¿Cómo era, Predox? Nos encantaría hacerlo realidad. ¿Ha hecho algún progreso?

—No. Me topé con algunos problemas técnicos y dejé de trabajar en ello al venir aquí.

—Vaya, ¡qué lástima! —contesta—. Si pudiera hacer por la caza de terroristas lo que hizo por encontrar patrones de conducta de asesinos en serie, el mundo sería un lugar mejor.

Ojalá, pero me encuentro cada vez más sumido en algo tan turbio que ni siquiera veo mi brújula moral y menos aún adónde apunta. Una cosa es atrapar a un terrorista antes de que haga saltar por los aires a un puñado de civiles y otra muy distinta es saber que tu éxito se utilizará para justificar las represalias contra alguien que podría ser inocente o no ser inocente. Por eso temo lo que hombres bienintencionados podrían hacer si dispusieran de una herramienta que pudiera indicarles quién exactamente tiene el potencial para ser uno de los malos.

—Piénselo —dice Cavenaugh—. Por lo menos, piense en volver a dar clases.

—¿En la universidad?

—No, a soldados y agentes secretos. A lo mejor conseguimos que se les pegue algo de su sabiduría.

—Me lo pensaré.

No tiene ni idea de lo tentador que me parece volver a tener mi propio laboratorio y poder dar clases.

O quizá sí. ¿A qué tendría que renunciar? ¿Qué mentira tendría que contarme a mí mismo?

Capítulo 4

Club de fans

Tu vida da algunos giros inesperados cuando atrapas a uno de los asesinos en serie más prolíficos de todos los tiempos. El primero es que los policías que ni siquiera creían que había un asesino suelto de repente consiguen montarse una película sobre el tiempo que llevaban siguiéndole la pista o lo poco que les faltaba para darle caza. Estupendo: que les digan a los medios, si quieren, que estaban trabajando en el caso y a punto de pillar al asesino. El otro giro es que pasas de ser un solitario que le grita al viento sin que prácticamente nadie lo oiga a casi una celebridad con más consultas y peticiones de las que es humanamente posible atender.

El buzón de entrada de mi correo electrónico está repleto de denuncias de desapariciones presentadas por los familiares y de teorías conspiratorias y, cada equis semanas, algún grillado me dice que es el oso pardo asesino y que viene a por mí.

Yo los mando al FBI y me aseguro de cumplimentar la licencia para la tenencia de armas en todos los sitios a los que voy.

En medio de tanto ruido hay montones de voces desesperadas, personas que han perdido a alguien y no tiene a quién recurrir. Madres de niños desaparecidos, esposos de esposas que jamás volvieron a casa y cualquier pérdida que uno pueda imaginar.

Solía contestar a los correos de casi todas esas personas y las redirigía a la organización nacional de personas desaparecidas y a los correspondientes canales policiales.

Entonces un buen día dejé de contestar. Pasaba horas intentando contestar y no me quedaba tiempo para mí mismo.

Lo malo es que todo el mundo piensa que su caso es especial. Como esos cazautógrafos que persiguen a una celebridad porque piensan que su situación es única, dando por supuesto que esa interacción será tan especial para su ídolo como lo es para ellos.

En un momento cualquiera hay noventa mil personas desaparecidas en Estados Unidos y esas son solo las que se denuncian. Con los llamados asesinatos del oso pardo, descubrimos la categoría ignorada de los desaparecidos no denunciados. Por ese motivo, el recuento real de muertes de Joe Vik probablemente sea de centenares, quizá miles.

Aunque todos los que se dirigen a mí piensan que su caso es especial, no entienden que el suyo es solo uno de noventa mil. Mera estadística, como decía otro asesino en serie, Joseph Stalin.

Hoy, cuando llego a casa y veo a un hombre sentado en el porche de entrada con un sobre en la mano, ya sé lo que me va a contar.

Si estuviese paseando de un lado a otro, fumando nervioso un cigarrillo, sospecharía que es un conspiranoico que ha venido a decirme que Joe Vik era un montaje de la CIA y que, por cierto, la Tierra es plana. Para esos ya tengo una respuesta preparada: ¿cuántas pruebas necesitas para convencerte de que estás equivocado? Para los escépticos del 11S, los que desmienten el aterrizaje del hombre en la Luna y los extremistas de ambos lados de un asunto, la respuesta es sencilla: ninguna. Cuando nada puede convencerte de que tu visión del mundo podría ser errónea, abandonamos el reino de la razón y entramos en terreno religioso. Por eso me hace gracia la idea de reconciliar la fe y la ciencia. La ciencia se sostiene en la premisa de que la lógica y la razón pueden revelarnos la verdadera naturaleza de la realidad; la religión se basa en la idea de que, cuando la lógica y la razón no sostienen una visión predeterminada de la realidad, la culpa es suya.

La próxima vez que te enredes en una discusión política, párate un momento y pregúntate cuántas pruebas necesitas para cambiar de opinión. Si la respuesta es ninguna, ten presente que has entrado en una discusión religiosa, un fanático más discutiendo con otro.

¿He dicho ya que no tengo Facebook?

Dejé las redes sociales hace tiempo, cuando vi que mis colegas científicos rechazaban conceptos empíricos en favor de argumentos emotivos, polémicas y saltos lógicos del todo vergonzosos para apoyar conclusiones a las que los había llevado el corazón, no la razón.

Si bien puedo desactivar las redes sociales y mandar a los chiflados conspiranoicos a acosar a otro, las personas con las que resulta más difícil lidiar son aquellas que han perdido a un ser querido. La pena es de verdad. Su realidad es más innegable que la mía.

Cuando bajo del coche, ya sé lo que va a pasar después. Ese afroamericano de mediana edad con suéter azul y *blazer* va a sacar una foto de la carpeta y me la va a enseñar. Será de su esposa, de su hija, de su hijo, desaparecidos. La policía no puede ayudarlo. Me ha buscado en internet. Soy el único a quien puede recurrir.

Vuelvo a arrancar el motor y salgo de mi plaza de aparcamiento. Si no veo la foto, no estableceré ninguna relación. No contaré con ningún rostro. Puedo esperar a que se marche y, si insiste, llamar a los polis.

Se me permite hacer eso.

Me dirijo a la salida de mi urbanización y me convenzo de que puedo ir a tomarme una cerveza y un filete a cualquier sitio con la conciencia tranquila, ignorando al tipo del porche.

He hecho más de lo que se le puede pedir a cualquier hombre.

Theo Cray no da más de sí.

Pero ¿quién demonios es Theo? ¿Qué queda de él? ¿La parte a la que le da igual?

Cuando estaba acobardado en la ambulancia, esperando a que Joe Vik viniese a por Jillian y a por mí, era el inspector Glenn el que estaba fuera, intentando cubrirnos. Conseguí echarle valor, sí. Jillian también… ¡Y tanto! Pero Glenn se llevó la peor parte. Murió. Nosotros sobrevivimos. ¿Glenn daría media vuelta y dejaría a ese hombre en el porche? A ese hombre apenado.

¡Joder!

Doy media vuelta y me dirijo de nuevo a mi plaza de aparcamiento. Inspiro hondo e intento buscar un modo de escuchar por lo menos pacientemente a ese hombre, de ofrecerle algún consuelo y quizá de ayudarlo a encontrar un poco de paz y aceptar lo que ya sabe: que la persona de la foto del sobre está muerta. Que nunca volverá. Y que, si alguien se la ha llevado, si han pasado ya semanas o meses, no encontrará al asesino.

¿Cómo lo sé? Porque, si no fuera un caso perdido, no me estaría esperando a la puerta de mi casa. A mí no me llegan casos fáciles, de esos de «el culpable era el empleado de mantenimiento que contaba con antecedentes penales»; a mí siempre me tocan esos casos en los que no hay pruebas, ni pistas, ni siquiera un cadáver, solo el vacío que ha dejado una persona.

Yo no puedo llenar esos vacíos. Ni siquiera soy capaz de llenar los vacíos sentimentales que siento en mi propia cabeza, los vacíos que han dejado aquellas personas supuestamente más cercanas a mí.

—¿Doctor Cray? —dice el hombre al verme llegar por la acera.

—Dispongo de una hora. Nada más.

Ya está sacando la foto del sobre.

Mierda. Me ha pillado. El niño tiene los ojos verdes. Como la chica de Yemen. Una coincidencia. Me han enseñado miles de fotos de desaparecidos. Muchos con los ojos verdes, pero este niño tenía que llegar hoy.

Sé que voy a invertir más de una hora en este caso.

Capítulo 5

El contable

—Doctor Cray, le agradezco que me dedique su tiempo. Soy un gran admirador suyo.

No tengo claro si los justicieros deberían tener admiradores, pero acepto el cumplido.

—Vayamos a tomar una cerveza mientras me habla de…

—Christopher. Mi hijo se llama Christopher. Yo soy William, William Bostrom.

Ahora que dispongo de un rostro y un nombre, Christopher es más real, no solo un sobre que puedo ignorar.

Dejo pasar a William y lo invito a tomar asiento a la mesa de la cocina, donde deja el sobre antes de echar un vistazo al apartamento. Tengo un sofá, un televisor y poco más.

—¿Se acaba de mudar? —pregunta.

—Hace unos seis meses.

—¿Vive solo?

—¿No le parece que es un poco raro que un desconocido me pregunte eso?

Bostrom suelta una risita.

—Sí, tiene razón. Yo podría ser cualquier chiflado. Apuesto a que lo asaltan muchos.

—Desde luego. —Saco dos cervezas de la nevera y las abro girando la chapa—. Tome.

—Ah, gracias.

Le da un sorbo ridículo y advierto que no bebe. Quizá sea exalcohólico.

Recupero la cerveza discretamente.

—También tengo Coca Cola Light. ¿Prefiere eso?

—Sí. Gracias. Le agradezco su ayuda, de verdad.

Ya veremos lo que me agradece cuando le diga que no hay nada que yo pueda hacer y le pida que se marche.

Le doy el refresco y vuelvo a sentarme.

—Antes de empezar, es importante que comprenda que la única razón por la que ha oído hablar de mí es que reparé en la forma concreta en que crecía la vegetación en algunas zonas de Montana donde se habían enterrado cadáveres recientemente.

—Sí, los ecotonos, ¿no? Esas zonas donde crecían distintas plantas que se mataban de hambre unas a otras. Y también porque Joe Vik enterraba a sus víctimas en la parte más honda del lugar donde asesinaba a sus víctimas para que la erosión no dejase al descubierto los cuerpos.

William ha hecho los deberes. Aun así, se me hace raro oír a la gente hablar de Joe Vik con el desenfado con el que se hablaba de Charles Manson o Ted Bundy.

—En pocas palabras, así fue. El FBI cuenta ahora con mi sistema. La policía ha empezado a integrarlo en sus investigaciones forenses.

—Estoy seguro de que eso dará tranquilidad a muchas familias.

Y dolor. Muchas todavía albergan la esperanza de que sus seres queridos vuelvan a casa. Eso es lo más difícil de esta clase de casos. Quieren que les diga que aún hay esperanza. Y no tengo ninguna.

—Chris era un niño bueno. Bueno de verdad. Sé que todos dirán lo mismo, pero sacaba buenas notas, no se metía en líos.

Cuando yo volvía a casa, todo estaba limpio. Chris era de esa clase de niño. Cuando íbamos a la juguetería, echaba su paga en el cubo de donaciones del Ejército de Salvación. Esa clase de niño.

«Me lo estás poniendo muy difícil, William.» Habría preferido un drogadicto fugado de casa, pero no veo nada de eso en la foto de Chris. Tendrá unos nueve años. Mofletudo. Sonrisa tontorrona. Muy formal.

—¿Qué ocurrió? —pregunto.

—Chris no volvió a casa.

—¿Cuánto antes de que desapareciese se hizo esta foto?

—Un mes, quizá.

—¿Y la policía?

Se encoge de hombros.

—Hicieron lo que debían hacer. Hablaron con los vecinos. Colgaron carteles. La foto de Chris salió incluso en las noticias. Pero nada. Yo llamaba a los inspectores, pero cada vez tardaban más en atender mis llamadas. Se quitaron los carteles y en las noticias empezaron a hablar de otro caso. De una niña blanca de Colorado o no sé qué.

Hace una pausa cuando cae en la cuenta de lo que acaba de decir.

Asiento con la cabeza. Todos vemos de forma distinta los delitos de blancos y los de negros. Las razones son complejas, algunas sesgadas, sin duda, otras percepciones más básicas derivadas de la pertenencia o no a un determinado colectivo. Los blancos ignoran la tasa de mortalidad diaria de las ciudades negras del interior, pero cuando un hombre armado asesina a nueve cristianos en una iglesia y, casualmente, todos son negros, se indignan como cualquiera. Eso es porque de pronto los une algo a las víctimas.

—¿Alguna pista?

William niega con la cabeza.

—Nada. Al menos nada que la policía me comunicara.

—¿Y dónde ocurrió?

Advierto una clara pausa.

—En Willowbrook. Cerca de Los Ángeles.

—¿Al sur de Los Ángeles?

Asiente.

Recuerdo algo de la zona. Se la conoce como Los Ángeles South Central. Cerca de Compton. Territorio pandillero, por lo que yo sé de las películas que veo. Más allá de eso, no sé nada, pero comprendo su vacilación. Es una zona con un índice altísimo de homicidios.

—Chris era un niño bueno —dice a la defensiva, dando por supuesto que estoy dejándome llevar por los prejuicios en mis conclusiones.

—Le creo. Entonces, ¿se lo llevaron? ¿Sin más?

—Sí. Sin petición de rescate. Sin previo aviso. Desapareció y ya está.

El hecho de que mencione un rescate me pone sobre aviso. Tengo entendido que todos los días se producen cientos de secuestros relacionados con el narcotráfico en los que se toma como rehén a un miembro de la familia por culpa de otro miembro de la misma familia. A los familiares de las víctimas no les corre prisa denunciar a la policía que han secuestrado a su hijo porque el padre no ha pagado una deuda de cocaína.

—Bueno, me temo que no puedo hacer mucho por usted. No conozco la zona. Ojalá pudiera serle de más ayuda. ¿La madre y usted siguen juntos?

—Murió. Y no, a Chris no se lo ha llevado mi familia política —añade, imaginando que pienso que se trata de un caso de custodia de un menor.

—¿Y cómo lo sabe?

—Porque Chris está muerto.

—¿Por qué está tan seguro?

La conversación ha tomado un rumbo extraño.

—Porque lleva desaparecido nueve años. Sé que no va a volver.

—¿Nueve años?

Ese rastro no está frío, está asfaltado.

—Estoy al tanto de la estadística, doctor Cray. Soy contable. Sé calcular. Chris no se escapó de casa, ni se perdió. Alguien se lo llevó y lo mató. Sabe Dios qué más...

Mira de reojo la botella de cerveza que tengo delante. No sé bien si debería ofrecérsela o vaciarla en el fregadero.

—Y si ya han pasado casi diez años, ¿qué quiere de mí?

—Quiero al asesino. Quiero al hombre que se llevó a mi hijo.

—Puede que ese hombre muriera hace tiempo.

—O podría ser alguien del barrio. Alguien con quien me cruzo todos los días. Podría tenerlo delante de las narices. Como Lonnie Franklin.

Lonnie Franklin, conocido como *Grim Sleeper*, fue un asesino en serie de Los Ángeles South Central que estuvo en activo unos treinta años. Sus víctimas, sobre todo prostitutas drogadictas, eran invisibles. Su asesinato se atribuía a ajustes de cuentas entre narcotraficantes y, paradójicamente, se las culpaba a ellas de su propia muerte. Se ignoró a decenas de mujeres, castigadas ya por la vida, todo ello delante de las narices de la policía y de los vecinos de Franklin.

—¿Tiene algún sospechoso?

—No. He recorrido todas las calles y he llamado a todas las puertas. He visto algunas cosas turbias, doctor Cray, pero ningún indicio de lo que pudo pasarle a mi hijo. No hay nadie a quien pueda señalar con el dedo y decir que podría ser ese. He hablado con sus profesores, con todos los adultos con los que pudo haber tenido contacto. Nada.

Doy un sorbo a la cerveza y medito bien mi respuesta.

—Me parece que no hay nada que yo pueda hacer. —No le digo que los datos de que dispone son mínimos—. ¿Ha habido alguna otra denuncia de desaparición de niños por la zona?

—Unas cuantas. La policía dice que no son suficientes para crear un patrón. Claro que también les dijeron a las familias de las víctimas de Franklin que no había motivo para creer que anduviera suelto un asesino en serie. Ojo, no digo que sea eso lo que le ocurrió a Chris —dice, como advirtiéndome—, pero alguien que le hace eso a un niño, ¿lo haría solo una vez? ¿Le bastaría con eso?

—Supongo que la policía barajaría nombres de depredadores infantiles conocidos —digo.

—También he llamado a esa puerta. —Se recuesta en el asiento, meneando la cabeza—. Muchos pervertidos, pero ninguno del que pueda decir ese se llevó a Chris.

—No dispongo de herramientas ni de recursos para investigar esto, señor Bostrom.

—¿Las tenía en Montana? ¿Sabía lo que necesitaba?

—Contaba con ADN. Soy biólogo. Tenía sangre y pelo. Algo con lo que empezar.

—Pero también es un hombre de números —dice—. Un informático. Sabe ver cosas en los datos que otros no ven.

—No soy vidente. Lo único que se me da bien es hacer preguntas.

Bostrom se levanta.

—Ha sido más que amable escuchándome. Solo le pido que me avise si se le ocurre alguna pregunta que no se le haya ocurrido a nadie más.

Esperamos fuera a que llegue el automóvil de Uber que lo trasladará al aeropuerto. Me habla de las películas favoritas de Chris. Me cuenta lo que pasó una vez que el niño quiso hacerle una tarta de cumpleaños en el microondas. Me comenta muy orgulloso los proyectos en los que trabajaba Chris y su ambición de ser astronauta.

El niño quería ser científico. Quería inventar cosas. Quería ayudar a los demás.

Cuando el Uber de Bostrom se pierde en la oscuridad de la noche, me estremece pensar que el hombre que ha apagado esa intensa lucecilla aún anda suelto.

Desde el punto de vista estadístico, Chris no sería el único ni el último. Desde el punto de vista estadístico, me sería más fácil encontrar a Al Capone vivito y coleando en Chicago que dar caza al asesino de Chris.

Capítulo 6

La teoría de los números

Kerry se asoma por encima de mi cubículo y me observa. Es consciente de que a veces necesito un segundo para salir de mi realidad mental y volver a la realidad que me rodea.

—¿En qué estás trabajando?

—Solo estoy haciendo números. ¿Por?

—Una advertencia: Park está muy cabreado contigo. Hace un rato estaba despotricando de tu forma de interactuar con los clientes.

—¿Clientes? —replico—. No somos una agencia de publicidad. Somos una consultora semilegal a la que quienes buscan una excusa para apretar un gatillo conceden demasiado poder. Estoy convencido de que Cavenaugh no nos hará una mala crítica en Yelp, si eso es lo que teme.

Se deja caer en una silla vacía y se desliza hasta mí.

—Teme que vayas a aceptar la oferta de Cavenaugh. Park está al tanto de que la DIA sabe que eres tú el que está haciendo este trabajo.

—Tus gráficas nos han venido muy bien.

Resopla.

—Eso es una chorrada que se me ocurrió para salir de Silicon Valley y que no me hicieran trabajar ochenta horas a la semana. Tu sistema Predox los tiene a todos emocionados. Eso sí que es una apuesta multimillonaria.

—¿Para qué?

—Mira que eres rarito… —me dice, intrigada.

—¿Porque no quiero ser un charlatán como Park? Bastante tengo ya con trabajar en la fábrica.

—A lo mejor si la fábrica fuera tuya las cosas serían distintas. Birkett te respaldaría sin pensárselo. Yo también te apoyaría.

—¿Qué me propones, que le diga a Cavenaugh que me endose un buen montón de pasta de la lucha antiterrorista para que podamos mudarnos a otra oficina y estresarnos haciendo lo correcto sabiendo que hay vidas en juego?

—Con mejores plazas de aparcamiento —añade.

—No soy yo quien debería preocupar a Park. Tú ni siquiera escondes el cuchillo.

—No hace falta cuando todos los ojos están puestos en ti —dice antes de guiñarme el ojo y volver a su cubículo.

Es una idea tentadora, desde luego, pero, aunque ya no sepa adónde señala, aún no estoy dispuesto a deshacerme de mi brújula moral.

Unos minutos después recibo un mensaje de Park pidiéndome que vaya a su despacho.

—¿Qué pasa? —pregunto desde el umbral.

—Cierra la puerta y siéntate.

El despacho verdaderamente importante de una subcontrata de inteligencia se distingue enseguida porque es el más grande y no tiene ventanas.

Park tiene las paredes forradas de monitores con toda clase de estadísticas inútiles pensadas para impresionar a cualquier agente del gobierno que venga a enterarse del uso que se está dando a su dinero. Lo que no saben es que Park puede pulsar un interruptor y jugar al videojuego Overwatch en ellas cuando cree que no lo ve nadie.

Se recuesta en el asiento y se frota los ojos.

—¿Qué voy a hacer contigo?

—¿Qué tal ponerme un despacho propio para que también yo pueda divertirme con mis juegos en la intimidad?

Me lanza una mirada asesina. Está claro que he pulsado el botón equivocado.

—Ese es el problema —dice, amenazándome con un dedo—. Por eso ahora mismo no quiere contratarte ninguna universidad.

—Lo cierto es que mi actitud siempre ha sido la misma. No me contratan porque a los pijos encorsetados de esos campus impolutos los incomoda un poco un profesor absuelto por robar un cadáver y acusado de disparar a un hombre a sangre fría.

¿He mencionado ya que lo de Joe Vik fue complicado? Fue Jillian quien le disparó, pero me lo atribuí yo. Puede que le haya negado a la América republicana una heroína justiciera, pero también le he ahorrado a ella más drama de lo que cualquiera de nosotros podría haber imaginado.

Park se encuentra en una posición incómoda. Sabe que la DIA me valora más a mí que a él. Si carece de buenos jugadores, su proyecto no es más que un videojuego. Birkett le pidió que me contratara y Park lo hizo a regañadientes. Ahora, si quiere que esta empresa siga en pie, tiene que cargar conmigo.

Para mí, el juego es ver cómo descarga su frustración conmigo. No dispone de muchas otras formas de maniobrar. Lo inteligente sería que me preguntase cómo puede dejar de comportarse como un capullo y convertir esta farsa en algo útil, pero eso es lo último que Park haría, porque tiene la idea equivocada de que es más listo que yo.

No es consciente de que la genialidad es algo binario. O se tiene o no se tiene. Si se tiene, no hay mucha diferencia entre un coeficiente de 130 y uno de 170, siempre que se sepa aprovechar.

Richard Feynman, mi héroe particular y uno de los mayores físicos de la historia, sacó un 128 en el test de inteligencia del ejército. Con eso no habría llegado a la organización de superdotados Mensa. En cambio, el tío que tiene el coeficiente más alto jamás registrado trabaja como gorila en una discoteca y pasa el tiempo libre leyendo literatura fantástica. Que no me digan que ese tipo es más listo que el hombre que ha corregido los trabajos científicos de Stephen Hawking.

—Si no estás contento, eres libre de marcharte cuando quieras —me dice Park.

—Si te tomo la palabra y me largo, ¿cuánto tardarás en mandarme un mensaje de texto? ¿Llegaré a la puerta, al coche?

No soy de los que miden su hombría con otros tíos, pero estoy algo alterado.

—No tienes ni idea del poder que tengo aquí —me responde con acritud.

Echo un vistazo a sus monitores de juego.

—¿De qué me hablas, de tu liga de videojuegos?

—Puede que le caigas bien a Cavenaugh, pero no sabes cómo funcionan. Estás a una cagada de entrar en su lista negra. Como les hagas quedar mal, la cosa se puede poner muy fea. Como me hagas quedar mal a mí, no tienes ni puta idea de la que te puede caer encima. Sé cosas de ti. No te he contratado solo porque Birkett quiera acostarse contigo. Te he investigado a fondo. Hay cosas sobre ese desastre que montaste con el asesino en serie que no cuadran. Cosas que afectan a personas cercanas a ti.

Habla de Jillian. ¿Sabe que fue ella quien apretó el gatillo? ¿Sabe algo más?

Ni me imagino la clase de datos que tendrá en su terminal. Bueno, eso no es del todo cierto: conseguí que me concediera permisos de administrador sin que se diera cuenta, pero la verdad es que nunca he hurgado entre sus cosas.

Lo que sí sé es que amenazarme es una cosa, pero mencionar a Jillian es otra muy distinta. Le debo a esa mujer algo más que mi vida.

Desde que me recogió de la acera de su restaurante después de que una fulana adicta a la meta y su novio me dieran una buena paliza, ha sido el faro luminoso y refulgente de mi vida, aunque no tenga muy claro yo qué hacer con esa luz.

Me levanto. Park me mira asustado. Saco del bolsillo el móvil de la empresa, ese móvil seguro que cuesta más que mi todoterreno, y lo estampo en su pared forrada de pantallas, con lo que reviento uno de los monitores de plasma y hago saltar unas chispas.

Luego me inclino sobre su escritorio, apoyado en los nudillos, y le planto la cara delante de la suya.

—Al último tío que amenazó a alguien que me importa le clavé una inyección letal en el cuello.

En ese momento me doy cuenta de dos cosas. Una ya la sospechaba: no soy el mismo hombre que se adentró en aquel bosque en busca de Joe Vik; la otra: acabo de conseguir que Park se haga pis encima.

—¡Puedo hacer que te detengan! —me grita mientras me dirijo a la puerta.

—Y yo puedo hacer que Cavenaugh me pague la fianza y te saque de aquí a patadas hoy mismo.

Es una amenaza hueca, pero, aparte de que vaya a por él en plena noche, eso es lo que más miedo le da.

Voy camino de casa cuando me llama Birkett al móvil particular.

—¿Qué coño le has dicho a Park que está al teléfono gritándole a Cavenaugh que deberías estar en prisión preventiva?

—Me ha amenazado.

—¿Con qué, con despedirte?

—No, con que sabe algo de alguien que me importa.

Se hace un silencio largo.

—Uf, eso sí que es raro. Me informaré. Igual deberías mantenerte alejado de su despacho un tiempo.

—¿Tú crees? —replico con sarcasmo—. No tenía pensado volver. Además, seguramente Park haría que me detuviesen.

Birkett ríe.

—Eso no va a pasar. La única razón por la que tiene su proyectito es que yo conseguí echarte el guante… para la DIA. Cavenaugh no es el único que quiere el as que escondes en la manga.

—No escondo nada en la manga.

—Que no te oigan. Y eso es mentira. Bueno, sal de la ciudad mientras arreglo esto.

—Ya lo tenía pensado.

—¿A algún sitio en particular?

—Sí, a un sitio donde pueda desconectar de esto, a Compton.

—Muy gracioso. —No me oye reír—. Madre mía… eres un cabronazo de lo más raro.

Y cabreado. Me he dado cuenta de que todos esos compartimentos vacíos no lo están tanto. Están llenos de rabia. Necesito desfogarme con algo que no sea un imbécil como Park. Tengo que atrapar a un asesino.

Después del caso del oso pardo asesino, caí en la cuenta de que Joe Vik no era el único con un gen temerario y problemático. Mi propio ADN me indicó lo que ya sabía: que soy tan atípico como él. Distinto en los detalles, quizá, pero aun así alejado de la mayoría de los seres humanos de este planeta.

Como Joe Vik, yo necesito cazar.

Capítulo 7

Vigilancia vecinal

William Bostrom me recibe en la puerta con una amplia sonrisa. Su domicilio se encuentra en un barrio de clase obrera de Willowbrook. Los automóviles que hay delante de las casas no son todos nuevos, pero los jardines están bien cuidados: esa estampa no concuerda en absoluto con la imagen que casi todo el mundo tiene de Los Ángeles South Central, pero ello no quita que estemos a menos de un kilómetro de territorio pandillero, por más que el mismo no sea una distopía urbana con montones de vehículos quemados y tiroteos constantes.

—Antes de empezar, no quiero que albergue falsas esperanzas —le advierto.

—Entendido. —Me lleva hasta la mesa del comedor, donde tiene apiladas unas carpetas en montones perfectamente dispuestos, justo lo que cabría esperar de un contable—. Tengo aquí todas las denuncias de desaparecidos que he podido conseguir. Aquí tengo a todos los agresores sexuales fichados. Este es el camino que Chris seguía para volver a casa —dice, señalando un mapa cubierto de equis de color rojo—, con todos los sitios a los que podría haber ido, y he marcado con una cruz a todos los agresores.

—Son muchas cruces —replico mientras me siento.

—La mayoría son tipos que han recogido a prostitutas, pero tenía que empezar por algo.

Examino todos los documentos.

—Por lo general, prefiero trabajar con documentos digitalizados. Así es más fácil organizarlos. Conozco un servicio de escaneado veinticuatro horas.

—Eso ya está hecho. He creado mi propia base de datos —dice señalando el portátil del extremo de la mesa—. La empecé a las pocas semanas de la desaparición de Christopher. Puedo enviarle los archivos por correo electrónico.

—Por favor. —Suelto la bolsa y saco mi portátil—. Lo primero que hay que hacer es recopilar los datos de todos los desaparecidos y buscar alguna anomalía.

—¿Como qué?

—¿Hay más niños desaparecidos en esta zona que en una ciudad con una demografía similar, como Atlanta?

—¿Se refiere a una ciudad donde vivan negros?

—Más o menos. Los casos con víctimas blancas tienen mayor difusión y se tratan de otro modo o, al menos, esa es mi percepción.

—Y los negros no acudimos a la policía en cuanto pasa algo. —Piensa un momento—. ¿Cómo buscamos anomalías?

—Tengo un programa.

—¿MAAT? ¿El que usó para atrapar a Joe Vik?

—Más bien MAAT 2.0. Está diseñado para localizar patrones de depredadores. Lo llamo Predox. —Aparte de Jillian, William es la primera persona delante de la que reconozco que Predox existe. Tras descubrir el entusiasmo desbordado de Cavenaugh por cualquier herramienta a medio hacer que el ejército pudiera usar para bien o para mal, decidí mantenerlo en secreto.

La verdad es que, cuando William me trajo este caso, me dije al instante que ya era hora de poner a prueba Predox.

—He leído el ensayo que escribió sobre MAAT, pero explíquemelo en términos que pueda comprender un simple contable —dice.

—¿Sabe cómo derrotaron a Garri Kaspárov en ajedrez con un ordenador?

—¿Haciendo números?

—No exactamente. Hay más posibles configuraciones de tablero de cinco movimientos en el ajedrez que partículas totales en el Universo. Por eso, aunque se pueda ganar en un par de jugadas, los maestros del ajedrez aún pueden ponérselo difícil a un ordenador.

»Deep Blue, el ordenador que derrotó a Kaspárov, estaba diseñado para mejorar estrategias. No calculaba todas las jugadas posibles, solo las que lo derrotarían. Si se hubiese enfrentado ese día a otro campeón de ajedrez, uno al que no lo hubieran programado para ganar, el resultado podría haber sido distinto.

—Así que aún hay esperanza para el ser humano —replica William.

—No, ninguna. Los ordenadores son cada vez mejores que nosotros en ajedrez, bueno, y en un centenar de cosas más. Además, cuando nos dan alcance, siguen mejorando. Nuestra única esperanza es encontrar el modo de colaborar con ellos y de poner en ellos lo suficiente de nosotros mismos como para que sigan siendo nuestros amigos.

»El funcionamiento de Predox consiste en que le enseño a pensar como un científico. Cuando le proporciono un conjunto de datos, usa una parte para generar una hipótesis basada en una correlación: todos los pelirrojos son irlandeses. En cuanto tiene una hipótesis, la pone a prueba con otro conjunto de datos. Si se confirma la hipótesis, se convierte en teoría hasta que encuentra a una libanesa pelirroja y tiene que modificar esa teoría.

—¿Parecido a la estadística bayesiana? —dice William, el hombre trabaja con números todo el día.

—Mucho. Lo que hace especial a Predox es que además mejora cuando comprende los datos. Puede tomar una imagen, reconocer que probablemente se trata de una mujer y empezar a hacer deducciones, incluso algunas poco evidentes. Puede determinar con bastante acierto si la foto la hizo un desconocido al que se le dejó la cámara o un amigo. Los amigos se acercan más. También puede deducir la estatura del fotógrafo por el ángulo de la foto. Eso por no hablar de lo que es capaz de detectar en las expresiones faciales.

—¿Ha pensado alguna vez en venderlo? —pregunta William.

—Hay otras herramientas en el mercado. —No le digo que me han hecho ofertas, ni que eso es lo que más miedo me da—. Predox es una herramienta excelente solo para su propósito original.

—Encontrar a los malos.

—No, ayudarme a pensar.

—Predox es usted.

William me pilla desprevenido. Nunca me lo había planteado así. Aunque lo que pretendía era crear una herramienta de búsqueda multiusos, lo que he hecho en realidad es programar a un ordenador para que resuelva un problema siguiendo los mismos pasos que seguiría yo.

—¿Ocurre algo, doctor Cray?

—Llámeme Theo, por cierto. Theo a secas. Y no, todo va bien.

Me había quedado mudo porque había caído en la cuenta de que Predox quizá no solo pensaba como yo, sino que, en cierto sentido, tenía también los mismos prejuicios que yo. Podría haber otras formas mejores de resolver un problema que yo ignoraba. Debía tener presente eso.

Pasamos las siguientes horas introduciendo datos de la base estadística del Departamento de Justicia y de la sección pública del ViCAP, el registro de delincuentes violentos del FBI, para configurar Predox para que buscase correlaciones y anomalías. Nada destacó de inmediato entre todo aquel ruido estadístico.

Sospechaba que sucedería algo así. En Montana, la población era mucho menor y un asesino en serie se veía a la legua si se sabía dónde buscar.

La población de Los Ángeles es veinte veces la de Montana, lo que significa que allí podrían esconderse veinte Joe Vik o un centenar de asesinos algo menos prolíficos.

Si el secuestrador de Christopher no tenía un índice de actividad muy alto, sería imposible detectarlo con mi sistema.

Invierto las horas siguientes maquillando un poco los datos para sacar el máximo partido a las denuncias de desaparecidos. Incluso repaso las fotografías en busca de algo que Predox no pueda encontrar.

El resultado es mi mayor temor como científico: nada. Ni siquiera unas conclusiones endebles que calibrar. Solo unos datos vacíos.

Me sorprendo mirando al infinito, con los ojos borrosos. William me pone una mano en el hombro.

—No pasa nada. Descanse un poco y por la mañana le enseñaré el colegio al que iba Chris. Si no se le ocurre nada, lo llevaré de vuelta al aeropuerto.

Este hombre aceptó su pérdida hace tiempo, ahora solo pretende asegurarse de que ha hecho lo correcto dejándolo correr.

Hay algo más que puedo hacer. Me la voy a jugar aún más, pero ahora mismo me la sopla.

Apuesto lo que sea a que Park todavía no me ha retirado la habilitación de seguridad, lo que significa que puedo hacer una búsqueda en los archivos y pedir a la policía de Los Ángeles y al FBI que me envíen lo que tengan de Christopher o de otros secuestros. Me estoy saltando las normas y seguramente sea ilegal, pero a la mierda.

Me conecto al sistema de solicitud de adquisición de datos y curso una petición.

Mañana sabré si ha colado o voy a la cárcel.

Capítulo 8

Llave

—Chris solía despertarse él solo y prepararse el desayuno antes de irse a clase —me dice William mientras estamos los dos a la puerta de su casa. Hace una mañana fresca de esas típicas en Los Ángeles y los niños pasan en bicicleta camino del colegio.

—¿Iba en bici o a pie? —pregunto.

—En bici. Casi siempre.

Abre con llave la puerta del garaje y la levanta para enseñarme el interior.

Las paredes están forradas de archivadores metálicos seguros. Me ve mirarlos.

—Registros contables.

—¿No utiliza algún servicio especializado para almacenarlos? —digo.

—Con casi todos, pero para algunos clientes tengo que tener fácil acceso.

Se acerca a una bicicleta apoyada en una pila de archivadores de cartón.

Es una BMX con pegatinas de Transformers.

—La encontraron cuando lo secuestraron. —Suspira—. Tirada en la calle.

Hago una foto de la bici con el móvil. No hay nada inusual en ella, pero es en lo ordinario donde suele esconderse lo extraordinario.

—¿Y nadie vio nada? —le pregunto a William mientras cierra con llave la puerta del garaje.

— Nada que la policía me hiciera saber. Y no saqué nada de ninguna de las personas con las que hablé. ¿Ha habido suerte con esos informes?

—Los tengo pedidos. Sabremos algo a lo largo del día.

Enfilamos la calle en dirección a la escuela de primaria de Chris, que tiene un nombre poco original: 134th Street Elementary School.

Salen los coches de las casas y sus ocupantes van incorporándose al tráfico de Los Ángeles para dirigirse a sus trabajos. Los vecinos de William son sobre todo negros e hispanos, aunque también veo a algunos blancos de mayor edad.

—¿Tenía Chris amigos con los que fuera o regresara del colegio?

—Nada fijo. A esa edad los niños siempre andan cambiando de compañeros. Además, Chris era un poco solitario. Ahora es más fácil ser negro y empollón, pero, por aquel entonces, quizá no tanto...

Yo ya era un niño solitario incluso antes de que muriera mi padre. Disponer de una excusa más para encerrarme en mí mismo solo me hizo mucho más introvertido.

Mientras caminamos por la calle, miro discretamente por las ventanas y observo que las casas tienen barrotes extragruesos y cámaras de seguridad.

Llegamos a un campo abierto y extenso que constituye un pulmón natural en medio de esas torres conectadas a la central eléctrica que serpentean por toda la ciudad.

—Ahí es donde encontraron la bici —dice William, señalando una parcela de malas hierbas próxima a la acera.

Hay bastante tráfico, pero no hay muchas casas cerca. Es fácil imaginar que un vehículo que se detuviera junto a un niño que iba en bici no llamase mucho la atención de los conductores que volvían a casa del trabajo.

—¿Era Chris de esos niños que hablan con desconocidos? —pregunto.

—Sabía que no debía hacerlo, pero era un niño amable. Hablaba con todo el mundo, aunque jamás se habría subido a un coche con nadie.

Lo que parece indicar que a Chris tuvieron que bajarlo a la fuerza de la bici, pero eso en pleno día habría llamado mucho la atención. Una cosa es que ignores a un niño que habla con el conductor de un coche, pero ¿no denunciar a la policía que has visto cómo lo metían a rastras en un vehículo…?

El secuestrador de Chris tuvo que tener mucha suerte o un vehículo tipo furgoneta con el que los otros conductores no pudieran ver lo que hacía.

Sin embargo, usar una furgoneta o desplegar alguna otra forma premeditada de llevarse a un niño implican cierta planificación, lo que refuerza la sospecha de William de que la desaparición de su hijo no fue un incidente aislado. Eso no lo sabré hasta que disponga de más datos.

Por fin llegamos al colegio de Chris. Los niños están en el patio y en las pistas de atletismo corriendo, dando patadas a un balón rojo, riendo, gritando y montando toda esa preciosa algarabía que olvidamos cuando nos hacemos adultos.

William está de espaldas a la verja. Veo que le duele estar ahí. Sabe Dios qué sentirá.

Hago unas fotos del colegio a través de la verja, luego me acerco a una especie de jaula cerrada.

—Ahí solían dejar las bicicletas —dice William—. Ahora ya no les permiten venir a clase en bici.

—¿Por Chris?

—No. Por los atropellos. Además, se las robaban constantemente.

—¿Puedo ayudarles en algo? —dice una voz femenina a nuestras espaldas.

Me vuelvo y veo a una afroamericana recia con el uniforme de la policía de Los Ángeles que se acerca a grandes zancadas a la verja que nos separa del colegio.

William sigue de espaldas a la verja. Decido abordarla con sinceridad... o algo así.

—Soy Theo Cray —digo, saco el carné de federal del bolsillo y se lo enseño. Se lo dan a algunos civiles subcontratados por el gobierno que necesitan acceso a instalaciones gubernamentales—. Me estoy documentando sobre el secuestro de Chris Bostrom.

Mira el carné un segundo.

—Bueno, si quiere estar en las dependencias de la escuela, tendrá que hablar con el director Evans.

No me molesto en señalar que me encuentro en la vía pública. De nada sirve ganar una batalla si la misma podría costarte la guerra.

—Sin problema, ya nos íbamos.

Entonces ve a William.

—Y él se tiene que ir inmediatamente si no quiere que lo detenga.

Eso me sorprende. Estoy a punto de preguntarle por qué, pero William me agarra de la manga.

—Vámonos.

La agente nos vigila hasta que llegamos a la esquina, luego vuelve a entrar en la escuela. Me detengo en el cruce.

—¿Qué demonios ha pasado?

William me esquiva la mirada.

—Después de que se llevaran a Chris... vi-vine un par de veces a encararme con algunos de sus profesores. Me advirtieron que no volviera.

Ah. Vale. Comprensible.

—Entiendo.

—Volvamos a casa —dice, visiblemente alterado, antes de empezar a cruzar la calle.

—Un momento, ¿no se llega antes por aquí? —digo, señalando al final de la manzana.

—Sí, pero por aquí es por donde volvía Chris. He pensado que a lo mejor querría echar otro vistazo.

—¿Cómo sabe que volvía por aquí?

—Porque es donde encontraron la bici. —Mientras lo dice, le veo en los ojos que se le acaba de ocurrir algo—. Espere… —Mira el camino más corto—. Igual…

Para él significa que todos los años que lleva peinando la zona y haciendo pesquisas podría haberse centrado en el tramo equivocado.

—No sé, pero supongamos que la ubicación de la bici no confirmara el camino que tomó. ¿Por qué no seguimos el camino más corto y echamos un vistazo?

Asiente con la cabeza y recorremos la manzana de vuelta a su casa.

A medida que recorremos el otro camino que Chris pudo haber tomado, William mira todas las casas con renovado recelo y a todas las personas que vemos con un rencor mal disimulado. Para él, cualquiera de esas personas podría haber visto lo ocurrido. Una de ellas podría ser el secuestrador de Chris.

Hago fotos y me asomo a las casas cuando puedo hacerlo. Además, juego a un juego mental que aprendí persiguiendo a Joe Vik y que me ha venido muy bien para mi trabajo en OpenSkyAI: se llama «piensa como un depredador».

En lugar de ponerme en la piel de Chris, como William seguramente está haciendo, imagino que soy el secuestrador en busca del mejor sitio para llevármelo sin que me vean.

Si se abandonó la bicicleta lejos del lugar donde tuvo lugar el secuestro realmente es porque el secuestrador pretendía distraernos de algo y ese algo puede significar que aún ande por aquí.

Capítulo 9

Evaluación de la amenaza

Cuando llegamos a casa de William, ya he pensado en tres posibles escenarios, cada uno de ellos con sus correspondientes variables, en relación con el secuestro de Chris.

En el primero, a Chris se lo llevó un oportunista que casualmente se topó con un niño vulnerable y lo metió en su vehículo exactamente donde se encontró la bici. En el segundo, el secuestrador de Chris no vivía por la zona, pero lo había estado siguiendo, quizá durante días. Esperó el momento oportuno para llevárselo y luego trasladó la bicicleta para ocultar el lugar desde el que lo había estado observando por si algún testigo podía describirlo. En el tercero, el secuestrador de Chris vivía en el camino, ya sea en el que pensábamos que había tomado Chris al principio o en el más corto. En ese caso, movió la bici para desviar la atención de sí mismo y de su vivienda.

Hay decenas de permutaciones más basadas en los hechos conocidos y, si alguna de nuestras suposiciones principales es incorrecta, un número infinito. No obstante, por ahora tenemos tres teorías con las que trabajar, cada una con sus propios inconvenientes.

El primer escenario es casi imposible de investigar sin datos adicionales. El segundo depende de que los testigos de hace casi diez años sean capaces de recordar algo de una fecha concreta y, dado que los investigadores peinaron esas zonas, parece muy improbable que quedase algún descubrimiento importante por hacer. Los detalles pequeños, como una furgoneta sospechosa de color verde cerca del 7-Eleven que aparecen en las diligencias policiales, resultarían útiles, pero no espero encontrar nada relevante ahí. El último escenario, y quizá el más escalofriante, es el de que el secuestrador viviera por el camino. Cuando la policía fue de casa en casa hablando con los vecinos, Chris podría haber estado vivo y aún ileso a solo unos metros de distancia.

—¿Qué está pensando? —me pregunta William cuando llegamos a su puerta.

—El callejón parece un atajo que Chris podría haber tomado. Si yo fuera niño, iría por ahí. La zona de la iglesia baptista está algo desierta y en la esquina del 117 no hay casas que den directamente a ella. Esos serían mis puntos principales.

—Dudo mucho que vayamos a encontrar nada allí después de tanto tiempo.

—He hecho fotos, pero, aparte de eso, han pasado demasiados años como para esperar nada. Si consigo las diligencias policiales, veré si hay algo que los relacione.

Asiente con la cabeza.

—También podemos investigar los antecedentes de todos los que hayan vivido en esas calles desde entonces hasta ahora.

—¿Consultando el catastro?

—Yo puedo conseguir fichas policiales también. Basta con que hagamos una lista de direcciones.

Aunque mi pase gubernamental pone a mi disposición una cantidad aterradora de datos personales, la clase de información que buscamos podría comprarse a un precio asequible a empresas privadas especializadas en proporcionar información a prestamistas y posibles empleadores.

He descubierto que muchos de los informes del gobierno suelen ser inexactos, salvo cuando hay una conexión financiera. Por eso Hacienda o un acreedor te pueden localizar más rápido que la policía.

Mientras William hace una lista de las casas que debemos investigar, yo miro mi correo electrónico y veo que la policía ha respondido a mi solicitud de diligencias. Lo bueno es que me pueden facilitar lo que les he pedido; lo malo es que necesitan de seis a ocho semanas para recopilar la información.

William está inclinado sobre un mapa extendido en la mesa de la cocina, tomando nota de todos los domicilios.

—Me mata pensar que pudiera estar aquí...

—Sí. Tenemos un problema. Me van a mandar las diligencias, pero dicen que tardarán como mínimo un mes.

Yo ya me he convencido de que un mes no supondrá un gran retraso en la investigación de algo que ocurrió hace ya diez años.

Se recuesta en el asiento y cruza los brazos.

—¿Un mes?

—Podemos hacer un seguimiento de las viviendas, ver quién vivía en ellas por aquel entonces. Quizá encontremos algo allí.

Asiente, dando por sentado que esta no es más que otra decepción con que la vida ha decidido castigarlo.

Me meto las manos en los bolsillos y toco con los dedos el plástico duro de mi carné. William se toma un momento para digerir la situación, luego sigue tomando notas y elaborando la lista de direcciones.

—¡A la mierda! —digo. Esto me podría costar el empleo, si es que no lo he perdido ya. Podrían incluso meterme en la cárcel—. A lo mejor puedo ir a la policía de Los Ángeles y echar un vistazo —añado, sosteniendo en alto mi carné.

—¿Tiene permiso para hacerlo? —pregunta William.

—Mientras nadie me lo impida... —Ya me inventaré alguna excusa de que estoy trabajando en un proyecto de investigación de la DIA o algo así. Lo cierto es que podría irme de rositas si nadie monta un escándalo. Si, por el contrario, cabreo a alguien, podría tener problemas. Así que mejor que Park no sepa qué me llevo entre manos—. ¿Tiene escáner? —pregunto.

—¿Escáner de documentos? Tengo uno en mi despacho. Espere.

William se va al fondo del pasillo y saca una llave con la que abre una puerta situada al fondo de la casa. Desde que empecé a trabajar en inteligencia, me he topado con varias personas con cuartos seguros en casa. Para un contable será lo mismo. Seguramente sus clientes quieren tener la tranquilidad de que nadie va a andar husmeando en sus archivos.

—Aquí tiene —dice mientras cierra la puerta—. Usa una tarjeta de memoria para almacenar los documentos en PDF. ¿Le vale?

Es del tamaño de un colín.

—Perfecto.

Podría usar el móvil, pero un escáner profesional nos facilitará mucho las cosas y me hará parecer más fiable a los ojos del guardia que custodia los archivos, suponiendo que pueda pasar de la puerta con mi carné.

Capítulo 10

Caso cerrado

En lo que pasará a la historia como el más aburrido de los golpes, después de presentar mi carné a la mujer del mostrador de recepción del archivo, me lleva por una puerta de seguridad, me da un plano del laberinto de túneles y almacenes que hay debajo de la ciudad de Los Ángeles y me manda solo y a mi aire sin la más mínima sospecha ni pizca de recelo.

Lo achaco a dos cosas. La primera es que mi carné solo me ha dado acceso a unos archivos que podrían obtenerse apelando a la Ley de Derecho a la Información. No me han dado acceso a las diligencias de casos actuales de la Policía de Los Ángeles y no voy a poder sacar ni una multa de aparcamiento que aún anduviera pendiente de juicio, al menos eso es lo que dice el folleto que me ha dado esa mujer junto con el plano.

Sin embargo, al pasar por delante de una sala etiquetada como Diligencias Activas, me ha dado la impresión de que lo que se explica en el folleto es más una especie de protocolo que una serie de barreras reales que mantengan alejados a los curiosos de las investigaciones en curso.

Como me basta con tener acceso al caso de Christopher Bostrom, busco la sección donde se encuentran almacenadas las diligencias de desapariciones, vigilada por un funcionario completamente desmotivado al que se podría calificar, siendo generoso, de «jubilado en activo».

Me gruñe vagas indicaciones para llegar a la fila donde está el archivador en el que se guarda la carpeta que contiene la documentación del caso de Christopher. Le tengo que preguntar una segunda vez para asegurarme de que no se me escapa nada, porque en la carpeta que encuentro hay menos papeles de los que yo he tenido que rellenar para alquilar mi apartamento.

La labor policial no parece descuidada. El informe inicial es conciso. Hay interrogatorios a vecinos, profesores y otras personas que al principio me sorprenden, pero que cobran sentido en cuanto me pongo en el lugar del policía: conductores de las líneas de autobús que pasan cerca del lugar donde desapareció el hijo de William, empleados del servicio de correos e incluso cuadrillas de técnicos de los servicios de agua, gas y electricidad. El inspector Ted Corman incluso llegó a interrogar a conductores de furgonetas de FedEx y UPS por si habían visto algo.

Tenía una idea clara y realista de quién podía haber sido testigo de alguna cosa. Por desgracia, ninguno de los interrogados vio nada.

En el apartado de la policía científica, no hay nada. Solo una foto de la bicicleta de Chris. Reviso las diligencias y ni siquiera parece que se extrajeran huellas de la bici. No soy policía, pero eso me parece un grave error.

Entiendo que pensaran que el sospechoso no llegase a tocar la bicicleta si creían que Chris la había dejado tirada para subirse al coche, pero no había motivo para hacer semejante suposición. Le mando un mensaje a William para pedirle que no toque la bici.

Con suerte, la llevaron directamente del coche patrulla a su garaje y él no la ha manipulado mucho. Aunque es poco probable que se pueda sacar una huella normal después de nueve años, si el secuestrador se manchó de grasa, habría una posibilidad, remota pero viable.

Para sacar esa huella, haría falta un laboratorio estatal muy bueno o el FBI, lo que me hace reparar en otra cosa extraña de las diligencias: solo se hicieron dos llamadas al FBI.

Pese a que un secuestro común no suele ser competencia del FBI, debería haber habido contacto constante entre la policía de Los Ángeles y la oficina del FBI de esa ciudad. En casos como este, hasta suele haber un agente en el escenario, de manera extraoficial, para confirmar competencias.

En su informe, Corman menciona que hubo una llamada del FBI, que lo llamaron ellos, y que él les devolvió la llamada para informarles de lo que había averiguado la Policía de Los Ángeles: nada.

Otro aspecto confuso del informe es que señala que se contactó con dos agencias: una es el FBI, pero de la otra no se dice nada. Me jugaría el cuello a que fue Hacienda, por ser William contable. ¿Buscaban un testigo de conducta que pudiera indicarles si la desaparición podía deberse a algún altercado doméstico?

El último dato interesante es que no se denunció la desaparición de Chris hasta las once en punto de la noche. Aunque William me ha dicho que al niño lo secuestraron después de clase, transcurrieron ocho horas desde que lo vio su último profesor hasta que su padre llamó a emergencias.

La transcripción de la llamada es tan prosaica como un episodio de la serie policiaca de los años cincuenta *Dragnet*:

Emergencias: Emergencias, ¿en qué puedo ayudarle?

Bostrom: Mi hijo, que no ha vuelto a casa hoy.

Emergencias: ¿Cuántos años tiene su hijo?

Bostrom: Ocho. Nueve. Tiene nueve años.

Emergencias: ¿Es posible que esté en casa de un amigo o con un familiar?

Bostrom: No. Su madre murió. Cuando he llegado a casa, no estaba. Debería haber estado en casa.

Emergencias: Muy bien, señor, le mandamos una patrulla. Vive usted en el 1.473 de Thornton, ¿verdad?

Bostrom: Sí, señora.

Emergencias: Muy bien. Por favor, espere fuera para que el agente pueda verlo.

Bostrom: Gracias.

El coche patrulla llegó allí ocho minutos después. El inspector Corman se presentó en el escenario casi dos horas más tarde.

Según el informe del oficial al mando, se llamó a los padres de los compañeros de clase de Chris y se enviaron refuerzos para buscarlo. Su bicicleta la encontró esa noche un agente armado con una linterna.

Aparte del tiempo que tardó William en denunciar la desaparición de su hijo, lo único inusual de su conducta fue que le mencionase a uno de los agentes que había llamado a un tal Mathis y le había preguntado si sabía algo.

Corman no siguió esa línea de investigación en su informe, pero, por lo demás, hizo todo lo que debía hacer: cursó una alerta AMBER, se puso en contacto con otros departamentos e introdujo a Christopher en las correspondientes bases de datos. Salvo eso, hay poco más en las diligencias.

En biología, se puede saber lo unida que está una comunidad por la intensidad con que reacciona al peligro. Las manadas y los rebaños se vuelcan con sus pequeños. Aun siendo parientes lejanos, las ballenas protegen a sus crías cuando hay orcas cerca. Otros animales, sobre todo los no mamíferos, se muestran indiferentes. Si un depredador les arrebata una cría, su cálculo evolutivo les dice que han tenido suerte de que no les haya tocado a ellos y que la vida sigue. La reacción al secuestro de Chris no parece la de una manada fuerte, al menos por parte de los líderes, pero hablamos de personas y muchas de las autoridades implicadas eran negras, con lo que no pudo ser simplemente una cuestión racial, no del todo. Se me escapa algo.

¿Les pareció que Chris se había escapado? ¿Acaso no era feliz en casa? ¿Albergaba la policía alguna sospecha sobre William que no pudo constatar en las diligencias?

¿Por qué da la impresión de que a nadie le importaba una mierda?

Capítulo 11

Posible sospechoso

Sospecho que podría crear un perfil informático con el que averiguar con bastante acierto la ocupación de cualquier persona por su postura y su mirada. Los médicos suelen mirar a tu alrededor, como cuando un ganadero examina a una vaquilla. Los científicos miran al infinito, cerca de donde estás, mientras sopesan tus palabras o, mejor dicho, sus propios y valiosos pensamientos. Los policías te miran directamente. No apartan la mirada cuando los miras a los ojos. Te sostienen la mirada porque van armados y tienen permiso de la sociedad para intimidarte. Si los miras fijamente y amenazas esa autoridad, están a solo una llamada por radio de otro puñado de polis armados.

Cuando salgo del archivo con mis datos digitalizados y la cabeza ocupada en mis propios y valiosos pensamientos, un policía me dedica una de esas miradas dominantes. No debería sorprenderme en un edificio repleto de policías, pero este me mira directamente a mí.

Es un tipo de mediana edad, calvo, con un grueso bigote negro moteado de gris, vestido con un polo negro de la policía de Los Ángeles, la placa en una cadera, el arma en la otra: ese hombre es todo lo policía que se puede ser. Por un instante, me planteo si no será así como deciden su admisión en la academia.

—¿Ha encontrado lo que buscaba, señor Cray? —me pregunta.

Antes se me daban mucho peor estos encuentros. Antes de Joe Vik. No voy a decir que ahora sea el mayor de los zalameros, pero he aprendido a no ir por la vida con la mandíbula floja.

Le dedico una amplia sonrisa y le tiendo la mano.

—¿Qué hay? —Me estrecha la mano sin pensarlo. Cambia un poco de actitud. Sigue atravesándome con la mirada, pero ya no intenta controlarme, ahora quiere calarme—. Perdone, ¿cómo se llamaba? —Finjo que somos amigos—. ¿Nos conocimos en el congreso antiterrorista de San Diego? —Con eso le digo que estamos en el mismo bando—. ¿Estuvo en mi charla? —Ahora le indico que soy un compañero o, incluso, un superior.

Recobra la compostura.

—No. No nos conocemos. —Hace una breve pausa—. Y lo sabe perfectamente.

Agotadas mis aptitudes sociales, solo me queda una opción mientras trato de averiguar el verdadero propósito de este encuentro: tendré que ser el doctor Theo Cray.

—Bueno, en respuesta a su pregunta: no, no he encontrado lo que buscaba. ¿Y usted qué busca?

Suaviza el gesto.

—Solo quería charlar un rato. Mi despacho está al otro lado de la calle, ¿le importa acompañarme?

—¿Vamos a hablar de algo para lo que necesite asesoramiento legal?

—¿Suele acompañarlo su abogado cuando habla con alguien?

—Teniendo en cuenta lo que me pasó la última vez que un agente de policía me sorprendió y me dijo que teníamos que hablar, no me habría venido nada mal.

—Lo entiendo. Se lo aclaro: no se ha metido en ningún lío. Me propongo evitar que lo haga.

—Eso suena inquietante.

—Créame, es un detalle que tengo con usted.

En mi breve experiencia bajo la mirada vigilante de la policía, he aprendido que la inmensa mayoría de los polis son buenas personas que hacen un trabajo muy difícil. Hasta los gilipollas con los que me ha tocado lidiar pensaban más en los demás. Por desgracia, me consideraban una amenaza.

Otra cosa que aprendí del difunto inspector Glenn, que sacrificó su vida por Jillian y por mí, es que los policías buenos de verdad funcionan a dos niveles. Como el actor que ha recitado a Shakespeare un millón de veces y está en escena pensando en lo que va a comer o el cirujano que te puede hacer una sutura dormido mientras sueña con el campo de golf, un policía habilidoso puede empezar a hacerte preguntas, hacerte hablar y, en el fondo, llevarte adonde quiera. Puede que no lo haga para sonsacarte esa pequeña pista o hacerte cometer un desliz. A menudo es para hacerte la ficha y decidir si escondes algo y cómo lo escondes.

Igual que los científicos, los policías recopilan datos. Te preguntan cosas que ya saben. Te hacen preguntas embarazosas. Te dan la oportunidad de contar mentirijillas para ver cómo manejas las mentiras gordas.

Hay una razón por la que el abogado te manda callar cuando hablas con la policía. Con suerte, será la primera y la última vez que un poli se dirija a ti. Será tu única conversación de malo/bueno. Los policías lo hacen a diario. Han conocido a miles de mentirosos y oído un millón de mentiras. Las tuyas no van a colar. No te van a decir que no sueltas más que chorradas, te dejarán hablar, mentir sobre un puñado de cosas y tomarán notas mentales mientras tú te crees el cabrón más persuasivo del planeta. Quieren que te marches pensando que te has salido con la tuya o tan acojonado que la cagues delante de ellos. Todo depende de la impresión que les des.

Lo sigo a su despacho y caigo en la cuenta de algo, de algo que debería haber sido evidente en el mismo instante en que el policía me ha parado. Se trata del inspector Corman, el autor de las diligencias.

Me sorprende, porque estoy casi convencido de que la mujer del archivo no lo ha llamado para decirle que un tipo andaba hurgando en un caso suyo de hace casi diez años. Corman sabía de mi existencia incluso antes de que yo pusiera un pie en el edificio. Probablemente incluso antes de que decidiera visitar la comisaría. Y eso me da mucho que pensar.

Capítulo 12

Cómplices

Corman me planta una botella de agua delante y suelta una pila de carpetas en la mesa de la sala de reuniones antes de sentarse al otro lado. Por la ventana veo a los polis de uniforme y de paisano hacer su trabajo, hablando por teléfono, tecleando en los ordenadores mientras los curritos van de un cubículo a otro, entregando mensajes y charlando de nimiedades. Sin los uniformes, podría ser una oficina de cualquier empresa, salvo por los bíceps abultados y el porcentaje de bigotes.

—He leído mucho sobre su experiencia en Montana. Tuvo que ser muy desagradable —dice.

—Lo fue —contesto con sequedad.

—¿Qué sabe de William Bostrom? —pregunta, sin duda dispuesto a contarme algo que no sé.

—Es un padre apenado, viudo y contable. Un buen tipo.

—Así es, como casi todos.

—¿Casi todos?

—¿No le ha dicho William quién es su principal cliente?

—No hemos hablado de su negocio —respondo.

—Su principal cliente es un hombre llamado Justice Mathis, propietario de una docena de lavanderías repartidas por todo Los

Ángeles, tres oficinas de cobro de cheques y varios concesionarios de automóviles de segunda mano.

—Parece que se trata de un gran empresario.

No añado que parece demasiado trabajo para un solo contable.

—Huy, lo es. Hace tiempo Justice era conocido por otro nombre. Lo llamaban Master Kill. Era el cabecilla de una rama de los Crips conocida como los Ninety-Niners, porque, según ellos, fueron noventa y nueve los miembros de bandas rivales a los que asesinaron en la disputa por el control que tuvo lugar cuando encerraron al cabecilla de los Crips y los Bloods.

»Lo curioso de Justice era que, aunque se había criado por aquí, no era de aquí. Su padre era abogado. Se matriculó en la Universidad del Sur de California para poder jugar al fútbol y era un poco más listo que el resto de esos payasos. Sabía comportarse como un tío de la calle, pero pensaba como un hombre de negocios.

»En lugar de darles el dinero a sus matones, buscaba personas más instruidas, tíos sin antecedentes, y les hacía invertir en propiedades y empresas, con lo que evitaba llamar la atención.

—¿Qué intenta decirme? —pregunto.

—Que William es un maleante que trabaja para otro maleante. Uno peligroso. Un tipo que va asesinando gente.

—¿Y por qué no lo detienen?

El despacho cerrado con llave y los archivadores precintados empiezan a tener un poco más de sentido para mí, pero aun así…

—Bueno, eso no es competencia mía. Estas cosas llevan tiempo.

Sospecho que la razón por la que está hablando conmigo es que William se encuentra bajo vigilancia y alguien ha avisado de que un forastero blanco le estaba haciendo una visita.

—Todo esto es… inquietante, pero, en realidad, me da igual cómo se gane la vida o para quién trabaje. Yo he venido a ayudarlo a averiguar qué le ocurrió a su hijo.

—Estupendo.

Corman saca un sobre de la pila y me lo acerca.

La última vez que un policía me mostró el contenido de un sobre era la fotografía de un cadáver.

—¿Quién es la víctima? —pregunto, sin tocar el sobre.

Me dedica una sonrisita y asiente.

—Ha pasado tiempo entre polis, ¿eh? Es la mujer de William. ¿Le ha contado cómo murió?

Me mira fijamente, esperando a que responda o abra el sobre.

A pesar de mis esfuerzos por contenerme, es imposible que un tío tan curioso como yo no mire la foto. La saco del sobre y me arrepiento de inmediato. Es la imagen de una joven negra tendida de lado sobre un charco de sangre con agujeros de bala en la cabeza y el torso.

—Eso fue un año antes de que Christopher desapareciera. La fotografía se hizo en la trastienda de una empresa de artículos de limpieza de Lynwood que en realidad era una oficina de contabilidad donde hacían cuadrar las cuentas. La prensa dijo que se trataba de un ajuste de cuentas de una banda rival.

—¿Y usted qué dice? —pregunto, mordiendo el anzuelo.

—La oficina donde cuadraban las cuentas era propiedad de Justice, eso está claro, pero tenemos la teoría de que, en realidad, fue él quien ordenó el ataque y la muerte de tres personas.

—¿Por qué iba a hacer algo así?

—Porque le estaban robando.

—¿La mujer de William estaba estafando al principal cliente de su marido?

—Brenda, se llamaba. Y sí. Sospechamos que él también estaba en el ajo.

Intento procesar esa teoría tan sórdida.

—Pero me ha dicho que William aún trabaja para él.

—Sí. Sabe que el de la foto podría haber sido él. Le tocó las narices a Justice y este le dio una lección. ¿Por qué sigue trabajando para él? ¿Por miedo? Puede. A lo mejor es que no acaba de creerse que fuera su jefe quien ordenó el asesinato. Joder, igual William estaba a malas con Brenda. Por aquel entonces los dos se metían de todo y tenían líos con otros. Puede que fuera él mismo quien apretó el gatillo.

Corman observa mi reacción a su último comentario.

Me cuesta ver al hombre al que he estado ayudando como a un despiadado asesino. El inspector me ha dado mucho que procesar, pero nada que tenga que ver con la razón por la que he venido a Los Ángeles.

—Y sigue habiendo un niño desaparecido. ¿Cree que también él le robaba a Justice? —pregunto con sarcasmo.

—Creo que ese niño tenía unos padres muy jodidos y que esa es la razón por la que no sigue entre nosotros.

Aunque no sé cómo tomarme la posibilidad de que William estuviera implicado en el asesinato de su mujer, no acabo de entender que haya decidido seguir con Justice si piensa que ese tipo ha matado a su hijo. Debajo del contable sereno se esconde un hombre siempre al borde de la ira. Dudo mucho que se hubiera quedado callado si alguien le hubiera arrebatado lo único importante que le quedaba.

—¿Tiene usted hijos? —me pregunta Corman.

—No.

Aún no me he planteado eso.

—Bueno, podrá imaginarse que, si alguien le hiciera daño a su hijo, buscaría como fuese el modo de vengarse. Con una excepción: si supiera que ha sido usted el causante de ese daño. Se pasaría el tiempo atrapado en una espiral de remordimiento. William busca una explicación por todas partes, menos donde no quiere buscarla: en sus propios actos.

—¿Insinúa que está relacionado con la banda? —pregunto.

Corman asiente.

—Esa es la teoría predominante.

—Entonces, dígame una cosa…

—Adelante.

—¿Qué coño le pasó a Christopher? Etiquetar el caso de «mafia» o «narcotráfico» no lo resuelve. Los hechos siguen ahí igual. Alguien se llevó a ese niño y no sabemos quién fue ese alguien.

Corman ni se inmuta. Se limita a tumbar los veinte centímetros de carpetas apiladas en su mesa para esparcirlas delante de mí.

—Elija —dice antes de sacar una del centro, abrirla y mostrarme la ficha policial de un joven de aspecto rudo que lleva una granada de mano tatuada en la cara—. ¿Qué le parece D'nal Little? Ha matado, que sepamos, a tres hombres por lo menos y, como mínimo, ha participado en una decena de tiroteos desde un vehículo entre Los Ángeles y Las Vegas. —Saca furioso otra carpeta—. Este es Chemchee Park. Un buen tipo. Mataría hasta a tus peces de colores. ¿Y Jayson Carver? Se cargó de un tiro a dos niños de diez años en una fiesta. Algunos trabajan para Justice. Otros son matones a sueldo. Cualquiera de ellos podría haber asesinado a Christopher.

—¿Y el cadáver?

—Podría estar en un barril de crudo en Bakersfield o pulverizado en la incineradora de alguna de las carnicerías de Justice. Es muy probable que no quede ni un átomo de ese chico. O a lo mejor ni siquiera fue Justice quien lo hizo. Tiene montones de enemigos que no dudarían en atacar a cualquiera de sus colaboradores. Lo que quiero decir es que…

Lo interrumpo.

—Que dispone de todas las excusas del mundo para permitirse que le importe una mierda. Para usted está resuelto, no juzgado y sentenciado. —Me acerco las carpetas de posibles sospechosos que tengo delante y estudio detenidamente los rostros—. Déjeme que le haga una pregunta: ¿alguno de estos caballeros le parece un lumbrera?

—Es obvio que no. ¿Por qué lo dice?

—La bici se encontró bastante lejos del camino por el que el chico volvía a casa del colegio.

Corman se encoge de hombros.

—Llevaba ocho horas desaparecido cuando se denunció su desaparición. Para entonces ya podría estar en Anaheim, en el condado de Orange, nada menos, sí, en el estado de California.

Saco el móvil del bolsillo y abro la foto de la bicicleta de Christopher. Noté algo raro la primera vez que la vi, pero no he estado seguro hasta ahora.

—Eche un vistazo —digo antes de plantarle el teléfono delante.

—Es la bici, ¿y?

—¿Extrajeron huellas?

—Lo que había desaparecido era el niño, no la bicicleta.

—Muy bien. A mí me parece un descuido, pero usted sabrá. Yo solo soy científico. Pero vuelva a mirarla.

—¿Qué? —me dice furioso.

—Encontraron la bici, pero ¿sabe qué es lo que no encontraron y que es la razón por la que seguramente tendrían que haber extraído huellas de la misma?

—Está agotando mi paciencia.

—El candado —digo, señalando mi móvil—. No hay candado. Me cuesta creer que un chaval de South Central no lleve candado en la bici. —Amplío el cuadro de la bici, debajo del sillín—. Ni siquiera se ven rozaduras de la cadena metálica.

—Yo no lo consideraría un gran descubrimiento. Quizá sí lo fuera en una película.

—No, no lo es, pero a mí me demuestra una cosa: que hicieron ustedes un trabajo chapucero y descartaron la única prueba forense que tenían delante de las narices. No sé si alguno de los sospechosos que me ha enseñado es capaz de planificar algo con antelación o de cubrir su rastro cambiando la bici de sitio. Puede que me equivoque, pero Christopher no era ni su padre ni Justice. El chico merecía algo mejor.

—Muy bien, campeón. Está claro que le divierte decirnos cómo hacer nuestro trabajo. Imaginaba que me saldría con eso. —Me suelta delante otra pila de carpetas—. ¿Por qué no le echa un vistazo a estas también? Más de un centenar de niños desaparecidos en los últimos diez años, pero le sugiero que se lleve los archivos a Texas y se mantenga alejado del señor Bostrom. Y, por favor, cuéntele que hemos hablado.

El hecho de que Corman me ofrezca esto gratuitamente me indica que vigilan de cerca a Justice y a William y que pronto ocurrirá algo.

Aunque no dudo de lo que me ha dicho, es evidente que el inspector Corman solo ve lo que quiere creer. Hay algo más. Algo que aún no detecto.

Quiero preguntarle unas cosas a William, pero primero tengo que documentarme más sobre él.

Capítulo 13

Sigue el dinero

¿Quién es el verdadero William Bostrom, el padre apenado o el banquero de la versión californiana de Pablo Escobar?

Corman me ha dejado un montón de cosas en que pensar, por no hablar de la pila de expedientes de otros niños desaparecidos que me ha endosado sin motivo alguno. Solo se me ocurre interpretarlo como un intento de demostrarme que está sobrepasado. Tengo la sensación de que esa será su excusa si yo consigo encontrar algo, aunque lo dudo mucho, teniendo en cuenta lo que acaba de revelarme sobre William.

Ha llegado el momento de que me informe yo mismo sobre Bostrom.

He alquilado un coche y lo he aparcado al final de su calle justo antes de llamarlo para explicarle que llevo unas horas de retraso.

En un experimento, conviene reducir al máximo la influencia del observador. Tanto si se trata de medir la población de lobos en Alaska como de averiguar qué recorrido hace un fotón en una placa de arseniuro de galio, es esencial que el sujeto se comporte como si uno no estuviera presente.

Veinte minutos después de mi llamada, William sale de casa en su coche y enfila la calle en dirección opuesta adonde yo me encuentro.

Mientras conduce en dirección a Compton, procuro mantenerme a una manzana de distancia para que no sospeche que lo siguen. Su primera parada es una de las lavanderías de las que me ha hablado Corman.

William pasa dentro unos quince minutos, luego vuelve a su coche. No lleva nada consigo ni al entrar ni al salir. Ocho minutos después estamos en otra lavandería. Tarda otros quince minutos en salir. Esto se prolonga dos horas, durante las cuales para en diez lavanderías, siempre con la misma rutina. Mientras lo veo entrar y salir disparado de estos negocios, me pregunto cuántos serán legales y cuántos tapaderas para mover dinero procedente del narcotráfico, en caso de que se dediquen a ello. Las monedas y los billetes pequeños que se usan en una lavandería no valdrían para enmascarar los de veinte y de cien que se emplean para comprar drogas.

Puestos a imaginar, yo diría que está haciendo visitas aleatorias para comprobar si han cuadrado las cuentas. Las lavanderías son empresas en las que se maneja sobre todo efectivo, con lo que resulta mucho más fácil que un empleado poco honrado robe de la caja.

Sospecho que William y su patrón, Justice Mathis, son lo bastante listos como para poner cámaras en sus negocios y poder detectar truquitos como resetear las máquinas y cambiar el efectivo por fichas de su propio bolsillo.

Después de visitar tantas lavanderías, William nos lleva a una oficina de cobro de cheques, de cuya puerta sale una fila de clientes, sobre todo hispanos, que esperan para hacer efectivos sus cheques o conseguir un anticipo de su próxima paga.

Esa parte de la economía me fascina. Ha sido blanco de reformas legislativas con las que el gobierno ha pretendido cerrar las casas de préstamos a cuenta de la nómina que ofrecen anticipos con tipos de interés desorbitados. Aunque comprendo la necesidad de proteger al más débil, no tengo claro que apartarlos de un negocio legítimo y lanzarlos en brazos de prestamistas ilegales los beneficie. Pero yo soy biólogo, no economista. Lo único que sé es que cuando se hunde un sistema, otro aún más abusivo ocupa siempre su lugar.

En cualquier caso, a la oficina de cobro de cheques parece que le va de maravilla. La fachada es tan limpia y tan profesional como la de la mayoría de los bancos; no parece la tapadera de nada. A lo mejor se trata de eso y por esa razón no soy policía.

William sube a su coche y un minuto después me llega un mensaje: «Voy a estar haciendo recados durante una hora. No estaré pendiente del móvil».

Vaya, salvo que se dirija a un salón de masajes, esto se pone interesante.

Mantengo una distancia prudencial entre nosotros mientras lo sigo a un barrio del norte de Compton. Llega al final de un callejón sin salida y cruza una verja automática que hay delante de una casa de dos plantas.

Casi es de noche, pero la casa está muy bien iluminada y veo a una mujer negra mayor pasar por delante de un mirador de la planta superior. Viste una blusa moderna y unos pantalones pirata como los que le gustan a mi madre.

Tecleo la dirección en el móvil y hago una búsqueda para ver quién vive allí. Según el registro de la propiedad, esa casa pertenece a Ocean Dream Holdings. Una búsqueda de esa empresa me lleva hasta un bufete de abogados de Los Ángeles.

Mirar la pantalla del móvil me ha anulado por completo la visión nocturna, tanto que ni me doy cuenta de que se me acerca un hombre armado, hasta que empieza a aporrearme la ventanilla y, apuntándome a los ojos con una linterna, me hace bajar del vehículo.

Mi primer instinto es salir disparado, pero entonces veo a otro hombre plantado justo delante de mí con el móvil pegado a la oreja.

Me niego a salir, pero bajo la ventanilla de mi coche. Entonces veo que el tipo que me aporreaba la ventanilla lleva uniforme de guardia de seguridad.

—¿Puedo ayudarlo en algo? —pregunto, fingiéndome lo más tranquilo posible.

—¿Le importaría decirme qué hace aquí? —inquiere amablemente, sin apartar la linterna de mi cara.

Entretanto, el otro hombre, vestido con vaqueros y una camisa ancha, me pone el móvil delante de la cara, me hace una foto y se marcha.

Vuelvo a mirar el uniforme del vigilante para confirmar que es un segurata.

—Estoy a mis cosas. Si es tan amable de quitarme la luz de la cara, no llamaré a la policía para denunciarlos por agresión.

Es un farol, pero estoy en la vía pública.

—Nos han informado de que alguien estaba curioseando por las ventanas.

—Pues le sugiero que me deje en paz. —Mientras charlo con él, no le quito la vista de encima al otro. Está claro que pasa algo raro—. Yo ya me marcho.

Mete la mano por la ventanilla y agarra el volante.

—No tan deprisa.

Mierda. La cosa se complica.

El otro le susurra algo al oído que se parece mucho a «No es poli».

Un segundo después, un arma me apunta a la cabeza.

—¡Baje del vehículo!

Decido que le habría resultado más fácil dispararme estando dentro, así que aún hay una pequeña posibilidad de que todo quede en un malentendido. Soy optimista.

Abre la puerta mientras el otro se lleva la mano a la espalda, supongo que para sacar el arma si me da por escapar.

El guardia me hace girar y me saca la cartera del bolsillo.

—A ver quién es este cabrón.

No tengo claro si el carné federal me vendrá bien o mal. Tengo el arma en la mochila, casi al alcance de la mano, pero no lo bastante cerca como para que me sirva de algo si el tío que tengo a la espalda decide usar la suya primero.

Me hace girar de nuevo y vuelve a iluminarme la cara con la linterna.

—¿Qué haces aquí, blanquito?

—Mírale los brazos —dice el otro.

—¡Súbete las mangas! —me grita el guardia.

Procuro mantener la calma.

—No tengo claro si ustedes tienen derecho a hacer esto… —digo, mientras me remango la chaqueta.

Me examina los brazos con la linterna.

—Nada —le dice al otro.

Vuelve a enfocarme a los ojos.

—¿Eres federal?

—¿Eso sería bueno o malo?

—¿Tiene licencia de investigador privado? —pregunta el otro.

—No —le contesta el guardia.

—Entonces lo reventamos.

—¡Parad! —grita William desde el otro lado de la calle—. ¡Soltadlo!

—¿Conoces a este bocazas? —pregunta el guardia.

—Sí. Viene conmigo.

—¿Lo sabe Mathis?

William se acerca corriendo a mí.

—Sí. Sí. Quiere hablar con él. Perdona, Theo. No… no me acordaba de que te había pedido que nos viéramos aquí.

Sabe que lo he seguido, pero no quiere que ellos lo sepan. Ignoro si por su bien o por el mío.

—Ven —dice—, vayamos dentro para que puedas conocer a Justice Mathis.

Capítulo 14

Enemigo público

El enemigo público número uno del inspector Corman está bebiéndose una botella de agua SmartWater al otro lado de una mesa de centro en la que tiene apoyado el libro de una exposición de arte de James Turrell, mientras su hija adolescente, sentada en la cocina con su abuela, hace los deberes de Historia de Europa Avanzada, así le convalidarán créditos cuando entre en la universidad, todo un privilegio reservado a los alumnos de colegios privados cuando pasan a ser universitarios.

De complexión atlética, vestido con un suéter negro ajustado, podría ser un abogado rico o un político en alza. Cuesta conciliar la imagen de este hombre que se expresa con mayor exquisitez aún que yo con la del mafioso que ha llegado a lo más alto asesinando a todo aquel que se le ponía en medio.

Pero no lo dudo ni un milisegundo. Mathis es inteligente, observador y uno de los hombres más carismáticos que he conocido. Posee ese encanto del que hablan cuando dicen que la gente se desmayaba al ver entrar a Bill Clinton en una estancia o cada vez que Brad Pitt sonríe. A Ted Bundy le pasaba lo mismo.

Y a Joe Vik, por lo visto, aunque mi altercado con él no tuvo encanto alguno.

Eso no significa que piense que Mathis haya tenido que ver algo con la desaparición de Chris, pero me parece que explica su ascenso al poder y por qué a un tío como el inspector Corman lo enfurece que este hombre esté tan tranquilo en una casa multimillonaria preparando a su hija para la Ivy League, la famosa competición deportiva entre universidades privadas del nordeste de Estados Unidos.

—Antes que nada, profesor Cray, por favor, ignore a esos tipos de fuera. Aún tengo enemigos de otra época más tumultuosa.

«Otra época más tumultuosa.» ¿Así lo llama?

—Confío en que no se parezcan a mí.

—Lo sorprendería. Algunos chicos ven demasiado *Hijos de la anarquía* y se les meten cosas raras en la cabeza.

Recuerdo vagamente que se trata de una serie de televisión sobre una banda de moteros blancos. ¿En serio ha creído su comité de bienvenida que yo era uno de esos? Si es así, no parece que Mathis haya dejado tan atrás su época tumultuosa.

—En segundo lugar —dice—, quiero agradecerle que ayude a William. Es como un hermano para mí y la pérdida de Christopher... bueno, fue como perder a uno de mis hijos.

¿De verdad? ¿Acaso se ha esforzado Mathis por encontrarlo? ¿Ha hecho algo?

—No sé si podré serle de mucha ayuda, pero el caso de William o, más bien, el de Christopher, resulta bastante frustrante.

—Sí. —Asiente compasivo—. William dice que ha estado usted en la Policía de Los Ángeles revisando diligencias sobre la desaparición del niño. ¿Ha averiguado algo?

Montones de cosas, pero tampoco hace falta que se las cuente todas.

—Sí. Por lo visto, la investigación fue un poco chapucera. —Me vuelvo hacia William—. Incluso he hablado con el inspector responsable del caso.

—¿Con Corman?

—Sí, con él.

—Hace años que dejó de atender mis llamadas.

—Creo que se rindió…

De pronto no tengo claro qué debería decir.

—¿Me culpa a mí? —pregunta Mathis—. ¿Le ha dicho que Chris desapareció porque su padre se relacionaba con un mafioso?

Mira, ha dado en el clavo.

—De forma indirecta.

—¿Le ha puesto por delante una carpeta y le ha dicho que soy el Al Capone de Compton?

—Me ha dado más la impresión de Pablo Escobar.

Mathis asiente, luego se vuelve hacia William.

—¿Cuántas veces nos han auditado?

—Nueve —contesta él—. Nunca han podido acusarnos de nada.

—¿Y cuántos registros nos han hecho?

—Cinco.

—¿Y han encontrado algo de lo que acusarnos?

—Sí. Una vez.

Mathis tuerce el gesto.

—¿Qué?

—Por incumplimiento de la normativa de seguridad alimentaria. Su prima Stacey ponía la carne cruda en la superficie de preparación. Nos cerraron.

—Bueno —dice Mathis, levantando las manos con aire burlón—, entonces supongo que soy culpable de poner al mando de una hamburguesería a una prima idiota que no está cualificada para llevarla.

Sonrío. Menudo teatro. Apuesto a que repite el numerito delante de políticos, celebridades y amigos ricos del exclusivo club Soho House cuando surge el tema.

Al haberme hecho saber lo listo que es, aún me creo menos su inocencia. Como es lógico, para los polis acostumbrados a pillar a imbéciles que ni siquiera terminaron secundaria, no es fácil atrapar a un tío como Mathis.

A lo mejor lo ha dejado, a lo mejor no, pero estoy casi convencido de que está muy alejado de todo eso y de que no toca nada que no cuente con la aprobación de su abogado.

He sabido cuanto necesitaba saber cuando el matón de ahí fuera me ha hecho una foto y le ha dicho al guardia que no era poli. Alguien lo bastante astuto como para disponer de una base de datos de fotos de agentes de la policía va ya muchos pasos por delante.

A mí todo eso me da igual. Lo que quiero saber es si tuvo algo que ver con el secuestro de Chris. Ya se ocuparán Corman y la Policía de Los Ángeles de todo lo demás.

—Andaba investigando —le digo a Mathis— cuando me topé con una estadística según la cual la mayoría de los secuestros no se denuncian porque están relacionados con el narcotráfico. Corman me ha insinuado que a lo mejor alguno de sus rivales se llevó a Christopher. Quizá para llegar a William. Quizá para ponerlo nervioso a usted.

Mathis baja la voz.

—¿Me ve usted nervioso? Déjeme que le haga una pregunta: ¿a qué ha venido? —Levanta una mano enorme para callarme antes de que pueda responder—. No me refiero a por qué está ayudando a William, sino a por qué está hablando conmigo ahora mismo en lugar de estar muerto en algún lugar de Montana.

Es evidente que ha estado hablando con William.

—¿La verdadera razón? Porque ese capullo se cargó a alguien importante para mí.

—Un paleto de más de dos metros de altura que había matado a siete policías estaba a punto de hacerle daño a alguien a quien usted quería. Y acabó con él. ¿Qué cree que haría un supuesto mafioso como yo si alguien intentase ponerme nervioso o ir a por alguien cercano a mí? ¿Cree que no saldría en los periódicos al día siguiente?

—Entiendo su argumento. Salvo que lo hiciese usted.

—¿Yo? —Mira a William incrédulo—. ¿Por qué yo?

—¿Por qué no está aquí la madre de Chris?

Veo que se tensan los músculos del cuello de Mathis y que William inspira hondo.

Me mira fijamente a los ojos, pero no dice nada.

—No tuvo nada que ver con Mathis —interviene William—. Nada. ¿Cómo se le ocurre insinuar algo así? No diga esas cosas.

—Eso es un golpe bajo, hombre. Muy bajo —replica por fin Mathis.

Puede que esté a punto de mandarme a la incineradora de una de sus carnicerías, pero necesito una reacción más que confirme mi teoría.

—¿Qué salió en los periódicos al día siguiente de que los mataran, a ella y a los otros dos? ¿A cuál de sus enemigos castigó?

Se hace un silencio largo e incómodo.

—Se saldaron varias deudas —contesta por fin.

Joder. La mató él y William lo sabe. Veo por el rabillo del ojo la cara de pena de Bostrom.

Inspiro hondo.

—Voy a aclararle una cosa: no soy policía, soy científico. Busco patrones. William se presentó en mi casa porque quería que averiguase lo que le ocurrió a su hijo. Y eso es lo único que me importa. Quiero saber quién se llevó al niño. Quiero saber si quien lo hizo aún anda suelto.

La mirada de Mathis se intensifica mientras examina mi rostro. Asiente con la cabeza, luego me tiende la mano para que se la estreche.

—Y yo quiero que lo encuentre.

Capítulo 15

Figura paterna

William está sentado enfrente de mí en un cubículo de un bar donde estoy casi seguro de que soy el único blanco pero a nadie le importa un pepino.

—Brenda y yo estábamos bastante mal por entonces. Yo me metía. Ella se metía. Es un milagro que Chris fuese tan buen chico. Ese niño se crio solo. Y entonces…

Levanto una mano para silenciarlo.

—No se ofenda, pero no necesito saber ni me importa lo que le pasó a su mujer si no está relacionado con la desaparición de Chris.

William me mira dolido. Quiere confesarme algo. Quiere que yo intente entenderlo. El único problema es que dudo que haya una versión de la historia que me resulte creíble en la que él no salga mal parado.

—Solo iba a decir que Mathis…

Lo interrumpo de nuevo.

—Mathis es un sociópata muy particular.

—Usted no lo conoce. Es un tipo estupendo. Ha financiado centros sociales. Mathis le daría hasta la camisa que lleva puesta…

—Salvo que se la quitara usted. Mire, usted intente convencerse todo cuanto quiera, pero ya sabe quién es Mathis. Tan pronto es el padre del año como está dejando huérfano a alguien.

—No tiene ni idea de lo que es criarse aquí.

—Yo no, pero él tampoco. Mathis viene de una familia adinerada. Se instaló aquí porque sabía que le resultaría un poco más fácil salir impune de las maldades que quería hacer.

William niega con la cabeza.

—Sus juicios son…

—Yo no he juzgado a nadie. ¿He dicho algo que no sea cierto? Mathis no es como usted ni como yo. Es una clase muy concreta de sociópata, de los que se convierten en grandes políticos. Te hace pensar que te quiere hasta que te interpones en su camino y, cuando hace algo para joderte, consigue que creas que es culpa tuya.

—¿Y eso lo sabe por experiencia?

—Este último año he pasado mucho tiempo intentando entender a ese tipo de personas. Hasta hay genes relacionados con el carisma. Algunas tratan de compensar su falta de empatía. Te hacen creer que se preocupan por ti más que nadie cuando en realidad no eres nada para ellos.

—Entonces, ¿para usted todo está en los genes?

—No. No siempre. Creo que uno puede aprender a ser así también.

Te puedes llegar a convencer de que no pasa nada por seguir trabajando para el asesino de tu mujer.

—¿No creerá que tuvo algo que ver con la desaparición de Chris?

—No, no lo creo. Directamente, no.

—¿Qué quiere decir?

—En el caso de Joe Vik, sus víctimas se ajustaban a un patrón. Muchas eran chicas jóvenes que vivían solas y tenían problemas con las drogas.

—¿Como con Lonnie Franklin, el llamado *Grim Sleeper*?

—Sí. Presas fáciles.

William cruza los brazos, como a la defensiva.

—¿Y mi hijo era presa fácil?

No se me ocurre otra forma de decirlo.

—El padre de Christopher trabajaba para un reputado capo del narcotráfico del que se decía que había asesinado a su madre por venganza. A los ojos de un policía, ustedes estaban pringados. Hicieron lo mínimo por averiguar qué le había ocurrido a Chris porque estaban convencidos de que ya lo habían convertido en cenizas en uno de los hornos de Mathis. Sabían que jamás podrían demostrarlo, así que ni se molestaron.

—Es usted un cabrón desalmado. Por lo menos Mathis no me hace sentir una mierda.

—Eso es para que usted no vea venir su puñalada. Soy sincero. No he conocido a su hijo, pero por todo lo que me ha contado de él me cae bien. Yo perdí a alguien que era más importante para mí de lo que yo pensaba. No fui a por Vik porque amenazase a alguien a quien yo quisiera, sino porque me arrebató a alguien a quien ni siquiera llegué a conocer. Entiendo el remordimiento. Conozco la pena. El único antídoto que tengo es una sinceridad absoluta.

William empieza a hablar, pero levanto una mano para impedírselo.

—Podría mentirle y hacerle creer que su pasado no importa, pero sí importa. Los dos sabemos que su mujer y usted jugaban con fuego. No voy a juzgar lo ocurrido. El único monstruo que me preocupa es el que se llevó a Christopher. No solo por lo que hizo, sino por lo que podría estar haciendo.

—Cree que aún anda suelto.

Asiento con la cabeza.

—¿Por qué iba a parar? Ha encontrado una fórmula porque a la policía le traen igual esas víctimas. Eso es lo siguiente que voy a investigar. No sé por qué, Corman me ha dado un montón de carpetas de niños desaparecidos. Sospecho que sabe que algo está pasando. Y yo sospecho que piensa que ese tipo sigue haciendo de las suyas porque ha descubierto el punto flaco de Corman y los otros policías.

—Las familias como la nuestra.

—Sí. Los invisibles.

William da un trago largo a la cerveza y me observa.

—Sigue juzgándome.

—Lo voy a ayudar a averiguar qué le ha pasado a su hijo, ¿qué más le da lo que piense?

Niega con la cabeza.

—Lo que digo es que Mathis es listo. Muy listo. Podría ayudarnos. Solo hay que pedírselo.

—Personalmente pienso mantenerme lo más lejos posible de él.

—¿Cree que lo tiene calado a pesar de su encanto?

—No, qué va. Ese es el problema. Mi instinto me pide que me caiga bien. La parte racional de mi cerebro me dice que preste atención a lo evidente. Su jefe es un maleante y…

—Yo soy un maleante —termina la frase.

—Pero no un asesino de niños. —Inclino la botella para brindar con él—. Acabemos la cerveza y vayamos a buscar a uno.

Capítulo 16

Divulgación

Las carpetas de Corman no contienen solo una colección aleatoria de denuncias de niños desaparecidos. Son los casos difíciles, en los que era complicado reunir pruebas porque los niños venían de hogares rotos. Con algunos, cuando la policía había vuelto a por más información, las familias habían huido despavoridas.

Por lo menos la mitad son de casas en apariencia llenas de ilegales. Me estremezco al pensar cuántos casos de niños secuestrados quedarán sin denunciar porque las familias tienen demasiado miedo de hablar con las autoridades. No puedo ni imaginarme la pesadilla que tiene que ser estar demasiado asustado como para acudir a la policía en una situación así.

Cuando introduzco los datos en Predox, aparece una franja púrpura que se extiende por todo el mapa de la ciudad, indicando las zonas donde podría estar actuando algún depredador. Si hubiera reunido los datos de dónde se compran teléfonos de prepago y tarjetas para llamadas de larga distancia a México, Centroamérica y Sudamérica, habría obtenido el mismo mapa.

Decido empezar por el punto más próximo al lugar en el que desapareció Christopher y ampliar el radio de búsqueda desde ahí.

Hace un año, la abuela de Ryan Perkins denunció su desaparición. Salió de las clases de actividades extraescolares y jamás llegó a su casa. En las diligencias policiales se menciona que su padre andaba suelto y que habían tenido problemas de custodia. Un informe de seguimiento de Corman señalaba que el padre estaba en una prisión municipal de Henderson, Nevada, en el momento del secuestro, con lo que no pudo ser tan fácil.

Una agradable mujer negra de cierta edad me recibe cuando entro en el centro social del barrio. Está repartiendo cuadernos de colorear por las mesas para cuando lleguen los niños.

—Hola, joven, ¿en qué puedo ayudarlo?

—Hola. Soy Theo Cray. Estoy investigando los casos de unos niños desaparecidos.

Pone cara triste.

—Ay, Dios mío, ¿es por Latroy?

—¿Latroy? —Busco el nombre en mis anotaciones—. ¿Quién es Latroy?

—Desapareció hace tres semanas. Llamé a su casa y no responde nadie. Cuando hablé con la policía, me dijeron que a su madre la habían detenido, pero que su abuela no tenía ni idea de dónde estaba el niño. Me dije que se habrían ocupado de él los servicios sociales.

«¡Madre mía, qué lío!»

—En realidad, he venido por Ryan Perkins.

—¿Ryan Perkins?

Le enseño la foto del niño. Está hecha de lejos, así que tiene los ojos rojos y no se le distinguen bien los rasgos.

—Ah, sí, sí. ¿No se fue con su padre?

—Por lo visto, no.

—Ay… —Se lleva la mano al corazón—. Entran y salen tantos de aquí que cuesta tenerlos controlados.

No hace falta que lo jure. ¿Dos niños desaparecidos en un mismo programa de actividades extraescolares para niños desfavorecidos? Yo preferiría que el mío anduviera por la calle.

«Tranquilízate, Theo.» Este sitio existe porque hay niños que entran y salen de hogares desestructurados. Esta mujer hace todo lo posible por ofrecerles un entorno estable.

—¿Podría decirme algo de alguno de los dos? ¿Se conocían?

—Ah, no. Latroy Edmunds solo llevaba aquí una semana o así. Tenía mucho talento, eso sí. Todo un artista. Muy agradable. —Se acerca al armarito cerrado con llave y lo abre—. Se dejó esto y me pareció raro. Era su objeto favorito. Quería que yo se lo tuviese a buen recaudo. Al parecer su madre tenía por costumbre vender sus cosas.

Me pasa un muñequito de Iron Man. Está muy usado. Le hago un par de fotos, luego se lo devuelvo.

—¿Recuerda algo más de Latroy? ¿Vino a buscarlo alguna vez otra persona aparte de su madre y su abuela?

—No. Se trata de un programa voluntario y no tenemos el mismo control de los niños que en los colegios.

—¿Qué me dice de Ryan Perkins?

—Tampoco. Hago todo lo posible por controlarlos.

—Seguro que sí. Esos críos tienen suerte de contar con alguien como usted que los cuida.

Echo un vistazo al aula de vivos colores y reparo en la pared del fondo, forrada de dibujos de los niños. Me acerco para verlos mejor.

Son las típicas ilustraciones de superhéroes dibujados toscamente. Manchas verdes para Hulk. Robots gigantes y dibujos muy tiernos de perros y gatos. En algunos se ven versiones idealizadas de la vida familiar donde todos van cogidos de la mano.

Un dibujo destaca entre los demás. Es una figura de negro con un saco de juguetes. Me recuerda a Santa Claus en versión siniestra. Le echo un vistazo más de cerca.

—Ay, ha descubierto el dibujo de Latroy —dice la mujer.

—¿Cómo?

—Que eso lo dibujó Latroy. Es una leyenda urbana, por llamarlo de algún modo.

—¿Qué leyenda urbana es esa?

—Toy Man, «el hombre de los juguetes». Dicen que va por ahí en un Cadillac blanco repartiendo juguetes a los niños buenos.

—No suena mal.

—No, no suena mal. No le dejé a Latroy colgar el otro dibujo.

—¿Y eso?

—Porque era… inquietante. Muestra lo que Toy Man hace a los niños malos.

No sé cuánto tiempo me quedo allí plantado hasta que me pregunta si necesito ayuda.

Capítulo 17

Señal

La subdirectora de Garvin Elementary School me lleva por el pasillo y me señala la biblioteca del centro.

—Aquí contamos con un programa de tutorías excelente. Vienen alumnos de UCLA a ayudar a los niños a hacer los deberes.

—Eso es estupendo —digo, asomándome a la biblioteca y fingiéndome interesado. Los niños están sentados alrededor de varias mesas mientras un profesor les lee un libro.

La señorita Dawson es una mujer simpática, orgullosa de su escuela y de lo mucho que ayudan a alumnos que vienen de entornos complicados.

—¿Y dice que su hija está en cuarto? El cambio a mitad de curso puede ser difícil, pero aquí llevamos muchos traslados de expediente. Enseguida hará amigos.

—Eso espero. Gracie ha tenido algunos problemas. Nada de conducta.

Dawson asiente con la cabeza, porque entiende que lo que le estoy dando a entender es que mi hija imaginaria podría tener problemas de aprendizaje.

—Deje que le enseñe nuestro programa de apoyo. Ayudamos a los niños a que vayan al día con el plan de estudios.

Enfilamos otro corredor y pasamos por delante de más aulas. Me asomo por las ventanas, buscando trabajos como el dibujo del aula de actividades extraescolares. Casi todos parecen trabajos de clase, ninguno hecho con tanta libertad como el que he visto. Albergaba la esperanza de encontrar un filón de dibujos de Toy Man en un centro enfocado a hijos de inmigrantes de primera generación y niños con problemas de aprendizaje.

Dudo mucho que me salga bien la jugada, pero el hecho de que Latroy, un niño que ni siquiera figura en las carpetas de Corman, estuviera haciendo dibujos espeluznantes me ha despertado la curiosidad.

Si a los niños no los secuestraba un completo desconocido, podría haber sido alguien que los conocía o interactuaba con ellos antes de su secuestro. Por los blancos que elegía, parece que sabía algo de su vida familiar. Una forma de averiguarlo es preguntar. Otra es tener acceso a sus archivos, con lo que podría descubrir que trabaja en uno de los centros de enseñanza o servicios públicos destinados al cuidado de los niños.

Parece una paranoia, pero Ted Bundy trabajaba en un centro de ayuda a personas con problemas al lado de un expolicía que lo consideraba amable y empático. Y ese tipo asaltó a cinco mujeres distintas una misma noche y mató a dos.

En los centros escolares de la zona no han faltado monstruos que se han aprovechado de alumnos. Lo que más miedo da es que de varios de ellos, profesores que maltrataban a sus alumnos y abusaban sexualmente de ellos, se presentaron quejas hace varios decenios. El caso más notorio fue el de un profesor cuyos alumnos eran sobre todo hijos de inmigrantes ilegales con demasiado miedo de decir nada.

Además de reunir a un gran número de niños en situación de riesgo, Garvin es la escuela a la que iba Latroy. Quiero averiguar si alguno de sus compañeros ha tenido también experiencias con Toy Man.

—Esta es el aula de apoyo —dice Dawson—. Parece que la señora Valdez ha sacado a los niños al patio para hacer alguna actividad.

Al fondo del aula hay una pared llena de dibujos. Demasiado lejos para que pueda verlos con detalle.

—¿Puedo echar un vistazo?

—Huy, por supuesto. —Dawson me abre la puerta para que pase. Veo que me mira con un poco de recelo—. ¿Cómo me ha dicho que se llama su empresa, señor Gray?

—No se lo he dicho. Trabajo desde casa. Soy analista de sistemas.

No podía entrar en dirección y decirles que soy un ciudadano preocupado que quiere inspeccionar su centro en busca de pruebas de la existencia de un Freddy Krueger infantil.

—Ya. ¿Y a qué se dedica la señora Gray?

—Es camarera —digo mientras serpenteo entre los pupitres en dirección a los dibujos del fondo de la clase.

La misma colección de animales, familias y cosas que los críos ven en televisión. Dawson está cumplimentando mi ficha mientras examino con detenimiento los dibujos. Me da la impresión de que de pronto sospechará que no soy quien he dicho ser.

—Tengo que atender una llamada telefónica, deberíamos volver a mi despacho.

—Por supuesto.

No me muevo. Intento procesar los dibujos de los niños. Son un poco abstractos.

En un extremo veo a un hombre delgado vestido de negro con un saco de juguetes.

—¿Sabe qué es esto? —le digo, señalándolo. Está firmado por Rico, no por Latroy.

Se agacha para verlo mejor.

—¿Un Santa Claus negro?

—Una de las amiguitas de mi hija le mencionó algo de Toy Man. ¿Ha oído hablar de él?

—No. Creo que deberíamos irnos.

—Desde luego. Déjeme que le mande un mensaje a su madre para preguntarle.

Saco el móvil y hago una foto.

—Señor Gray, no puedo permitirle que haga fotos aquí.

—Perdone. —Bajo el móvil y veo la agenda de la profesora abierta en su mesa—. Vamos a su despacho.

Se vuelve hacia la puerta y yo voy derecho a la mesa.

—¿Señor Gray?

—Tengo que tirar el chicle.

De espaldas a ella, hago una foto de los nombres de los alumnos.

—Muy bien, voy a llamar a seguridad —dice, llevándose el *walkie-talkie* de la cadera a los labios en un abrir y cerrar de ojos.

—Estupendo. —La miro fijamente—. Pregúnteles qué le pasó a Latroy.

Se queda de piedra.

—¿Cómo dice?

—Latroy Edmunds. Desapareció hace un mes. Y también estaba haciendo dibujos de Toy Man —añado, señalando el de la pared del fondo.

—No sé de qué me habla. Márchese antes de que llame a la policía.

—He venido a ayudar —digo antes de levantar las manos en señal de rendición.

—¿Le ha pedido alguien que lo haga?

—El padre de otro niño desaparecido.

No sabe cómo tomarse lo que le acabo de decir. Por una parte, me he comportado como un capullo sospechoso; por otra, le hablo de niños desaparecidos y de padres que quieren saber qué ha pasado.

—Si tiene preguntas —dice por fin—, tendrá que hacérselas a nuestro director. Entretanto, tengo que pedirle que abandone nuestras instalaciones.

El camino de vuelta al coche se me hace desagradable porque me sigue de cerca, intentando decidir si soy una amenaza o solo un chiflado al que ha dejado pasearse por la escuela.

Es una duda razonable, ni siquiera yo puedo aclarársela.

Capítulo 18

Contacto de emergencia

Decidir hasta dónde estoy dispuesto a llegar por averiguar el origen de Toy Man implica decidir cuánto estoy dispuesto a exceder mis competencias. Ahora mismo solo tengo dos dibujos: uno de un niño desaparecido y otro de uno que supuestamente no lo está. Aún no le he preguntado a William porque quiero asegurarme de que no lo voy a angustiar todavía más para nada.

Localizar al artista del segundo dibujo, Rico Caldwell, alumno de cuarto curso de primaria, podría resultar más complicado que conseguir las diligencias de la policía de Los Ángeles.

No puedo llamar a la señorita Dawson y pedirle que me dé la dirección de Rico. Tampoco es buena idea plantarme a la puerta de la escuela a la hora de la salida y gritar «¡Rico!» mientras los niños suben a los autobuses escolares.

Otra opción es usar un programa de *phising*, hacerme pasar por alguien del departamento informático, llamar a la secretaría del centro y pedirle a un empleado que haga clic en algo, una táctica delictiva con un porcentaje de éxito aterrador. Lo malo es que es un delito federal. Más vale que encuentre otra forma de hacerlo con la que no termine en chirona.

Hay otra posibilidad que es arriesgada en sí misma, pero con la que podría tener lo que necesito en cuestión de horas. Aunque sería algo más peligrosa para mi salud.

Una de las ventajas de trabajar en una agencia de inteligencia es que tienes acceso a todo tipo de talleres interesantes. Hice uno sobre ingeniería social porque mis aptitudes naturales en ese campo eran nulas. Además de aprender las típicas formas en que una persona malintencionada puede convencerte de que cargues un virus o embaucarte para que le pases con el director de la empresa, aprendí una forma facilísima de colarme en edificios seguros.

Aparco al final de la calle y rodeo por detrás el edificio de administración única de centros de enseñanza del distrito de Los Ángeles hasta que descubro el punto de mayor vulnerabilidad en las proximidades del aparcamiento: allí donde la gente sale a fumarse un cigarro.

Veo a dos mujeres y un hombre vestidos con ropa de trabajo medio informal, los tres fumando debajo de un árbol a una distancia prudencial del edificio, como exige la normativa de California.

Con mi tarjeta de identificación en la cadera, vuelta del revés «accidentalmente», saco la cajetilla de Camel que me acabo de comprar, saludo simpático con la cabeza y me enciendo uno mientras me acerco a ellos.

—Mirad, uno nuevo —dice el hombre. Es hispano y más o menos de mi estatura, con una buena mata de pelo y una expresión jovial.

—He supuesto que era aquí donde se reunían los traviesos.

—Corrine —se presenta la mujer negra que tengo a la izquierda, con una cabezada de cortesía—. Te presento a Jackie y Raul —añade, señalando a la otra mujer negra—. ¿Quién demonios eres tú? —pregunta con una sonrisa.

—Jeff. Vengo del despacho del gobernador para una reunión en la que he estado ya dos horas y aún no sé de qué va.

—¿Sacramento? —pregunta Jackie.

—Y Los Ángeles. Hago el trayecto todos los días.

—Y lo más importante —dice Corrine—: ¿soltero?, ¿hetero? Tenemos escasez de cromosoma Y por estos lares.

—Divorciado. Adaptándome a la vida de soltero.

Las mujeres se miran, sonríen y dicen a la vez:

—Pauline.

—Ay, tío —suspira Raul—, no sabes dónde te has metido.

Lo mismo digo.

Paso unos diez minutos con mis nuevos amigos, me siento algo mareado. Cuando llega el momento de apagar los cigarrillos y volver dentro, empiezo a hablar con Corrine mientras Raul pasa su tarjeta por el sensor y nos deja entrar a todos.

—¿Te acuerdas de adónde tienes que ir? —me pregunta Raul cuando nos dirigimos a los ascensores.

—A la sala de reuniones donde está todo el mundo dormido.

—Segunda planta. Elije la que quieras —dice, y entramos en el ascensor.

—Pásate luego por la cuarta, que queremos presentarte a alguien —me dice Corrine cuando bajo en la siguiente planta.

Raul pone los ojos en blanco mientras se cierran las puertas.

Y así sin más estoy dentro del edificio de administración única de centros de enseñanza del distrito y tengo una posible cita, solo por hacer creer a un grupo de personas marginadas por un hábito concreto que soy uno de ellos. Lo más difícil ha sido no toser mientras hacía que fumaba.

Aunque estoy en un edificio plagado de registros, no me propongo acceder a un ordenador ni hurgar en los archivos. Lo que necesito es una línea telefónica abierta.

Enfilo el pasillo, mirando por los ventanales de las salas de reuniones hasta que encuentro una pequeña que no está usando nadie. Me dejo caer en una silla, extiendo por la mesa unos papeles de la carpeta que llevo conmigo y hago que parezca que tengo que estar allí.

Satisfecho de ver que no viene nadie a echarme de una patada, agarro el teléfono y llamo a Garvin Elementary con la esperanza de que no me conteste la señorita Dawson.

—Garvin Elementary, ¿con quién desea hablar?

—Hola, soy Showalter, de Registros únicos. Estamos intentando procesar un formulario de contacto de emergencia del padre de uno de sus alumnos y tenemos problemas para leerlo. Me preguntaba si alguien de secretaría podría aclararnos los datos.

—Lo puedo hacer yo. ¿De quién se trata?

—De Rico Caldwell.

—Muy bien. No puedo darle la información por teléfono, pero se la puedo aclarar si me lee lo que tiene.

Me lo esperaba.

—Por desgracia la imagen está demasiado pixelada, pero le puedo dar mi extensión por si quiere confirmarlo.

—Me vale mientras sea del 818-434.

Miro el número en el teléfono.

—Sí. Es la extensión 3874. Si no contesto, pregunte por Showalter.

—Tardo un segundo.

En realidad, son doce.

—Showalter —respondo.

—Perdóneme, pero es que a veces nos controlan para que no facilitemos información de los alumnos. Creo que ya nos han llamado preguntando por Rico. ¿Hay algún problema?

—Sí, eso creo. ¿Sabe quién ha llamado?

—Hace tres días llamaron de la consulta de su pediatra, pero no dejaron un número al que devolver la llamada.

Vaya, eso es interesante. Me pregunto si alguien andaría cercando a Rico.

—¿Tiene con qué anotar? —me dice antes de dictarme la dirección de Rico, el nombre de su madre y todos los demás datos de su ficha de contacto.

Le doy las gracias y salgo del edificio lo más rápido posible.

Aunque pasarme por la cuarta planta a ver a Corrine y compañía me podría facilitar el acceso al edificio en un futuro, también corro el riesgo de que le hablen del tío de la oficina del gobernador a alguien que esté mejor informado.

Es muy probable que a nadie le importara eso en absoluto, pero quizá no. Y lo más importante de todo, tengo que asegurarme de que Rico no está en peligro.

Capítulo 19

Divulgación

Rico vive en un complejo llamado Lincoln Gardens: una ristra de edificios amarillos de dos plantas con la pintura desconchada que rodean un parque más pardo que verde.

Los niños negros juegan al baloncesto mientras los adolescentes hispanos persiguen un balón de fútbol por el campo lleno de calvas, lo que refuerza los estereotipos que yo ya tenía.

Las madres están fuera, intercambiando chismorreos, mientras los hombres, apoyados en los automóviles, charlan entre ellos en español y en inglés.

El apartamento de Rico está hacia el fondo del complejo y me dirijo allí sin que nadie se fije demasiado en mí.

Oigo un televisor a todo volumen por una puerta abierta en la segunda planta. Cuando llego al final de las escaleras, veo a una niña pequeña, de unos dos o tres años, jugando con una muñeca rota y la tapa de una sartén.

Dentro hay dos chicos adolescentes, ambos de unos trece años, tirados en el sofá, viendo una película de automóviles que recorren las calles a toda velocidad.

Toco con los nudillos en la puerta abierta.

—¿Hola? —Los chicos me miran un segundo, luego siguen con su película—. ¿Está en casa vuestra madre? —pregunto.

—¡Lárgate, gringo! —grita uno de ellos.

—¡Levanta del sofá, zángano! —le replico, y consigo llamar su atención, pero solo para que me haga un gesto despectivo.

Vuelvo a llamar a la puerta con la esperanza de que me conteste algún adulto.

Frustrado porque no puede oír los acelerones de los automóviles, el niñato grita hacia la otra habitación:

—¡Abuela, hay un maricón en la puerta!

Una anciana de no más de metro y medio, vestida con una bata de ir por casa, se acerca anadeando hacia la puerta.

—¿Qué? —dice, mirándome desde abajo.

Le enseño mi carné federal confiando en que me dé alguna credibilidad.

—¿Dónde está Rico?

—¡Rico! ¡Rico! —grita la mujer por toda la casa.

Un niño pequeño entra en la estancia y me mira incrédulo. Solo lleva unos pantalones cortos y se le ve demasiado delgado para su edad.

—¿Rico? —pregunto.

El pequeño asiente con la cabeza.

—¿Hablas inglés? —le digo.

—¿Sí?

Me mira con recelo y se acerca, aún bajo la protección de su abuela. Me arrodillo para ponerme a su altura y la niña que jugaba a mis pies me sonríe.

Saco del bolsillo la hoja en la que llevo impreso su dibujo y la desdoblo.

—¿Esto lo has dibujado tú? —Lo mira fijamente un momento, preguntándose si lo meteré en algún lío—. No pasa nada. Solo quiero saberlo.

Los dos adolescentes del sofá de pronto sienten curiosidad y se amontonan en el umbral de la puerta, detrás de Rico.

—Sí —contesta el niño.

—¿Sabes quién es? —Asiente con la cabeza—. ¿Cómo se llama?

De repente parece asustado. No del dibujo, ni de la pregunta. De mí.

Se abre paso entre los otros y huye al interior de la casa. Los dos adolescentes empiezan a reírse.

—¡Toy Man va a por ti! —le grita uno de ellos.

Me incorporo.

—¿Sabéis quién es?

—Sí —dice el otro—. Toy Man. Todo el mundo sabe quién es.

—¿Lo habéis visto?

—Sí —contesta, mirando de reojo al otro.

—¿Dónde?

—En Guzman Park. Está siempre allí.

—¿Blanco?

—Nooo —niega con la cabeza—. Negro.

—¿Sabes cuándo lo puedo encontrar allí?

—Ahora mismo.

Responde muy serio y sin consultar a su amigo, con lo que entiendo que está convencido de lo que dice. Del resto no estoy tan seguro.

Aunque me gustaría hacerle más preguntas a Rico, creo que al niño no le apetece hablar conmigo. El pobre se ha puesto blanco como el papel cuando he mencionado a Toy Man. Los mayores han pensado que es una broma, pero parecen tener claro dónde está.

—Gracias —digo sonriendo a la abuela confundida. La niña me dice adiós con la mano cuando vuelvo a bajar las escaleras.

Mientras me alejo, noto que los adolescentes me observan desde el balcón de la última planta.

Algo pasa, pero todavía no sé qué.

Guzman Park está a dos minutos en coche. Se encuentra entre Lincoln Gardens y la escuela de Rico y es un sitio por el que seguramente pasaría todos los días si no fuese en autobús.

Aparco y doy una vuelta por el parque, procurando que parezca que he salido a dar un paseo. Hay niños jugando en una cancha de baloncesto y un grupo de niñas charlando, sentadas en un banco de hormigón.

Veo al menos dos familias con carrito de bebé y niños muy pequeños de la mano.

Hace una tarde agradable y todo el mundo parece disfrutar. A un lado hay unos chicos jóvenes fumando maría y otros dos de pie en una esquina, llevando a cabo lo que parece una operación comercial ilegal que los demás ignoran.

No veo ningún Cadillac blanco, ni a ningún hombre negro vestido con ropa oscura y un saco de juguetes. Lo cierto es que me lo esperaba.

Termino de recorrer el perímetro exterior y tomo un camino que conduce a un pequeño círculo de bancos dispuestos en el centro. Allí sentado, miro alrededor en busca de algo sospechoso.

Empiezo a cansarme cuando oigo pasos en el césped, a mi espalda. Miro por encima del hombro y veo que el inspector Corman se acerca a mí a grandes zancadas.

Capítulo 20

Faltan datos

—Me he enterado de que está pensando en mudarse aquí con su familia —dice, socarrón, mientras se sienta a mi lado.

—No me importaría mudarme aquí, pero usted tiene fama de andar perdiendo el rastro de algunos niños —respondo.

—El problema es que, cuando alguien se entera de una desaparición, no siempre nos llaman.

—¿Es ese el problema o que no acuden a usted?

—Si no preguntan, no puedo ayudarles.

—¿Y Latroy Edmunds?

—¿Quién es ese?

—La mujer del aula de actividades extraescolares dice que ha desaparecido.

—Si tuviésemos que cursar una denuncia por todos los niños que vuelven con sus padres a Juárez o se van a Nevada sin decírselo a nadie, podría levantar un muro fronterizo con tanto papel.

—¿Qué me dice de Ryan Perkins? ¿Regresan sus padres a México?

Se encoge de hombros.

—Probablemente no. Puede que a Atlanta. Quizá a Houston. ¿Quién sabe? Cuesta seguirles la pista. La gente quiere un estado policial sin policía. Bueno, ¿qué lo trae por aquí? ¿Busca un sitio para su hijo?

—He echado un vistazo a las carpetas que me dio.

—Confiaba en que lo hiciera en el avión de vuelta a Texas.

—Me va más el trabajo de campo. Además, tengo una teoría. Pero sospecho que no soy el primero que se la ha planteado.

—¿Y cuál es? —pregunta Corman.

—Que hay un asesino en serie en activo en el área de Los Ángeles.

—Menudo descubrimiento —dice con sequedad.

—Más concretamente, uno cuyo objetivo son los niños en situación de riesgo. Alguien que se desplaza, no mucho, solo unos kilómetros, cada dos años más o menos para romper un patrón localizado. Puede que incluso cambie algo la demografía de sus víctimas, pero tampoco en exceso. Parece que le van los niños pequeños.

Cruza los brazos y ladea la cabeza.

—Fascinante. ¿Todo eso lo ha sacado de las carpetas?

—Bueno, no estaba ahí tal cual, pero puedo entender que un inspector de la Policía de Los Ángeles no pudiera hacer gran cosa con poco más que eso. Claro que lo malo es que ni siquiera él quiere ver lo que hay ahí fuera. A lo mejor saca algunas conclusiones precipitadas sobre unos cuantos casos, los archiva y al cabo de unos años se arrepiente.

—Pues ese, desde luego, no soy yo —protesta Corman—. Le he dado esas carpetas porque podría haber algo en algunos de esos casos, pero le aseguro que la inmensa mayoría tiene una explicación muy aburrida o el final trágico que ya conocemos.

—Puede ser. Pero hay algo que los conecta a todos. —Le paso los dibujos impresos de Ryan Perkins y Rico—. Este lo hizo Latroy, el niño desaparecido del que le hablaba antes, y el otro lo ha hecho uno de sus compañeros de clase.

Corman agarra los dibujos y los mira fijamente un instante, luego ríe.

—Toy Man.

—¿Conoce la historia?

—Sí. Es el Freddy Krueger de Compton o, como lo llaman mis hijos, Slenderman, el flaco. —Me devuelve los dibujos—. Sé qué se cuenta. ¿Por eso está aquí? ¿Anda detrás de una leyenda urbana? ¿Resucitamos el programa de televisión *Cazadores de mitos*?

Me vuelvo a guardar los dibujos en el bolsillo.

—Lo sé. Una bobada. Pero verá, he hecho una búsqueda de Toy Man en internet. Dispongo de una herramienta con la que puedo hacer búsquedas exhaustivas en redes sociales y cosas así.

—¿Y qué ha encontrado?

—Casi nada. Solo hay un puñado de menciones.

—Y aun con todo ha venido aquí a dar caza a un personaje imaginario —dice, señalando al parque.

—Aunque esta vigilancia resulte inútil, en mi búsqueda he encontrado un dato interesante. Solo se menciona a Toy Man en esta zona. Todas esas carpetas que me ha dado se encuentran dentro del rango de la leyenda, lo que me parece bastante curioso. Si se tratara de un cuento, también se hablaría de ello en sitios donde no han desaparecido niños.

—¿Le ha preguntado a Bostrom si su hijo vio a Toy Man?

—Aún no. Primero quería ver si no era más que una leyenda de barrio.

—¿Tanto hace que circula la historia?

—No lo sé. Como digo, apenas hay rastro en internet, pero es una leyenda nacida entre alumnos de primaria y a esa edad no son precisamente tuiteros prolíficos y menos estos niños.

Corman se levanta y se mira el reloj.

—Pues buena suerte. Ya tiene algo en lo que pensar durante su vuelo de vuelta a casa.

—¿El *sheriff* me echa de la ciudad? —digo, levantándome también.

—El *sheriff* no lo sé, pero este poli dice que, si vuelvo a enterarme de que ha estado en las instalaciones de alguna escuela haciéndose pasar por otra persona, podrá hablar directamente con algunos de los sospechosos en la cárcel del condado de Los Ángeles.

—¿No le preocupa la posible implicación de Toy Man?

—¿Que dos niños, de los cuales puede que solo uno haya desaparecido de verdad, hagan un dibujo del hombre del saco? No, no me preocupa. No es ni siquiera anecdótico.

—¿Ha oído hablar alguna vez de John Butkovich? Sus padres llamaron a la policía más de cien veces para pedirles que investigaran a un hombre que sospechaban que había asesinado a su hijo.

—Deje que lo adivine: el tipo lo había asesinado realmente.

—Sí. Y por lo menos a otros treinta o cuarenta, que sepamos. Pero hasta John Wayne Gacy despistaba a la policía.

Gruñe.

—Bueno, le prometo que, si me llama alguien para advertirme de que anda suelto un payaso asesino, me lo tomaré en serio.

—¿De verdad? —Saco los dibujos y se los enseño—. ¿Y si estos niños están pidiendo ayuda?

—Buenas noches, doctor Cray. Que tenga buen viaje de vuelta. Ya lo avisaré si Toy Man da señales de vida.

Mientras lo veo marcharse, los faros de un coche iluminan algo que no había observado antes. Estaba demasiado ocupado vigilando el parque para ver lo que tenía delante.

—¿Se encuentra bien?

—Después de todo, esos cabroncetes no mentían —digo, señalando por encima de su hombro.

Capítulo 21

Firmado

Pego la cara a los barrotes de metal que protegen la parte trasera de un taller de reparación de aire acondicionado que debe de llevar cerrado desde principios de la última glaciación. Un *collage* de grafiti de mil autores distintos se extiende por toda la pared, pero, en el centro, por lo visto para darle cierta relevancia artística, hay una figura de un hombre con traje oscuro y un vacío con ojos rojos y sonrisa siniestra donde debería estar la cara. A sus pies, extremidades de niños seccionadas y esparcidas entre muñequitos de acción ensangrentados.

Casi parece que vaya a salir de la pared al mundo real. Encima de la cabeza hay una frase que dice: **Toy Man te vigila.**

Es una pesadilla siniestra que sin duda significa algo para el artista. Hago varias fotos mientras Corman observa sin inmutarse.

—¿Cree que esto lo ha hecho un niño de nueve años? —pregunto.

—Creo que esto se hizo hace unos diez años. ¿No se le ha ocurrido pensar que puede que fuese esta pesadilla lo que ha hecho hablar a todos los demás críos?

—Puede.

Saco el móvil y llamo a William.

—Hola, Theo, ¿qué tal?

—Una pregunta rápida —digo con fingido desenfado—: ¿Chris le habló alguna vez de una leyenda urbana sobre un tipo al que llaman Toy Man?

—No, creo que no. ¿Por qué?

Me deja hecho polvo ver que la pista se me escapa entre los dedos.

—Por nada. Curiosidad.

—Lo siento. Nunca he visto la película, así que no sé.

—¿La película?

—Sí, ¿no era Toy Man una película, una serie o algo así?

—¿Por qué dice eso?

—No recuerdo que Chris me hablara de una leyenda urbana, pero me suena que mencionase que había ido a ver a Toy Man. Pensé que lo habría llevado su tía.

«A ver a Toy Man…»

—¿Y qué le contó de la película?

—Creo que era una especie de Santa Claus negro que conducía un Cadillac blanco y hacía regalos a los niños buenos. Ya sabe que los críos se obsesionan con las películas y creen que son de verdad.

«Joder.» Tengo que inspirar hondo para organizar mis pensamientos. No sé cómo decirle que Toy Man no era una película, sino un hombre de verdad con el que puede que su hijo hablara y que puede que lo asesinara.

—Hablamos luego. Tengo que comprobar algo.

Corman está apoyado en la verja, viéndome hablar. Me adivina la reacción en el rostro.

—Deduzco que también Chris Bostrom oyó hablar de Toy Man, ¿no?

Asiento con la cabeza.

—Le dijo a su padre que lo había visto.

—Pues el papá no me lo comentó.

—Pensaba que era una película.

Corman menea la cabeza y mira fijamente al suelo.

—¿Sabe por qué su padre tardó tanto en decirme que Chris había desaparecido?

—Me ha dado usted muchas razones.

—Cuando lo conocí, tenía los ojos inyectados en sangre y estaba incubando algo. No sé si tiene idea de lo que hacía su hijo, ni de lo que cree que vio, ni a quién conoció.

—Tres niños —digo, levantando tres dedos—. Tres avistamientos de Toy Man.

—Seguro que también saben quién es Magneto. Ni siquiera hay relación. No es más que una historia del folclore popular que los camellos les cuentan a sus hermanitos y hermanitas para mantenerlos a raya —dice, con un gesto despectivo—. Si lo encuentra, avíseme. He recorrido todos los callejones, todos los rincones. No hay ningún Toy Man acechando a la vuelta de la esquina.

Cuando se marcha, me siento en el banco que hay enfrente del mural y amplío la fotografía que le he hecho con el móvil.

Hay muchísimo detalle en la sangre y en la forma en que miran esos ojos. No es una de esas cosas que un adolescente pinta con espray por diversión, sino de esas que hace para enfrentarse a algo que lo atormenta.

No tengo la sensación de que el artista oyera hablar de Toy Man. Me parece que tuvo un encuentro con él y que el grafiti es casi como una terapia.

Amplío la esquina inferior derecha de la imagen y veo una firma: *D. Rez.*

Apuesto lo que sea a que tiene algo que contar. Quizá sea cómo crearon él y sus colegas esa leyenda urbana disparatada hace diez años. O lo que me dice la intuición.

Una corazonada... No puedo ignorarla. Tengo que descartarla o confirmarla.

A pesar de estar viéndolo meterse en el coche patrulla desde donde estoy, llamo a Corman al móvil.

—¿Sí?

—¿Podría darme el número de alguien de la unidad de bandas callejeras? De alguien que sepa de grafiti.

Lo oigo protestar.

—Si sirve para que se marche... Hable con Marcus Grenier. Llame directamente a la Policía de Los Ángeles.

—Gracias.

—Y hágame un favor... No le diga que yo le he dicho que lo llamara.

Diez minutos después contesta a mi llamada un hombre bastante lacónico.

—Grenier...

—Me han dicho que es a usted a quien debo llamar por un grafiti.

—Llame al servicio de limpieza de pintadas. Ellos le ayudarán a quitarlo.

—No. Intento averiguar la identidad de un grafitero —digo.

—Como me diga que llama de una galería de arte, le parto la cara a través del puto teléfono. No hace falta animar a esos cabroncetes.

—¿Y si yo fuera un rival y quisiera darle una paliza por firmar mis grafitis?

—Pues diría que se lo está inventando, pero me gustan sus ideas. ¿Algún capullo le ha pintado el edificio?

—Algo así.

—Si busca un abogado para denunciarlo, le puedo recomendar uno. Jajaja. O ponerlo en contacto con la oficina del fiscal si ya hay otras denuncias. ¿Con qué nombre firma?

—D punto R-E-Z.

—Un segundo. —Lo oigo teclear al otro lado de la línea—. ¿Le cuento lo bueno o lo malo? En realidad, es todo bueno. Artice Isaacs está ahora mismo en prisión preventiva en la cárcel del condado a la espera de juicio por robo a mano armada. Me alegro. Esta historia ha tenido un final feliz.

—¿Podría facilitarme la referencia de su caso?

—¿Cómo? ¿No le basta con eso? Este es su tercer delito. Seguramente esta vez lo condenarán de verdad. Muy bien, dele fuerte. ¿Tiene boli?

Capítulo 22

Confabulación

Un día después estoy sentado en un estrecho taburete atornillado al suelo y diseñado para proporcionar una comodidad mínima. En el cubículo contiguo al mío, al otro lado del cristal, un tío blanco, con un tatuaje obsceno en el cuello que seguramente le dificultaría el acceso futuro a un puesto en la administración, tapa el micro de su auricular mientras le grita a su novia por un asunto doméstico, al tiempo que procura no desatar la ira de los guardias. Se ve que es un tío con clase.

No sé qué esperarme de Artice. Sus antecedentes penales no son precisamente alentadores. Aunque su ficha de delincuencia juvenil está cerrada, teniendo en cuenta que su primera acusación como adulto fue a los dieciséis, es muy posible que su expediente fuera largo.

Artice, en acogida mientras su madre entraba y salía de la cárcel y, por lo visto, iba de chulo en chulo, nunca ha tenido una oportunidad real en la vida. Cumplió condena por primera vez como adulto en la cárcel del condado por intentar vender. Su última hazaña fue intentar robar a un conductor de Uber después de pedir el servicio con un móvil robado.

Me consuela pensar que, según su ficha, nunca ha hecho daño a nadie de verdad, aunque eso solo significa que nunca lo han acusado de ello. La cruda y fría realidad de los delincuentes de carrera es que se los acusa de menos de un diez por ciento de los delitos que cometen. Lo tengo presente siempre que leo «Lo único que hizo este tío...» en algún blog. Por otro lado, nuestro sistema jurídico se basa en lo que podemos demostrar y no en lo que sospechamos y, salvo que queramos ser un estado policial, dudo que haya una alternativa mejor.

He pedido ver a Artice diciéndole que soy periodista y asegurándome de ingresarle cincuenta pavos en la cuenta de la cárcel para que pueda comprarse chucherías y otras cosas a las que no damos importancia los de fuera.

Cuando los guardias lo acompañan a la sala de visitas, lo primero que veo es un par de ojos grises, casi plateados, que me detectan desde el otro extremo de la sala. Levanta un poco la barbilla y esboza una sonrisa.

Uno de los guardias le señala el sitio que hay enfrente de mí. Artice se deja caer en el asiento y levanta el auricular.

—¡Mi nuevo ídolo! Se agradece mucho su donación al Fondo de Rehabilitación de Artice.

—Encantado de ayudar —digo—. ¿Me lo puedo deducir de los impuestos junto con las tres horas que he pasado en la sala de espera?

—Lo siento. La próxima vez les diré a mis hombres que lo hagan pasar antes.

No sabía qué me iba a encontrar, pero desde luego no al joven dicharachero que tengo delante.

—Gracias.

No sé cuántas más bobadas debo decir. Se me da mal hasta cuando no estoy hablando con tíos que aún no saben si pasarán las Navidades de los próximos años entre rejas.

—¿Así que ha venido a que le cuente mi versión de la historia?

Cree que he venido por lo de Uber.

—No.

Como venía dispuesto a soltarme una coartada muy ensayada, le cambia el gesto en cuanto cae en la cuenta de que he dicho que no me interesa.

—Un momento, ¿no era usted un periodista que quería conocer mi versión de los hechos?

—Era mentira —digo.

—Entonces, ¿qué coño hace aquí? Si es el abogado de la acusación, que sepa que le voy a tumbar el caso.

—No soy abogado. —Saco de la carpeta la fotografía de su mural—. Quería preguntarte por esto.

Lo mira un segundo, luego me mira a mí.

—No conozco a D. Rez. Está claro que es un joven con mucho talento. Si le interesa una exposición de su obra, podría ponerle en contacto con él.

—Bueno, puedo ingresar cincuenta pavos en la cuenta de gastos de D. Rez si me contesta a unas preguntas.

Artice se lo piensa.

—¿Sabe qué?, que a lo mejor D. Rez está disponible. Un momento. —Hace el paripé de levantarse y volverse a sentar—. ¿En qué puedo ayudarlo?

A Artice le encanta hacer payasadas. Seguramente es una habilidad que tuvo que desarrollar cuando iba de casa en casa y, después, de centro en centro.

—Bueno, señor D. Rez, hablemos de Toy Man.

Se ensombrece su semblante. La sonrisa perpetua se esfuma. Por un instante, veo a un niño asustado.

—No tengo ni idea de quién me habla.

Señalo las palabras Toy Man de la parte superior del mural.

—Lo pone aquí. Y, si no me equivoco, con la misma pintura que usaste para el resto del grafiti. —Intenta calarme, averiguar a qué he venido en realidad—. Quiero conocer la historia —le explico.

—No sé nada de eso. Solo es algo de lo que hablaban los chavales. Nada más.

Su respuesta es casi robótica.

—¿Lo llegaste a conocer?

Tarda demasiado en contestar, lo que me hace pensar que sí.

—¿Conocerlo? No es real. Es como Freddy Krueger. ¿Cómo se puede conocer a alguien así? Salvo que fuera un actor o alguna mierda de esas.

—¿Has oído hablar del asesino de Montana, el que puede que haya batido el récord de asesinatos?

Asiente despacio con la cabeza.

—Igual he visto algo en las noticias. Un paleto tan grande que da miedo.

—Ese mismo. Yo lo conocí.

—¿Y qué tal?

—Estuvo a punto de matarme. No me gusta hablar de ello.

—¿Le creyó la gente?

«Ahí está…» Creo que ahora entiendo su reticencia.

—Al final, sí. Lo malo fue que al principio nadie creía que fuera real. Me tocó desenterrar cadáveres. Muchos. —Aún veo los rostros pálidos de las chicas que encontré pudriéndose en hoyos poco profundos—. Sé lo que es que nadie te crea.

Niega con la cabeza.

—No sé de qué me habla. A mí me rajaron unos pandilleros.

Mierda. Eso no me lo esperaba.

—¿Es eso lo que recuerdas? ¿O lo que te han contado los psicólogos?

—Psicólogos. ¡Que les den! Se te meten en la cabeza y te dicen lo que es real y lo que no. No tienen ni puta idea.

Vuelvo a sostener en alto la foto de su mural.

—¿Quién es? ¿Qué te hizo?

—Es un puto fantasma.

—¿Qué quieres decir?

Artice mira al infinito mientras se lo piensa. Le doy un momento. Está claro que lo tiene muy enterrado.

Vuelve a mirar la fotografía y contesta con un hilo de voz.

—Me dijeron que me lo había inventado. Me llamaron mentiroso. Era un crío. No habría podido inventarme una cosa tan espantosa.

—¿Cómo de espantosa?

Capítulo 23

Cadillac blanco

Artice me relata su experiencia con Toy Man mirando fijamente a la mesa y sujetándose la cabeza con ambas manos. Mantengo la boca cerrada y lo dejo hablar. Tengo la impresión de que esta es la primera vez que siendo ya adulto cuenta en voz alta qué le pasó.

Lo primero que observo es que no tiene claras las fechas. Aunque no voy a saber con exactitud cuándo se tropezó con Toy Man por primera vez, haciendo un cálculo rápido, llego a la conclusión de que sería entre seis meses y un año después de que Christopher Bostrom desapareciera.

Por su cara de angustia, deduzco que el recuerdo sigue vivo.

—Antes de verlo, ya había oído a otros chavales hablar de Toy Man. Decían que era un tío que se paseaba en un enorme Cadillac blanco y que bajaba la ventanilla y te preguntaba si habías sido bueno o no. Si decías que sí, te daba cinco pavos o una figura de acción o algo así. Luego te decía que era un secreto, que no quería que a los otros niños les diera envidia.

»Pero como los niños son así, todos lo contaban. Te lo susurraban: "¿Has oído hablar de Toy Man?". Te preguntaban si lo habías visto alguna vez. Había niños que incluso mentían para no ser menos.

»Yo nunca tenía de nada, conque imagínese la ilusión que me hacía que Toy Man se parara a mi lado. Le juro que hasta me quedaba plantado en las aceras, mirando fijamente todos los coches blancos, con la esperanza de ver el suyo. Luego un día que iba andando por la 120 se me acerca un Caddy blanco enorme. "¡Eh, tú!", me grita el tío. Voz grave. Grave de cojones. "¿Has sido bueno?". "¡Pues claro!", contesto. Y sin más me enseña un billete de cinco dólares. Me acerco a la ventanilla. Él alarga el brazo, me agarra de la mano, suave pero firme, y tira de mí. Me mira a los ojos y vuelve a preguntarme si he sido bueno. Le digo: "Sí, señor". Me pregunta cómo me llamo y dónde vivo y me da los cinco dólares. Me dice que le guarde el secreto y se larga.

»En la vida había tenido cinco dólares. Era como si me hubiera tocado la lotería. Fui directo a la sección de chuches a diez centavos de la tienda y me pillé una de cada. Recuerdo que me senté en un banco a comérmelas todas, pensando que aquel era el mejor día de mi vida. Mira que fui idiota. Me compró con cinco pavos.

»Pasé días esperando a que apareciese otra vez. Por fin volvió a parar el Caddy a mi lado y me preguntó si había sido bueno. Contesté: "Sí, señor". Entonces me dijo que se había enterado de que les había contado a otros chavales que me había dado cinco dólares. De primeras, empecé a gritarle que no era cierto, que los otros mentían, luego confesé que era verdad y prometí que ya no se lo diría a nadie.

»Pues nada, empezó a alejarse y yo me sentí como si Santa Claus hubiera pasado de largo de mi casa. De pronto, se encendieron las luces de freno, como si hubiera cambiado de opinión. Se abrió la puerta del copiloto y oí que me preguntaba: "¿Quieres ir a Toy Land?" Yo no tenía ni puta idea de qué me hablaba, pero no me lo quería perder, así que contesté: "Sí, por favor, señor Toy Man". Entonces me dijo que iba a tener que acurrucarme en el suelo del coche para que pudiera colarme en Toy Land, porque allí no dejaban entrar a los niños.

»Yo tenía nueve años, tío. Todas esas chorradas me parecían lógicas. No se me ocurrió que lo hiciera para que no supiese adónde demonios me llevaba. No sé si fueron minutos u horas. Estaba tan emocionado que me daba igual. Por fin me dijo que podía bajar, que ya habíamos llegado a Toy Land. Abrí la puerta y ya te digo que aquello me pareció la puta Toy Land. Ahora sé que era un garaje, pero entonces para mí podría haber sido el Polo Norte. Había paredes repletas de muñecos de acción, una puta tienda de juguetes entera. Además, había globos y música.

»Me llevó a otra habitación donde había un televisor enorme con dibujos animados, otro con videojuegos. Me dejó jugar todo lo que quise. Recuerdo que me dio zumo para beber y me empecé a sentir un poco raro. Pensé que debía de ser así como uno se sentía en Toy Land.

Artice toma aire.

—Así que mientras yo jugaba, él me hacía cosas. Me manoseaba como en broma. Yo me reía y me divertía. No sabía lo que pasaba. —Pone cara de angustia—. No era más que un chaval. Nadie me hacía ni caso.

Se me revuelve el estómago.

—Lo siento, tío. Siento habértelo recordado.

Me mira con una cara rara.

—Eso no fue lo peor. Joder, en el reformatorio había psicólogos que también me lo hacían. Lo peor fue lo que vino después. Después de sobarme la polla y todo eso, me hizo volver al Caddy y esconderme en el suelo y me devolvió al sitio donde me había recogido. Luego otro chaval empezó a decir que Toy Man lo había manoseado y todo eso y los demás empezaron a llamarlo mariquita, así que yo me aseguré de tener la boca bien cerrada.

»Toy Man volvió a recogerme a los pocos días. Me preguntó si se lo había contado a alguien. Le dije que no. Esa vez me creyó. Me dijo que iba a llevarme otra vez a Toy Land y me hizo esconderme en el suelo del Caddy como la vez anterior. Cuando llegamos, me ofreció más ponche rojo de aquel, pero me acordé de que la otra vez que lo había bebido había jugado fatal a Mario Kart, así que hice que me lo bebía, pero en realidad lo tiré al suelo.

»Estaba sentado en un sillón de videojuegos, jugando, cuando entró en la sala y me dijo que quería llevarme a una habitación especial a la que solo iban los mejores. Recuerdo que le pregunté qué había allí y me contestó que una sorpresa solo para mí. Así que, claro, lo seguí. Salimos al jardín, donde tenía el garaje. Entramos, pero estaba todo oscuro. Yo estaba asustado y el señor Toy Man me dijo que no pasaba nada. Puso música, muy fuerte. Notaba que andaba trasteando por allí. Estábamos como sobre una colchoneta de gimnasio y cada vez que se movía yo me resbalaba un poco.

»Entonces se encendió la luz y… ¡la hostia! —Artice cierra los ojos—. El señor Toy Man estaba plantado delante de mí en pelotas. Lo primero que vi fueron las cicatrices que tenía por todo el cuerpo. Daba mucha grima. Luego vi que llevaba un cuchillo. Uno enorme de cojones. Pero lo peor era su cara: lo más espeluznante que he visto en mi vida. Siempre lo había visto tan sonriente, tan contento. Era como si estuviera poseído por el demonio.

»Ni siquiera noté el primer corte —dice Artice, cruzándose el pecho con la mano—. Llevaba puesta una prenda heredada que me quedaba muy grande y la herida no fue muy profunda, pero sí me dolió. Eché a correr hacia la puta puerta. Ese tío debió de pensar que él había cerrado con llave o que yo estaba demasiado bebido como para reaccionar rápido, no sé.

Artice hace una pausa, con la respiración agitada, la mirada perdida. Luego sonríe.

—Tío, salí por esa puerta y crucé el jardín como alma que lleva el diablo. Había una tapia, pero se me daba bien trepar. Recuerdo el ruido que hizo cuando la embistió como un rinoceronte. ¡Bum! Me gritaba: "¡Vuelve, es solo un juego!". Una mierda. No era tan imbécil. Corrí sin parar hasta que llegué a una parada de autobús y una señora mexicana empezó a chillar al verme. Cuando me quise dar cuenta, ya iba en una ambulancia y un poli me estaba preguntando qué había pasado. Le dije que estaba en Toy Land y un monstruo se había apoderado del señor Toy Man, así que, claro, pensaron que estaba mal de la cabeza.

»Unos días después, me llevaron a dar una vuelta en un vehículo policial de incógnito para que les dijera en qué casa había ocurrido aquello, pero yo no lo sabía. Cuando eché a correr, corrí. Sin mirar atrás. Los psicólogos decidieron que era un rito de iniciación en alguna banda y que yo mentía. Nueve años. Hay mucho cabrón por ahí suelto, pero por aquel entonces no había ninguna banda infantil que hiciera esas mierdas. Claro que ellos creyeron lo que quisieron creer. Y eso hice yo también.

Hablo por primera vez en varios minutos.

—Siento haberte hecho recordarlo todo. Entonces, cuando hiciste el grafiti…

—Lo hice para advertir a los chavales, supongo. Pero lo cierto es que no recordaba mucho. De vez en cuando me venía alguna cosa a la cabeza, incluso años después… como el olor de aquel garaje. Olía que echaba para atrás. Y otras cosas: había frascos de mierdas por la paredes. No sé qué era, pero mantequilla de cacahuete, no, se lo aseguro. —Suelta un suspiro—. Y ya está: Artice contra Toy Man.

—Madre mía —es lo único que se me ocurre decir.

—No se preocupe por mí. Preocúpese por los chavales a los que no les importó jugar mal a Mario Kart.

—¿Y no encontraste la casa después?

Niega con la cabeza.

—Cuando me hice mayor, daba vueltas en coche por la ciudad, con un arma en el regazo, en busca del Caddy blanco. Jamás lo encontré. No tengo ni idea de qué distancia recorrí esa noche. No debió de ser gran cosa porque sangraba mucho, pero supongo que lo suficiente como para que la poli no lo encontrara.

—¿Recuerdas algo, casas, algo en particular?

—Algo, pero todo revuelto.

—¿Y si hubiera una forma de deshacer tus pasos…?

—¿A qué se refiere?

—No puede haber muchas casas que encajen con esa descripción, con el garaje y la tapia.

—Si tiene fotos, les echo un vistazo.

Pienso un instante.

—Puede que tenga algo mejor.

Capítulo 24

Simulación

A una hora al norte de Barstow, California, hay una ciudad que parece de Afganistán. Con sus mercados, sus mezquitas, su desierto de fondo e incluso su campo de fútbol, podría confundirse con un millar de sitios de Oriente Medio.

Está ubicada en Fort Irwin y se creó para entrenar a los soldados estadounidenses antes de destinarlos al extranjero. Hay instalaciones de entrenamiento similares en otras bases, incluida una ciudad de ciento veinte hectáreas en Virginia que se emplea para la práctica de tácticas urbanas antiterroristas y que hasta tiene un tramo de metro.

Desde que empezó la batalla contra el terrorismo, hemos gastado miles de millones de dólares en crear simulaciones de lugares a los que podríamos tener que mandar tropas. Algunas de esas simulaciones son virtuales.

Cuando entré a trabajar en OpenSkyAI, me dieron acceso a una herramienta de evaluación de amenazas urbanas que prácticamente es el Google Earth del futuro. En alguna parte del nordeste hay un módulo de servidores con imágenes de gran resolución de cada metro cuadrado de Estados Unidos (y de otros países) y datos detallados con los que se genera un modelo fiable en tres dimensiones de cualquier lugar que se quiera explorar.

Lo puedo abrir en mi móvil. Mientras Artice me facilita ciertos detalles, ejecuto una secuencia de comandos que encuentra coincidencias con lo que me ha dicho. Ya sabemos en qué parada de autobús lo encontraron. Lo siguiente es identificar la casa.

Extraigo las seis candidatas que más se aproximan y creo una vista en 3D para enseñársela. Aun teniendo en cuenta su estatura de por aquel entonces, la perspectiva en primera persona es precisa.

Pego el móvil al cristal y reproduzco para él la vista tridimensional de esos sitios. Las cuatro primeras no le dicen mucho, pero, por cómo se le dilatan las pupilas con la quinta, sé que hemos dado en el blanco.

—¡Esa es la puta casa! —grita, y el guardia que está a punto de dar por terminada nuestra sesión lo mira muy serio. Baja la voz—. ¡Maldita sea! Si no estuviera aquí encerrado…

Quizá sea preferible que así sea. No sé lo que le haría a quien le abriera esa puerta. En su lugar, tampoco sé lo que le haría yo.

—Artice —digo para recuperar su atención—, puede que esta no sea la casa.

Me lanza una mirada asesina.

—No me venga con esas usted también. No me venga con esas usted también.

—Solo digo que las cosas cambian con el tiempo. Puede que Toy Man ya ni siquiera viva allí.

También existe la posibilidad de que Artice se lo haya inventado todo. No puedo descartarlo por completo.

En lugar de enfadarse, asiente con la cabeza.

—¿Y ahora qué? ¿Irá a la policía? A usted lo creerán.

—Sobreestimas la credibilidad que me conceden. No puedo llamarlos y decirles que sé dónde vive el Freddy Krueger de Compton gracias al testimonio de un preso de la cárcel del condado.

Suspira agotado.

—Es como cuando *Grim Sleeper* se cargaba a todas esas fulanas. Una de ellas incluso le dijo a la policía donde ocurría.

—Se equivocó por una casa —señalo.

—Y eso lo cambió todo. Entonces, ¿qué va a hacer? ¿Escribir un tuit cabreado? ¿Contarles a todos sus amigos blancos liberales lo mucho que ha ayudado al pobre chaval negro?

—Pensaba ir allí y llamar a la puerta.

Artice me mira con sus penetrantes ojos grises, sin pestañear.

—¿Se le va la pinza?

—No tengo nueve años. Si me invita a pasar, le diré que no, pero apuesto lo que sea a que hace tiempo que se fue.

—¿Y eso por qué?

—Porque te escapaste. Si es listo, debió de mantenerse alejado de la casa un tiempo y mudarse a los pocos meses.

—¿Adónde?

—No muy lejos, creo yo. Se quedaría por la zona.

—¿Y cómo lo encontramos?

—Por el catastro. Por las facturas de la luz, del agua, del gas. Si vivía ahí, tuvo que dejar algún rastro.

—Sí… —Piensa un momento—. Hay otra cosa de él. De niño no supe definirlo, pero ahora tiene más sentido.

—¿El qué?

—Que habla raro. Como si fuera blanco sin serlo. Como si no fuera de aquí.

—¿De Nueva York?

Niega con la cabeza.

—Por aquel entonces yo no distinguía los acentos, solo cómo se hablaba en la calle y cómo hablaban en la tele. Aprendí las dos formas, una para hablar con mis amigos y otra para dirigirme a cualquier adulto que pudiera complicarme la existencia en algún centro. —Hace otra pausa—. Tío, creo que no debería ir allí sin más. Espere a que salga y vamos juntos.

—¿Y eso cuándo será?

—Si dice que le he ayudado a atrapar a Toy Man, saldré antes. No hice daño a nadie. Fue todo un malentendido.

No sé si creérmelo, pero no soy yo quien debe decidirlo.

—Tengo que conseguir algo, alguna prueba. Si no, no servirá de nada.

—Sí, bueno... Cuando lo haga, podemos enseñarles esto.

Se levanta la camisa y me enseña una cicatriz enorme que le va de la cadera al hombro.

—Joder.

—Usted lo ha dicho.

—¿Cómo coño conseguiste escapar?

—El miedo, tío. El miedo. Es tu mejor amigo. —Calla un segundo—. Pero usted ya lo sabe, ¿verdad?

—Ya te enseñaré la mía en otra ocasión.

Artice menea la cabeza y mira alrededor con disimulo.

—No diga esas cosas por aquí.

—Huy, perdona.

—Manténgame informado. Si no lo hace, daré por supuesto que Toy Man se lo ha cargado. Y, sobre todo, no beba el ponche rojo. —Artice vuelve a ser ese personaje jovial y creo que hace bien para poder conservar la cordura—. Jamás ganará a Bowser en Mario Kart.

—Me lo apunto.

—En serio. Tenga cuidado. No crea que porque sobrevivió a un monstruo va a sobrevivir a otro. Yo estoy vivo porque siempre he huido de ellos, no ido a por ellos.

Mientras sale del área de visitas, tomo nota de su consejo. Toy Man ha pasado de curiosidad matemática a posibilidad muy real en solo unos días.

Artice podría estar vacilándome como los chavales de la casa de Rico. Podría no ser más que un hábil mentiroso que sabe decirte lo que quieres oír. Aunque solo saldría beneficiado si estuviera diciendo la verdad. Si encontramos a Toy Man, quizá mejore su situación y salga de la cárcel. No sé si eso es, en general, algo bueno para la sociedad, pero tengo la sensación de que no estaría aquí encerrado si su vida no hubiera sido tan desastrosa desde el principio.

Capítulo 25

Escritura

La propiedad del 17.658 de Wimbledon ha tenido cuatro propietarios desde su construcción: de 1986 a 2005, perteneció a Kevin y Trudy Harrison; de 2005 a 2011, a Jeffery L. Washington, y esa es la época de Toy Man; ahora está en manos de una inmobiliaria, New Castle Property Management.

Aunque en circunstancias normales me habría parecido un logro averiguar el nombre del propietario de la vivienda, ya he descubierto explorando el catastro de South Central que el nombre que figura en la escritura puede no ser el nombre real de la persona que adquirió la propiedad. Hay montones de viviendas que son propiedad de empresas fantasma o de personas que son ficticias o no tienen ni idea de que su nombre figura en esos documentos.

Esa casa la compró Jeffery Washington abonando en efectivo la totalidad de su importe. El intento de encontrar algo sobre él ha resultado infructuoso. Tengo la fuerte sospecha de que no existe.

No he podido encontrar ningún otro caso de vivienda adquirida por Jeffery L. Washington en la zona. Puede que se mudara, pero es más que probable que sea un alias.

Aun así, no es un callejón sin salida, ni mucho menos. Hay todo tipo de registros, desde facturas de servicios hasta llamadas telefónicas, que aún podrían encontrarse. Aunque no tengo acceso a ellos, si consigo encontrar algo que relacione a Artice y a Christopher con la finca, quizá convenza a un escéptico como el inspector Corman. Pero no quiero hacerme ilusiones.

Lo mejor que puedo hacer de momento es hablar con los vecinos. Toy Man tenía dos que quizá vieran algo. Claro que, como esto es South Central, es muy posible que nadie quiera contarme nada.

Después de investigar la propiedad, llamo a William. No quiero que ande asaltando casas como un energúmeno o, peor aún, que le diga a Mathis que tenemos un sospechoso, así que le comento que he estado siguiendo unas pistas y que ya le explicaré con detalle. Pronto, espero.

—¿Qué era eso de Toy Man? —pregunta.

Supongo que eso sí se lo puedo contar.

—Una leyenda urbana de la que hablan algunos niños. Por lo visto, ese tipo aparece cada cierto tiempo.

—¿Y tiene algo que ver con Christopher?

—Puede. Creo que podría ser una persona de verdad.

No quiero decirle a William que ese tío era un pederasta y un asesino, ya lo deducirá él.

—¿Cree que pudo hacerle algo a Chris? —dice desanimado.

—Es una posibilidad. A estos tíos a veces les gusta arrimarse a los críos, para ver a cuáles se pueden camelar.

Suspira y, después de un momento, habla.

—Confiaba en que se tratase de un tipo cualquiera, ya sabe, alguien que pasaba por allí y lo vio.

—Lo sé. Quizá lo fuera. Solo se trata de algo que se cuenta.

Le voy a ahorrar el espeluznante relato de Artice hasta saber qué hay detrás.

Colgamos tras mi promesa de mantenerlo informado, que no es del todo sincera, teniendo en cuenta que estoy a una manzana de la casa en la que creo que podrían haber asesinado a su hijo. He dado ya varias vueltas por la zona, vigilando la casa, hasta que se encienden las farolas dispersas por el vecindario y lo inundan de un resplandor amarillento.

He observado que las demás casas tienen luces en el jardín que se activan con sensores fotoeléctricos, pero el 17.658 no. Salvo por la luz tenue procedente de la fachada del edificio de una planta color canela, la propiedad está completamente a oscuras.

No es la única peculiaridad: la tapia más alta que he encontrado en el barrio es de metro ochenta; la del 17.658 es de dos metros y medio, con lo que es imposible ver nada al otro lado. Además, hay filas de árboles de sombra en el jardín trasero que son visibles desde la fachada principal del edificio. Pese a estar ubicado en un barrio residencial, produce una extraña impresión de aislamiento y seguridad. La tapia se extiende desde los laterales de la vivienda hasta la siguiente propiedad, unos tres metros por cada lado.

En la vista aérea, la propiedad se ve asentada en un solar alargado que llega hasta una vía de servicio. El garaje, quizá el que describió Artice, está en el extremo más alejado. El otro garaje, el incorporado a la vivienda, tiene cerradura por fuera y no parece que se abra a menudo.

El mayor misterio para mí es la identidad del propietario. La casa se vendió en 2011 un veinte por ciento por debajo de la media de la zona, lo que parece indicar que se trató de una venta privada, posiblemente de un propietario con prisa o entre dos personas que se conocían. Puede que incluso fuera el mismo individuo. Eso es lo que me eriza el vello de la nuca: Jeffery L. Washington podría seguir siendo el dueño de la propiedad. Hasta podría estar ahí dentro ahora mismo.

Antes de bajar del coche, considero mis opciones, que no son muchas. La primera es salir hacia el aeropuerto, llamar a Corman y contarle lo que sé, pero, salvo que Toy Man me abra la puerta en pelotas y cubierto de sangre, con un cuchillo en la mano, el inspector no podrá hacer otra cosa que investigar más a fondo.

Es muy posible que Toy Man haya borrado cualquier rastro que pudiera relacionarlo con los asesinatos… si es listo. Tras la huida de Artice, habría sido lo prudente. Claro que estamos hablando de un asesino en serie: quizá su idea de «lo prudente» sea muy distinta.

Decido que tengo que echarle valor y llamar a la puerta. Guardo la Glock en la funda que llevo en la parte de atrás de la cinturilla de los vaqueros, debajo de la chaqueta. Aun después de mi altercado con Joe Vik, no me gusta demasiado ir armado, pero gracias a una astuta interpretación legal de los acuerdos de seguridad del Departamento de Defensa en OpenSkyAI, se me permite llevar pistola por todo Estados Unidos, aunque quizá un juez de esta ciudad no hiciera esa misma interpretación. La cuestión es si estoy dispuesto a usarla o, mejor dicho, si me veré siquiera en una situación en la que tenga que hacerlo.

Echo otro vistazo al jardín, me acerco a la puerta del 17.658 y llamo con los nudillos. Oigo que se apaga un televisor dentro y ladra un perro.

Bueno, por lo menos hay alguien en casa…

Capítulo 26

Sabueso

Se abre la puerta una rendija y una bolita de pelo gris sale contoneándose de la casa, se planta a mis pies y empieza a emitir un ladrido agudo para advertirme de que debo salir de la propiedad de inmediato.

—¡Eddie! —grita una mujer desde dentro—. ¡Déjalo en paz!

El perro entra disparado, satisfecho de haber cumplido con su deber canino. Cuando se abre más la puerta, veo a una anciana negra, bajita, con unas gafas enormes, que me mira desde abajo.

—¿Sí? —pregunta.

Echo un ojo al interior de la casa para asegurarme de que no hay ningún asesino en serie desnudo preparado para abalanzarse sobre mí, aparte de Eddie.

—Hola, soy Theo Cray —digo, y le enseño mi carné, que agarra y sostiene con fuerza para verlo bien.

—No está muy favorecido en esa foto, señor Cray —dice después de soltarlo.

—No soy muy fotogénico.

—Pase, pase —me dice, sosteniendo la puerta abierta—. ¿Le apetece un té?

—Eh… Vale.

Entro y miro con recelo detrás de la puerta, por miedo a caer en una trampa.

Parece que el mobiliario de la casa no se ha cambiado desde la presidencia de Clinton. Las paredes del salón están forradas de paneles de madera. Delante del televisor de pantalla grande que parece de la época de Toy Man, hay un sofá enorme.

Cuando cierra la puerta, advierto tres cerraduras por dentro y una necesita llave. Eso dispara una alarma en mi cabeza. Es la clase de cerradura que se utiliza para retener a alguien dentro.

La veo entrar en la cocina y servir dos tazas de té. El suelo está arañado y la alfombra tiene calvas.

—Estaba a punto de sentarme en el porche de atrás —dice, pasando por delante de mí con las dos tazas.

La sigo a una plataforma de hormigón que da a una parcela seca e irregular repleta de malas hierbas. Se sienta y me hace un gesto para que ocupe la silla oxidada que hay enfrente de la suya.

—¿Es usted el hombre que me iban a mandar de la parroquia? —pregunta al fin.

—Eh… No, señora…

—Señora Green —dice, sin que parezca preocuparla que un completo desconocido se acabe de colar en su casa.

Eddie me olisquea los pies, luego sale del porche para inspeccionar un trozo de hierba seca y gruñirle a algo. Yo miro nervioso por encima del hombro, por miedo a que el señor Green esté a punto de estrangularme.

—¿Su esposo está en casa?

—Mi esposo está ya en brazos del Señor. Que Dios lo bendiga.

—Lo lamento. ¿Vivían los dos aquí?

—Ah, no. El señor Green y yo vivíamos en Lynwood. Me mudé aquí poco después de que él falleciera.

Parece no importarle en absoluto la razón de mi visita, pero necesito presentarme para poder hacerle preguntas.

—Trabajo para el gobierno. Estoy investigando a una persona que ha solicitado un empleo. ¿Qué sabe del hombre que vivía aquí antes?

Eddie encuentra algo nuevo que atacar y, después de hurgar en la tierra, arrastra la presa a los pies de su dueña. Ella se agacha, le rasca detrás de las orejas y tarda una eternidad en contestarme.

—No conocí al caballero. Solo hablé con Realtor. Él ya se había ido cuando compramos la casa.

—Ya. ¿Se dejó algo?

—El televisor.

—¿Le han hablado los vecinos de él alguna vez? ¿Le han contado algo interesante?

—Que yo recuerde, no. Creo que me dijeron que casi nunca estaba aquí y les sorprendió que me mudara a esta casa.

Interesante. Podría significar que Toy Man usaba esta vivienda de piso franco, suponiendo que realmente viviera aquí. A lo mejor solo era el sitio al que llevaba a sus víctimas.

Eddie se levanta de un salto y vuelve como una bala al jardín a por algo que para él es muy importante.

—¿Alguna vez ha venido la policía por aquí?

—¿A qué?

—A hacerle preguntas sobre el hombre que vivía en esta casa.

Aún no sé cómo se llama, salvo que sea Jeffery L. Washington.

—No, que yo recuerde, no. ¿Está metido en algún lío?

—No me han contado mucho. ¿Encontró algo raro en la casa, algo inusual?

Me mira de soslayo.

—Hace usted unas preguntas muy peculiares, señor Cray.

Eddie regresa a sus pies con un palo que mordisquear.

—Disculpe, señora Green. Son las que me han dicho que debo hacerle.

—No importa —dice ella, con un gesto de indiferencia—. En las noticias se ven cosas rarísimas. No me haga hablar de nuestro presidente.

—Tranquila, no lo haré. —Miro al otro lado del jardín, a la cabaña—. ¿Qué guarda allí?

—Cosas viejas. Algunas de las pertenencias del señor Green.

Me encantaría echar un vistazo, pero no sé cómo pedírselo sin que suene raro.

—¿A qué se dedicaba el señor Green?

—Estuvo en los marines veinte años. Luego trabajó en correos. Un buen hombre. Un buen marido.

—¿Tienen hijos?

Niega con la cabeza.

—No, señor. Solo éramos el señor Green y yo. Y Eddie —añade, dándole una palmadita al perro.

El perro suelta el aperitivo y le acaricia la mano con el hocico.

Me inclino para ver mejor el objeto cubierto de saliva y me viene a la cabeza una observación que me hizo una vez un paleontólogo: hay muchas más especies de dinosaurios en los libros de las que probablemente existieron. El problema proviene de la época en la que veíamos a los dinosaurios como reptiles gigantes. Los lagartos tienen un ciclo vital bastante lineal. Una cría de cocodrilo tiene casi el mismo aspecto que un cocodrilo adulto. Cuando los paleontólogos se encontraban con dos juegos de huesos muy distintos, basándose en la suposición de los reptiles, deducían que se trataba de dos especies diferentes de dinosaurio, cuando en realidad seguramente era la misma, solo que de adulto y de cría.

Aunque lo mío es la bioinformática, sé lo bastante de anatomía humana como para sospechar que el hueso que Eddie está mordisqueando no es de una pieza de carne de animal que haya salido de la cocina ni que terminara agonizando por el jardín después de que lo atropellase un coche.

Se parece mucho a una costilla de niño.

Me saco un guante del bolsillo y agarro el hueso. Eddie me gruñe, pero la señora Green lo retira. Sostengo la pieza de color marrón oscuro a la tenue luz del porche para verla mejor y se me hiela la sangre.

—Me he hartado de llamar al ayuntamiento —dice la señora Green— para decirles que no paran de salir huesos de mi jardín cada vez que hay tormenta.

Estudio las sombras de su jardín y veo formas irregulares que asoman del suelo.

Por todas partes.

Capítulo 27

Ciudadana preocupada

Cuando andaba a la caza de Joe Vik, cuyo nombre no supe hasta una hora antes de que estuviese a punto de matarme, aprendí que la vida no es como en las películas. Las investigaciones policiales llevan su tiempo. Pueden pasar horas o días hasta lograr hablar con alguien y, aun cuando por fin tienes todas las piezas del rompecabezas bien colocaditas a la vista de todos, les puede costar meses reparar siquiera en que están ahí.

Para pillar a Vik, tuve que infringir algunas leyes y hacer cosas de las que no me siento especialmente orgulloso. Hubo un momento en que la fiscalía de Montana, frustrada al ver que su sospechoso estaba muerto y no tenían a quién juzgar, se planteó seriamente montar el caso en torno a mi persona y convertirme en chivo expiatorio, por haber interferido en una investigación inexistente. Por suerte, gracias a la presión de los familiares de las víctimas a las que había encontrado, que salían a todas horas en televisión agradeciéndome que les hubiera permitido cerrar ese capítulo, y de la oficina del gobernador, quedó claro que no podían hacerme pasar por el malo. Aun así, seguí siendo blanco de hostilidades. Había avergonzado a algunos organismos públicos y me había granjeado unos cuantos enemigos entre las amistades de Joe Vik, que eran muchas, algunas incluso en los cuerpos de seguridad, a las que les costaba creer que el brutal asesino en serie fuese el hombre que se sentaba a comer con ellos.

Pensando en todo esto, marco el número del inspector Corman. Para él soy un incordio, pero no un rival. Hasta me dio esas carpetas de casos por si encontraba algo que él no hubiera visto.

Le he pedido a la señora Green que se lleve a Eddie dentro para que no siga destrozando las pruebas. A saber cuántos huesos humanos habrá mordisqueado ya.

Me salta el buzón de voz: «Soy Corman, ya sabes lo que hay que hacer». Había ensayado mentalmente la conversación una decena de veces. No me esperaba esto. Pruebo a llamar otra vez. Sigue saltando el contestador. Por miedo a que haya apagado el teléfono durante la noche, llamo a emergencias.

—Emergencias, ¿en qué puedo ayudarle? —pregunta una mujer.

—Hola, estoy en el 17.658 de Wimbledon. Están saliendo huesos de debajo de la tierra. ¿Podrían enviar una patrulla?

—¿Al diecisiete seis cincuenta y ocho de Wimbledon? —la oigo teclear.

—Eso es.

—Bien. Tendrá que hablar con control de animales. Le puedo pasar.

—¡Un momento! ¿Cómo dice?

—Que si tiene problemas con algún animal, hable con control de animales.

—¿Quién ha dicho nada de un animal?

—Según nuestros archivos, ya hemos recibido ocho llamadas del 17.658 de Wimbledon denunciando problemas con animales que dejan huesos por el jardín.

Miro a Eddie, que tiene el hocico pegado al cristal. La señora Green me dedica una mirada de complicidad.

Pierdo los nervios.

—Entonces, ¿les da igual que se trate de huesos humanos? ¿Le parece normal que tenga aquí delante material de al menos tres o cuatro cadáveres?

Cambia de tono, pero no como yo esperaba.

—Ya hemos enviado un coche patrulla alguna vez, señor. A menos que esté cualificado para hacer un análisis forense, le agradecería que no me hablase en ese tono.

Pierdo aún más los nervios.

—¿Le parece suficiente cualificación un puto doctorado en Biología del Instituto Tecnológico de Massachusetts? ¿Qué tal cuatro puñeteros ensayos publicados en *Human Origins*? —Ilumino con la linterna una pequeña mandíbula que asoma del suelo—. A no ser que tenga usted un concepto muy especista de lo que es humano y una tribu de puñeteros niños neandertales se perdiera de cojones, ¡lo que estoy viendo son restos de personas! A ver si la Policía de Los Ángeles se atreve a venir a desmentirlo.

La señora Green asiente con la cabeza y levanta el pulgar en señal de aprobación.

Al inspector Corman no le hará gracia que la prensa se haga con esta llamada a emergencias y se divulgue la transcripción. Yo parezco un capullo, pero los servicios de emergencia quedan como incompetentes.

—Le enviamos una patrulla ahora mismo, señor. Mientras tanto, le aconsejo que se calme.

Me cuesta una barbaridad no tirar el móvil al suelo con todas mis fuerzas.

Sigo en el jardín trasero, haciendo fotos de los huesos, cuando las luces estroboscópicas del coche patrulla salpican la casa y las copas de los árboles.

He tenido cuidado de no pisar nada que pudiera romperse, pero quería asegurarme de hacer todas las fotos posibles antes de que vengan los de la policía científica.

La cabaña me llama, pero no me atrevo siquiera a entrar antes de que la policía haya podido examinarla exhaustivamente. Solo falta que encuentren ADN mío en el suelo del garaje y que los abogados de Toy Man se retuerzan de gusto al leerlo en los informes. Ya pasé por un infierno con los de Joe Vik. El tipo tenía un montón de bienes y de personas dispuestas a protegerlo y a proteger su reputación. Un fiscal muy agradable me dijo que Joe y sus colegas seguramente habían sido el centro de la red de narcotráfico de metanfetamina de la zona. Y no me sorprendió lo más mínimo. Allí pasaban cosas rarísimas.

Se abre la puerta corredera de cristal a mi espalda mientras estoy acuclillado, examinando el borde de una pelvis que sobresale de la tierra. Por lo visto, las últimas semanas de tormentas han levantado todo el jardín, que probablemente llevaba sin regar desde que California inició los recortes de agua durante la sequía, lo que me hace pensar cuánto tardarán en empezar a desenterrarse otros secretos.

—¿Es usted quien ha llamado? —pregunta un agente joven.

Blanco, rubio, de pelo corto, le pegaría más un uniforme de *boy scout* y parece peligrosamente desnutrido para ser policía. Hasta para Eddie sería un buen rival.

—Sí, agente —respondo antes de incorporarme.

Alumbra con su potente linterna el hueso que yo estaba inspeccionando y lo mira fijamente un momento.

—Mmm. Podría ser un hueso de cerdo. Nos pasa a menudo.

«Otra... vez... no.»

No me ve cerrar los ojos y contar hasta diez.

—Agente, con el debido respeto... —¡A la mierda!—. ¿Le parece eso la fosa ilíaca de un cuadrúpedo?

Señalo un objeto redondeado entre las malas hierbas. Mueve la linterna y arroja un haz de luz deslumbrante sobre la cresta amarillenta de un cráneo con una de las cavidades orbitales a la vista.

—¡Madre mía! —masculla antes de empezar a avanzar.

Lo agarro suavemente del antebrazo para evitar que pise las pruebas.

—Agente, tenga cuidado.

Divisa el hueso afilado de la costilla que asoma de la tierra.

—Joooder…

—Y que lo diga.

Da un paso grande hacia atrás y llama por radio.

—Soy el 4.421. Necesito alguien de homicidios y un forense aquí cuanto antes.

—Afirmativo —le contestan.

Al poco se oye una voz que chilla por la radio.

—Long Beach, más vale que esto no sea otro cochinillo de banquete de puesta de largo en el jardín.

El agente Russell, que así dice su placa que se llama, se vuelve hacia mí y niega con la cabeza.

—¿Ha visto alguna vez algo así?

Tengo muchísimo que contarle mientras esperamos a que lleguen los demás.

Capítulo 28

Anónimo

¿Quién es Toy Man? Tres días después de arrebatarle a Eddie de la boca su espantoso aperitivo, estoy sentado a una mesa de reuniones en la central de la Policía de Los Ángeles mientras la inspectora jefe, Cheryl Chen, tiene la gentileza de exponerme el caso con la ayuda de Craig Sibel, un agente del FBI enviado por la oficina de Los Ángeles. Corman no está porque el hallazgo de Wimbledon se considera un caso nuevo.

En la pantalla del proyector, al fondo de la sala, veo lo que supongo que será una horrorosa presentación de lo que han encontrado hasta ahora. Chen pulsa el mando y muestra la primera imagen. El jardín de la señora Green se ha compartimentado como si fuese una excavación arqueológica en la que se ven especialistas de la policía científica con sus monos blancos, de pie y arrodillados en plataformas metálicas, extrayendo con cuidado los restos.

—De momento hemos encontrado diecisiete cadáveres. Muchos están mezclados, con lo que habrá que esperar a que los especialistas en ADN así lo confirmen y los identifiquen. El sospechoso los enterró a unos treinta centímetros de profundidad y cubrió la tierra de césped, pero, como bien señala usted en sus notas, tanto que la señora Green no regara como que la casa se encuentre asentada sobre una ligera elevación ha favorecido la erosión gradual debido a la hierba seca y a las lluvias estacionales. Con esto quedó al descubierto la capa superior, que el perro terminó de levantar cuando decidió husmear los cadáveres en descomposición.

—¿De qué edad son los niños? —pregunto.

—Según nuestro forense, todos tienen entre ocho y trece años. Cuesta determinar el sexo con certeza absoluta en los más pequeños, pero parece que todos eran chicos.

—¿Cómo va el análisis de ADN?

—En unos días, nuestro laboratorio podrá proporcionarnos datos concretos, pero un análisis más exhaustivo llevará semanas.

—Tengo acceso a un laboratorio autorizado que puede hacer más en menos tiempo.

Un laboratorio que realiza análisis forenses para la CIA e identifica a los terroristas, antes y después de que vuelen por los aires, me ayudó a resolver el caso de Joe Vik.

—Estamos contentos con el nuestro —dice.

—Si necesitan un informe externo, les ayudarán encantados.

—Gracias. Se lo haremos saber —replica Chen. Vamos, que lo olvide.

Para la policía de Los Ángeles, este es un asunto delicado. No solo tienen un jardín repleto de cadáveres de los que una anciana ha intentado informarles ocho veces, el hecho de que no se presentasen hasta que un tío blanco hizo la llamada lo empeora, pero lo más peliagudo es que hay diecisiete niños muertos en un jardín y ni la policía de Los Ángeles ni el FBI inició una investigación oficial hasta que los han encontrado.

He pasado por delante de la casa antes de esta reunión. He contado doce furgones de noticias. Ni siquiera sabía que hubiese tantas cadenas de informativos.

Lo que todos se preguntan: ¿quién vivía en esa casa? Los interrogatorios realizados a los vecinos se contradicen. Hay tres descripciones distintas de un negro al que se vio por allí y de un blanco al que se veía menos pero con cierta frecuencia.

Chen me muestra la siguiente serie de diapositivas.

—Además de las cerraduras de la parte interior de las puertas, hemos encontrado agujeros en las paredes, donde seguramente hubo algún tipo de sujeción. Los técnicos han encontrado restos de sangre en la vivienda, pero no parece que fuese ahí donde se llevaron a cabo los asesinatos.

—¿En la cabaña? —digo.

—Sí. El suelo y las paredes estaban pintados, pero hemos detectado salpicaduras debajo. Aún no hemos podido examinar más que unos treinta metros cuadrados. Extraer sangre y tejidos lleva más tiempo. —Pulsa el mando y se ve una sección de hormigón de aspecto tosco—. Los cimientos son de noventa centímetros de grosor. Hemos encontrado una grieta en la que se había ido acumulando la sangre. Esto podría proporcionarnos una cronología de las muertes que podemos cotejar con la descomposición de los cadáveres.

A medida que las gotas de sangre caían en la grieta, iban creando una especie de estrato sedimentario de cada niño asesinado. Junto con las otras muestras de sangre, les permitirá disponer de una cronología secundaria.

—¿Y el techo?

Chen pasa a la siguiente diapositiva. El techo de la cabaña es un *collage* de salpicaduras fosforescentes.

—Eso no se molestó en ocultarlo.

—Tenía prisa —digo.

Toy Man hizo el mínimo esfuerzo necesario para que los siguientes inquilinos no hiciesen preguntas enseguida, pero no el suficiente como para engañar a investigadores especializados.

Eso me preocupa. ¿Por qué fue tan chapucero? Lonnie Franklin cometió una serie de asesinatos en una caravana y empezó a ser menos cuidadoso cuando se dio cuenta de que a la policía le daban igual sus víctimas.

Toy Man elegía a sus víctimas con mayor esmero. Que dejase tantísimas pruebas a la vista indica que de pronto se volvió descuidado o que le pareció que no había de qué preocuparse.

Quizá el hecho de que no tengamos ni idea de quién es, aunque haya policías en su salón, demuestra que ese tipo es más complejo de lo que aparenta.

—Pues eso es lo que tenemos de momento, que no es mucho. Solo sabemos lo que nos ha dejado.

—¿Y qué pasa con Artice? —pregunto.

—Se ha mostrado muy colaborador. Estamos elaborando un boceto de lo que recuerda e intentando contactar con cualquier otro niño que viera al sospechoso por aquel entonces. A ver quién da la cara y qué nos cuentan. Sospecho que tarde o temprano tendremos algún avance importante.

No lo tengo tan claro. Hasta sus vecinos tenían miedo de hablar de Lonnie Franklin. Sus mejores amigos sospechaban que pasaba algo raro, pero no abrieron la boca. Parte del miedo se debe a que nunca sabes si un asesino ha cometido un crimen fortuitamente o actúa de forma meticulosa. Avisar a la policía podría meterte en una lista en la que no te conviene estar. Las cosas han cambiado mucho en la comunidad desde los días de gloria de *Grim Sleeper*, pero las relaciones entre los vecinos y la policía están en el peor momento.

—¿Qué sabemos de él? —pregunto al agente Sibel—. ¿Tenéis ya un perfil?

Niega con la cabeza.

—Los tíos que asesinan en su propia casa no suelen tomarse la molestia de asegurarse de que la vivienda no esté a su nombre. Eso es lo que haría un asesino profesional, pero este no encaja en ese perfil. Nadie nos ha dado ninguna pista sobre ese aspecto. —Se encoge de hombros—. No tenemos pistas.

—¿Y la forma en que asesinaba a los niños? —les pregunto a los dos.

Me responde Chen.

—No tenemos más que los informes preliminares, pero se puede definir en una sola palabra: salvajada. Los despedazaba. Aunque no hay indicios de violación en el momento de la muerte, puede que antes, pero no durante ni después.

—Artice asegura que el tío era un pervertido.

—Sí, pero puede que fueran cosas distintas para el sospechoso. Puede que primero abusara sexualmente de ellos y luego los matara por remordimiento o por miedo.

Parece que Sibel quiere decir algo, así que le pregunto.

—¿Qué piensas tú?

—Aún no está claro. Artice dice que ni él ni ningún otro de los chicos recuerda que hubiera violencia hasta que intentaba matarlos y eso parece indicar que eran cosas diferentes… —señala poco convencido.

—En eso diferimos —dice Chen—. Yo creo que se camelaba a los chicos para abusar de ellos y luego los mataba para ocultar el delito. Sibel y los suyos, por el contrario, piensan que asesinarlos era su principal objetivo.

—¿Abusar sexualmente de los niños sin violencia y asesinarlos *a posteriori*?

—Eso es —me contesta.

No sé si eso cuadra con lo que me contó Artice, pero no digo nada. Los expertos son ellos.

Chen da por concluida la exposición.

—Le agradecemos su ayuda en esta investigación.

Me lo dice como si ya hubiera una investigación en curso y yo solo les hubiera dado un soplo, pero lo dejo correr.

—Avísenme si hay algo más que yo pueda hacer.

—Claro —dice Chen—. Y si tiene alguna otra pista o idea, hágamelo saber directamente.

Que se la dé a ella. Lo pillo. Un poquito territorial, pero no es problema mío.

—Le haré saber si mis modelos informáticos dan algún otro resultado. Claro que no me vendrían mal más datos.

—Por desgracia, me veo limitada a lo que puedo compartir con el público.

Ah, ahora resulta que soy público. Eso es cierto, pero también les está permitido buscar colaboradores externos. Ha dejado muy claro cómo quiere que se me considere.

Debería dejarlo estar.

—Inspectora Chen, ¿sabe cómo di con los cadáveres de Wimbledon?

—Tengo entendido que lo llamó Artice o algún amigo suyo.

Sin duda ha ojeado por encima esa parte de mis anotaciones.

—No exactamente. Me llamó el padre de un niño del que aún no se sabe nada. Cuando acepté el caso, sabíamos esto —digo, señalando una cantidad muy pequeña con el índice y el pulgar—. No había de dónde tirar, pero con cierto esfuerzo he conseguido encontrar esa casa.

—¿Por la historia de Toy Man? —pregunta Sibel.

—Sí. Un rumor.

—Señor Cray —tercia Chen—, le agradecemos mucho su ayuda. Nos aseguraremos de que se le reconozca el mérito que le corresponde. Entretanto, estamos intentando averiguar si el asesino aún anda suelto. ¿Dejamos los laureles para más adelante?

—¡Vamos, no me joda! —exclamo—. No es eso lo que he querido decir.

—¿Pues qué ha querido decir?

—Que tengo herramientas. Que tengo recursos. Que puedo ayudar.

—Y nosotros contamos con técnicos muy capaces.

—Que van unos veinte años por detrás de la tecnología de vanguardia. Pregunte a los suyos si alguien puede hacer un análisis de marcadores de metilación o generar un mapa de un bioma.

—Somos de lo mejor en investigación forense —me asegura.

—La creo, pero yo hablo de herramientas que ustedes tardarán varios decenios en poder utilizar. Yo les puedo dar acceso ahora mismo.

Me refiero a que les puedo dar acceso a mí.

—Lo consideraremos —dice, una forma elegante de mandarme a la mierda.

Resisto la tentación de negar con la cabeza.

—¿Sacaron huellas de la bicicleta de Christopher Bostrom?

Repasa su documentación.

—Me parece que no, pero de eso hace diez años.

—Y yo les aseguro que nadie la ha tocado desde entonces. Por favor.

—Bien —contesta como si me hiciera un favor.

Sibel la mira, luego decide hablar en voz alta.

—Esto no ha salido en las noticias, pero tenemos huellas de la cabaña. Muchas.

Me acabo de enterar de esto.

—¿Y?

—Cero coincidencias. Hemos comprobado todas las bases de datos. Nada. Y no son huellas parciales, sino completas.

—¿Así que no tiene antecedentes?

—Con esas manos, no. Ni con las facturas de servicios públicos, ni con los registros telefónicos, ni con nada. Todo nos lleva a un callejón sin salida. Nombres falsos y empresas falsas. En cuanto a extractos bancarios, nada de nada.

—¿Cómo se puede no dejar rastro alguno hoy en día?

Menea la cabeza.

—Por lo general, algo semejante termina apuntando a algún bufete de abogados o algo así, pero ni siquiera tenemos eso. Sabemos aún menos que cuando empezamos.

—No exactamente —digo.

—¿A qué se refiere? —pregunta Chen.

—¿Cuántas personas pueden hacer algo así? A mí eso me parece una pista enorme, pero no hace falta que yo se lo diga. Ya lo tienen todo controlado.

Sé que soy un capullo arrogante, pero creo que me he ganado el derecho a serlo, joder.

Que sigan a lo suyo. Yo no me voy a quedar sentado en el banquillo porque sé que ese tío sigue ahí fuera y que es muchísimo más listo de lo que pensamos.

Como Joe Vik, se ha hecho invisible, a pesar de estar asesinando delante de las narices de todo el mundo.

Ahora que han salido a la luz los cadáveres, su camuflaje empieza a flojear.

Capítulo 29

Ignorado

Estoy tirado en la cama de mi habitación de hotel, cerca del aeropuerto de Los Ángeles, hablando con Jillian, cuyo rostro ocupa toda la pantalla de mi portátil, recortado sobre las luces de la ciudad que se ven por la ventana.

Mirarla tiene un efecto balsámico en mí. No es solo porque su pelo castaño claro y su aspecto de bombón de provincias me aceleren el corazón, sino porque hemos pasado juntos por lo más horrible que se pueda imaginar y tenemos un vínculo que dudo que otras parejas pudieran entender, aunque en teoría no somos pareja. Aún estamos intentando decidir qué somos.

He pasado la última hora detallándole todo lo ocurrido hasta ahora, porque me sentía culpable por no haber dado señales de vida en los últimos días.

—Bueno, ¿qué te parece? —pregunto.

—Que eres un capullo arrogante —contesta.

Tengo que querer a esta mujer. No se anda con chiquitas.

—Aparte de eso…

—¿Qué quieres que te diga, que eres un engreído y que vuelvas a Austin y dejes que los policías de verdad resuelvan este caso?

Porque me da la impresión de que eso es lo que quieres que te diga ahora mismo.

—No... No... A ver... ¿Sí? ¿Soy un engreído?

—Sí. De eso no cabe duda, pero ¿cuántos de esos científicos listillos amigos tuyos no lo son?

—Bien visto. Lo que pasa es que también tendemos a ser engreídos en campos en los que no somos expertos —contesto.

—¿Les estás diciendo cómo levantar huellas o interrogar a un sospechoso?

No menciono la bicicleta porque sé a qué se refiere.

—No, solo me...

—¿Te preocupa que vuelva a pasar lo de Joe Vik? Tranquilo, Joe Vik solo había uno. Pero no olvides que de este tío no sabes nada.

—Ni ellos tampoco. Eso es lo que me preocupa.

—¿De qué tienes miedo?

Seguro que ella llega al fondo de la cuestión.

—De que desentierren los cadáveres, hagan las pruebas y dejen abierto el caso hasta que ocurra algo más.

—¿En lugar de...?

—Ser proactivos.

—¿Como recorrer los bosques de Montana en busca de excursionistas muertos?

—Más o menos. A ver, sé que son todos muy competentes.

—Vaya, un cumplido velado del célebre doctor Theo Cray.

—Ya sabes a qué me refiero.

A veces es demasiado perspicaz, porque sabe de qué pie cojeo.

—Dime a qué te refieres.

—Ese tal Toy Man lleva haciendo de las suyas casi diez años, como poco. Ni siquiera sabían que existía, ni que sus víctimas lo fueran. Encontramos esa casa, pero no solo no es de nadie, sino que sus huellas, si es que son suyas, no llevan a ninguna parte.

—Y no crees que vayan a atraparlo.

—Creo —le digo— que si fuera atrapable, ya estarían en ello. En serio, tienen cero pistas. Ni siquiera falsas. Claro que eso cambiará en cuanto empiece a llamar un montón de gente que no tiene ni idea y los despiste... Casi lo único bueno que han hecho es no hacer pública la implicación de Toy Man en los asesinatos. No sé si ha sido una gran idea, pero por lo menos les permitirá distinguir a los que no dicen más que chorradas de los demás.

—¿Y si aparecen otros testigos? —pregunta.

—Ha habido muchos a lo largo de los años. Y este es el otro problema: la última víctima de este tío es de hace un par de semanas, pero la policía no ha establecido la relación con ese niño. Es como si quisieran creer que ese tipo tuvo su momento y luego murió o está encarcelado vete a saber dónde.

—Entonces, ¿piensas que aún anda por allí?

Me encojo de hombros.

—Depende de la zona de la que estemos hablando. He estado comparando mapas de posibles casos con otros datos y he descubierto algo interesante.

—¡Cómo no! —dice ella.

—No me obligues a darte unos azotes.

—No me provoques. ¿Qué ha descubierto el brillante doctor Cray?, pregunta la estudiante universitaria jadeante con suéter ajustado y minifalda. —Ve que me está distrayendo con ese comentario y se echa a reír—. ¿Cómo has podido dar clase?

—En primer lugar, porque mis alumnas no vestían así. Parecían indigentes. Y, en segundo lugar, da igual. ¿Te puedo contar lo que me ha parecido interesante?

—Sí, señor.

—Cuando un depredador caza demasiado en una zona y corre el peligro de que la población detecte sus métodos, como cuando el lobo ataca a una manada de ciervos, ese depredador suele tener una población secundaria que atacar... si tiene oportunidad de hacerlo.

Si la manada empieza a plegar filas, pasará a otra cosa, pero sin dejar de mirar a ver si el patrón cambia. Si la situación de la presa vuelve a la normalidad o si la reacción de la presa deja claro que no sabía siquiera cómo reaccionar, el depredador volverá a atacarla. En algunos casos, con mayor virulencia, porque no lo tienen controlado.

—Entonces ¿Toy Man se replegó, pero mantuvo controlada la zona?

—Exacto. Los Ángeles era un blanco demasiado fácil para renunciar a él si había necesidad de ello, pero sospecho que posiblemente tenía un blanco secundario, otra ubicación, bien por algún patrón laboral o social suyo, bien porque se podía permitir el lujo de elegir. Con lo primero, habría generado una señal más potente que yo podría encontrar, es decir, sería más sencillo dar con él porque no está en un sitio donde sus actos puedan enmascararse fácilmente.

—¿Y no se han tirado en plancha a por eso? —pregunta con sarcasmo—. Theo, no entiendo nada de lo que me acababas de decir... y yo estaba contigo cuando buscabas cadáveres y Joe Vik se puso como un energúmeno.

—Los policías no son imbéciles. Glenn era listo. Mucho más listo de lo que me quería hacer creer.

—Sí, pero ni siquiera él te entendía. Y puede que eso le costara la vida. Que costara muchas vidas.

Guardamos silencio un momento, pensando en Glenn.

Ella habla primero.

—¿Me estás pidiendo permiso para ir a por él? No soy yo quien te lo tiene que conceder. Por puro egoísmo, no quiero que te pongas en peligro, pero te conozco. Dudo que seas capaz de dejarlo correr, sobre todo si anda por ahí haciendo daño a niños. Aunque... tengo la sensación de que hay algo más que intentas averiguar. Otra razón por la que no quieres volver a casa.

Inspiro hondo.

—Se me ha complicado un poco lo de OpenSkyAI, pero, si no la he cagado, allí tendría una oportunidad excelente. No sé si la quiero, pero sé que sería bueno para…—Ahí va la palabra—: Nosotros.

Hace poco pasó una semana conmigo e hicimos de todo menos hablar de nosotros. Creo que a los dos nos daba miedo descubrir que quizá al otro aún le parecía que lo nuestro era solo un lío y no queríamos cargárnoslo antes de tiempo por ponerle demasiado sentimiento demasiado pronto.

—¿Nosotros, Theo? —repite.

Noto que me pongo colorado.

—Lo que intentaba decir es que… —me interrumpo e intento recular.

—Me gusta cómo suena «nosotros» —dice, y me da un vuelco el corazón como si fuera un adolescente.

—A mí también. Lo que pasa es que… ¡a la mierda! Si voy a por ese capullo, voy a tener que saltarme algunas normas. Más de las que me he saltado ya.

—¿Peor que colarte en una escuela de primaria y entrar sin autorización en el edificio de administración única de centros de enseñanza del distrito?

—Yo no me he colado en ningún sitio sin permiso, pero, sí... Voy a tener que sobrepasar algunos límites. Como…

—Como la otra vez.

—Sí. Y si me pillan, esa bonita versión de nosotros que me gustaría que hubiera podría complicarse.

La veo morderse el labio mientras se lo piensa.

—Theo, nosotros somos tú y yo. Y tú… bueno, aún no tengo claro quién eres tú. Y no sé si alguna vez te entenderé del todo. A veces eres el más considerado de los hombres y otras es como si hablara con una calculadora y me digo que necesito a alguien más cariñoso, pero entonces retrocedo y veo el conjunto, a un hombre que arriesgó su vida por averiguar qué les había pasado a unas personas que no le importaban a nadie y caigo en la cuenta de que no es que estés demasiado lejos, es que estás a trescientos metros por encima, escudriñando todas las piececitas, viendo cuáles hay que arreglar. Y, aunque me mata que no me mires a mí o que parezca que no lo haces, me encanta que estés intentando arreglar las cosas, mejorarlas. Y eso no lo cambiaría por nada, ni siquiera por tenerte siempre mirándome a mí.

—¿Y qué intentas decirme?

—Que vayas a por ese cabronazo. Que te mantengas alejado de él, pero que lo pilles. Eso es a lo que te dedicas ahora. Y, si tienes problemas, allí estaré yo con una escopeta o un abogado.

Amo a esta mujer.

Capítulo 30

Partículas

Me siento erguido en la silla de mi habitación de hotel y pongo mi cara más sincera, como si mi interlocutor fuera a verla por el teléfono. Luego marco el número de la policía científica y pido que me pasen con Sanjay Shivpuri, el técnico responsable de las pruebas forenses de la casa de Wimbledon.

—Shivpuri, dígame —dice una voz afable.

—Hola, Sanjay, soy Theo Cray, ¿cómo estás?

Procuro sonar los más informal y amistoso posible.

—Muy bien. Qué curioso: justo ahora estaba echando un vistazo a las notas que nos ha enviado. Muy útiles. Debo confesar que sigo un poco obsesionado con sus descubrimientos. Leí su ensayo sobre la extracción de ADN de folículos usando detergentes. Un trabajo excelente.

—Eso es mérito de Guan y de su equipo. Yo no hice más que organizar el trabajo de laboratorio —respondo, intentando sonar modesto.

—Bueno, yo se lo agradezco. ¿Nos espera alguna otra investigación interesante?

—Pues he estado trabajando en el uso de nanopartículas de hierro para fijar el ADN fragmentario antes del baño de detergente. He podido extraer cadenas mucho más largas e incluso podría aplicarse a especímenes calcificados.

Nunca está de más tentar con algo así a quien te puede hacer un favor.

—Muy interesante... ¿Cuándo se publicará el ensayo?

—Aún no lo tengo previsto. Todavía estoy trabajando en el proceso.

—¿En qué instalaciones? —pregunta.

—En la mesa de la cocina.

No he tenido laboratorio propio desde que dejé abandonadas mis clases para perseguir a un asesino en serie.

—¿En la mesa de la cocina? Bueno, si necesita un colaborador, tengo acceso al laboratorio de UCLA. A lo mejor podría ayudarle.

«Un poco obsesionado con mis descubrimientos...»

—Ahora que lo dices, igual podríamos poner a prueba técnicas nuevas con las muestras recogidas en la casa de Wimbledon...

«Tú y yo, tío, chocando los cinco como colegas.»

—No —responde categóricamente.

—Eh... ¿no? Sería solo un análisis comparativo. No un estudio oficial.

—Lo siento, doctor Cray, pero la inspectora Chen ha estado en mi laboratorio hace menos de una hora y me ha dicho que, como le mencionara siquiera la palabra «ADN» a usted, me cortaría las pelotas y me dejaría sin empleo. Les tengo cariño a las dos cosas, pero, como muestra de respeto hacia usted, he dicho la palabra «ADN» para que sepa que estoy con usted de corazón y hasta de cuerpo entero.

Bueno, no me ha salido como esperaba. Parece que la inspectora Chen está decidida a evitar que el infame doctor Cray tenga nada más que ver con el caso.

Seguramente tiene miedo de que pase lo mismo que en Montana. Pese a que no fui corriendo a la prensa e hice lo que me pidieron, mi implicación era bien sabida, lo que complicó también la labor de la policía científica, que tuvo que fijar claramente sus propias líneas de investigación, distintas de las mías.

—Lo entiendo perfectamente. Lo último que quiero es interferir. Pero pongamos que tuvieras unas secuencias de genes de las víctimas y quizá, no sé, hubieras extraído ADN de una muestra de semen del sospechoso y que esa información terminara en un archivo que se enviara a una dirección de correo electrónico que no fuese mía…

—¿Eso es una pregunta, doctor Cray? Porque la respuesta a esa hipotética situación es que la inspectora Chen conoce eso que llamamos correo electrónico y me ha dejado meridianamente claro lo que no debo hacer, así como la forma en que me seccionaría la parte más preciada de mi anatomía si lo hiciera.

—¿Eso es un no?

—Rotundo.

—De acuerdo, última hipótesis: pongamos que recibes cierta información previa a la publicación de un centro de investigación de vanguardia ubicado en cierta cocina de Austin en la que se describen unas cuantas técnicas útiles de cuya existencia no está al tanto ni siquiera el FBI…

—Me vería moralmente obligado a investigarlas —contesta—. Y guardarme los resultados para mí.

«¡Puf!»

—Bueno, supongo que eso es mejor que nada.

—Eso es lo único que puedo hacer. Ojalá fuese de otro modo, pero véalo desde el punto de vista de la inspectora Chen. Si atrapamos a ese hombre, no podemos permitir que haya confusión respecto a las pruebas forenses… y menos de alguien tan… controvertido como usted.

—Te lo agradezco —respondo sin ganas.

—De todas formas, entre usted y yo, salvo por su actitud amenazadora en el trabajo, la inspectora Chen es muy buena. Una de las mejores. Por algo la han puesto al frente de este caso. Ella es uno de los pocos oficiales que podemos asegurar que de verdad entiende lo que escribimos en los informes. Jamás ha perdido un caso por haber facilitado a la fiscalía informes forenses malos.

Por eso no quiere que el chiflado del doctor Cray ande manoseando sus pruebas. Lo entiendo, pero me frustra.

Me despido de Sanjay y cuelgo para ir a informar a William de lo que pueda.

—Pero usted es el mejor del mundo en estas cosas —dice, mientras estamos los dos en su cocina, lamentándonos de cómo están las cosas.

—La verdad es que no. No soy investigador forense. Desconozco la mayoría de las técnicas que emplean. Mi especialidad ha sido estudiar lo que los demás no hacen y descubrir cosas interesantes en eso.

—Y la otra vez pudo recoger todas las pruebas que quiso porque estaba en el escenario mucho antes que ellos —replica William.

—Sí, pero coger algo del jardín de la señora Green sería manipular las pruebas. Una de las primeras cosas que me ha preguntado la inspectora Chen es si había tomado muestras. Hasta me ha amenazado con registrar mi habitación de hotel y me ha ofrecido amnistía si lo reconocía directamente.

—¿Y no lo hizo?

—No. A lo mejor habría merecido la pena arriesgarme. No sé.

William agarra las botellas vacías y las tira a la basura, luego saca la bolsa del cubo.

—Voy a sacar esto.

Lo sigo por la casa mientras recoge la basura.

—No sé si habrá algo allí, pero empezar por el ADN podría resultarme útil. Si existe la más mínima posibilidad de que Toy Man dejara algo de sí mismo, que se cortase, quizá, y manchara la ropa de los niños, con eso me bastaría para crear un modelo tridimensional de su aspecto físico.

—¿Eso se puede hacer? —pregunta, vaciando el cubo del baño.

—Más o menos. Lo malo de la policía científica es que casi todo lo que hacen está pensado para que sea admisible en un tribunal. No quieren plantarse delante de un juez con un procedimiento que tiene una tasa de falso positivo del cincuenta por ciento.

Le abro la puerta de la calle para que salga.

—¿Y quién querría plantarse con las manos vacías?

—Ante un tribunal, no, pero si seleccionas a cien personas de la calle al azar y cincuenta y una dan positivo, siempre puedes descartar a cuarenta y nueve y centrarte en las otras con una herramienta más precisa pero más complicada.

—Es usted un hombre muy listo. Lástima que no tengamos ADN o lo que sea para que lo examine. ¿Hay alguna posibilidad de volver al jardín de esa señora cuando la policía científica ya se haya ido?

Niego con la cabeza y sigo a William fuera.

—Pasarán allí semanas y, aun entonces, habrá un precinto judicial. Estaría cometiendo un delito.

—¿Me ayuda? —dice, señalando el cubo que hay en un lateral de su casa.

Levanto la tapa para que pueda tirar la bolsa dentro.

—Qué pena que no me llevara unos regalitos. Claro que la última vez que me llevé algo de la furgoneta del depósito, unas muestras de una chica muerta, terminé en el hospital con la mandíbula rota.

—Desde luego es usted un hombre resuelto.

—A veces —digo, y suelto la tapa.

—Empújela más fuerte. No quiero que se meta nada ahí y lo ponga todo perdido.

Levanto la tapa y la miro fijamente un rato, sin dejar de darle vueltas a lo que acaba de decir.

—¿Theo?

—¿Sí? —respondo como un autómata—. Dígame una cosa, ¿sabe dónde podría comprar unas gafas de visión nocturna?

—¿Por qué? ¿Va a salir de caza esta noche?

—Pues casi, casi. Y vamos a necesitar un McDonald's de cebo.

Capítulo 31

Saqueadores

Aunque los camiones de informativos y los furgones de policía se han marchado, delante de la casa de Wimbledon aún hay un coche patrulla con un agente dentro para asegurarse de que el escenario del crimen no se contamina cuando los técnicos no están de servicio. Con vallas y un precinto policial se ha cercado todo el perímetro hasta el final del jardín. En el campo de delante de la casa se ha acordonado también una zona para que se instale la prensa durante el día.

Desde el asiento del copiloto del Chevy Malibu de William, mientras pasamos por delante del coche patrulla, miro el mapa y tacho un par de círculos que he trazado.

—¿Quiere que pase otra vez? —me pregunta.

—No. Seguramente está acostumbrado a que vengan curiosos a ver la casa, pero no nos conviene llamar demasiado la atención. Decelere un poco aquí.

Mientras William gira la esquina, bajo la ventanilla y tiro las patatas fritas al jardín de al lado de la casa de Wimbledon.

—¡Qué pena, con lo bien que olían!

—De eso se trata —respondo—. El aceite que usan para cocinar dispara nuestro sentido del olfato, diseñado para buscar alimentos con un índice elevado de grasa. Estamos programados para la adicción. Con la sal y la fructosa del kétchup, esas patatas fritas son el alimento perfecto... si eres un troglodita del Neolítico que se nutre de vísceras de animales.

—A su novia le deben de encantar sus conversaciones de alcoba —dice William, meneando la cabeza.

—Después de medianoche no se me permite usar palabras de más de dos sílabas —bromeo—. Aparque aquí.

William detiene el coche en la última esquina de la calle, justo antes del callejón que hay detrás de la casa. La parte posterior de la propiedad está cerrada también por vallas y precinto amarillo, probablemente para evitar que otros equipos de televisión asomen las cámaras por encima de la tapia.

—¿Y, ahora, qué? —pregunta William.

—No se mueva. Uno de los dos va a tener que pagar la fianza del otro.

Me paso al asiento trasero y me calzo las gafas de visión nocturna.

—A alguien le van a pegar un tiro esta noche —protesta.

—Usted se ha ofrecido.

Apaga el motor para vigilar.

—No, vuelva a encenderlo y ponga el móvil en el soporte del parabrisas. Parecerá un conductor de Uber que espera a alguien.

Casi no lo oigo, pero me parece que murmura algo sobre los blancos y su obsesión con Uber. He observado que un número asombroso de complicaciones a las que se enfrenta la gente en determinadas circunstancias se resuelven con un Uber.

Agacho la cabeza en el asiento trasero de forma que yo pueda ver pero ningún vehículo que pase pueda distinguir que ahí hay un tío raro con gafas de visión nocturna vigilando una parcela de hierba.

—¿Cuánto cree que tardará? —me pregunta, intrigado, no impaciente.

—Ya estoy viendo un par de ojos brillantes explorando las patatas ahora mismo.

Los veo asomar por debajo de un arbusto, en el lado de la calle opuesto adonde he tirado la comida. Sabía que uno andaría por allí, seguramente en el sitio más seguro desde el que poder vigilar el vecindario pero salir corriendo enseguida.

—Allí va…

El mapache repta por la calle pegado al suelo, como un soldado tratando de evitar a un francotirador. Se acerca a las patatas, las olisquea y mira alrededor para asegurarse de que nadie lo observa, luego se zampa un puñado. Tras unos cuantos bocados, agarra más de lo que se puede comer y se dispone a cruzar el césped en sentido contrario, lo que me hace comprender que es una hembra.

—Tenemos a una mamá mapache. Parece que va a llevarles comida a sus crías.

Mira hacia donde estoy al oírme hablar.

—Me está viendo —susurro.

Me quedo quieto, a la espera de que decida que no hay amenaza inmediata. Al minuto, sigue su camino, directa hacia nosotros.

—Viene hacia aquí —digo en voz baja.

—¿Tiene miedo? ¿Arranco? —bromea William.

Tengo que morderme el carrillo para no reírme. Es curioso cómo funciona el humor: aquí estamos, a treinta metros de la casa de los horrores donde probablemente el hijo de William sufriera un terrible final, bromeando sobre un mapache.

Pasa un coche que me deslumbra un instante.

—¡Mierda! ¡Se ha ido!

El mapache se ha esfumado al acercarse el coche.

—¿Volvemos a intentarlo? ¿Más patatas o mejor un Happy Meal para las crías?

Se le quiebra la voz al terminar la frase, seguramente porque le ha traído un recuerdo triste.

—No. No lo hará dos veces en una misma noche. La diferencia entre un animal como el mapache y un pez es que el pez vuelve al mismo anzuelo a los pocos minutos. Una y otra vez, hasta que lo atrapan. El mapache es más cauto.

—Es usted como un Discovery Channel ambulante.

—De hecho, me preguntaron si quería hacer un programa sobre biología y asesinos en serie —le digo.

—¿Y qué contestó?

—Los mandé a la mierda educadamente.

—¿Le ofrecieron más dinero?

—No… —Veo algo al borde de la acera—. Espere aquí —digo antes de bajar rápido del coche.

Me ha parecido ver un pequeño boquete en el bordillo, una especie de boca de alcantarilla, cosa rara en Los Ángeles. Me acuclillo e ilumino el boquete con la linterna y me encuentro con tres pares de ojos brillantes y una mamá mapache furiosa. La familia está sentada en un montón de hierba seca, ramitas y lo que parece un fémur. Me fastidia tener que desalojar a una madre trabajadora, pero las circunstancias así lo exigen. Saco la pistola de agua del bolsillo, le dejo espacio para escapar y le rocío la cara. Sale disparada de su madriguera, seguida de sus crías, y cruza a toda prisa la calle en busca de otro escondite.

Cuando vuelvo a mirar dentro del boquete, veo otro par de ojitos observándome atentamente. Me vuelvo y descubro a mamá mapache escudriñándome desde su nuevo refugio, porque ha hecho la cuenta y ha visto que le falta uno. Por suerte para ella, he comprado un par de guantes de soldadura. Alargo los brazos, agarro a la cría y se la llevo a su madre. El pequeño mapache sale disparado hacia los arbustos y la familia al completo se aleja corriendo, felices de nuevo. Que es más de lo que puedo decir de los parientes de los restos que quedan en la boca de alcantarilla.

Le pido a William que retire un poco el coche para que el policía no tenga una visión directa mientras recojo el contenido del nido y lo meto en los cubos de pintura blanca que he comprado con ese fin.

Tengo que meter mucho el brazo para sacar cuanto sea posible. Hasta una cuarta falange distal, también conocida como meñique, podría proporcionarme ADN de la víctima y, si aún conserva la uña, podría revelar algo del asesino en el supuesto de que el pequeño consiguiera arañarlo.

No lo examino todo mientras lo recojo, me preocupa que el policía se acerque a hacerme preguntas. Aunque en teoría no estoy violando la ley, al menos que yo sepa, si se dan cuenta de que estaban pasando por alto pruebas forenses importantes, a lo mejor lo interpretan de otro modo.

Eso es culpa suya y esa es la razón por la que no confío mucho en su forma de abordar el escenario. Aunque una tapia signifique algo para un ser humano, para mis amigos los mapaches y para el perro de la señora Green no son más que elementos irrelevantes.

Que Toy Man asesinara a sus víctimas dentro de los límites de su propiedad no significa que los restos se hayan quedado ahí. Un carroñero oportunista que tiene que alimentar a sus crías con lo que encuentre no hace ascos a los huesos y la carne podrida de un niño.

Capítulo 32

Muestras sesgadas

Aunque William me ha ofrecido que use su casa para hacer mi trabajo de laboratorio, me preocupa que la DEA o Hacienda irrumpa en su domicilio en cualquier momento y no me apetece que me encuentren con una lupa en una mano y un cráneo infantil en descomposición en la otra.

He preferido reservar una *suite* en el LAX Marriott. Pese a que la habitación de un hotel no es el sitio ideal para llevar a cabo un examen forense, ya tengo experiencia en montar mi propio minicuarto limpio *in situ* y creo que puedo extraer lo que necesito con la mínima contaminación.

Por si la camarera del hotel decide ignorar el No molestar de la puerta, he pegado un cartel por dentro, cerca de las muestras, que reza: Atrezo. No tocar. En la ciudad donde se gestaron *CSI* y *Navy, investigación criminal*, y que ha convertido los depósitos de cadáveres y la carne descompuesta de víctimas de asesinato en tema de conversación de la hora de la cena, me ha parecido una explicación aceptable.

Lo primero que tengo que hacer es sacar el contenido de los cubos dentro de la pequeña carpa que he montado encima del escritorio y meter cada pieza en una bolsa de plástico de doble cierre y catalogarlo. Si encontrara más huesos aparte del fémur que he visto, quiero que a los de la policía científica les quede claro de dónde ha salido cada uno cuando les haga llegar los materiales, anónimamente, claro.

A medida que saco las piezas del cubo, las lavo en una palangana de agua desionizada y luego hurgo en la porquería en busca de uñas y huesecillos diminutos del interior del oído.

William se ha ido a casa cuando ha visto que esto iba a ser un proceso muy largo y tedioso. Aunque se ha fingido interesado mientras le explicaba cómo se puede extrapolar la ubicación de las alcantarillas a partir de un mapa del suelo, he perdido su atención cuando he empezado a hablarle de localizar antiguos lechos de arroyos y lagos aunque la topografía haya cambiado por completo.

Son más de las tres cuando termino de identificar todos los huesos encontrados en la boca de alcantarilla. Hay once. Casi todo dedos. Por lo visto la mamá mapache consiguió hacerse con una o dos manos o posiblemente con unos cuantos dedos sueltos. Están también el fémur y varios fragmentos que parecen de una tibia y un cúbito, aunque no estoy seguro del todo.

Después de hacer fotos de todo con una cámara digital que, en teoría, no les puede llevar hasta mí, inicio la fase de extracción. Con la ayuda de un pequeño taladro de joyero y un sello de fotopolímero para evitar la contaminación con oxígeno, saco tres muestras de cada fragmento y dejo espacio de sobra para que los agentes de la policía científica extraigan su propio material de la sección no contaminada de cada hueso.

Me dan ganas de gastarle una broma a Sanjay pegando muestras de ADN de una secuencia de neandertal en la gelatina y reemplazando con ella la médula ósea de una de las muestras, pero me digo que esa es la peor de las ideas que se me podrían haber ocurrido y decido que ya tengo que dejarlo por hoy.

Meto las muestras de control en una nevera con hielo, guardo el resto en una bolsa térmica y llamo a la mensajería que suele usarse para llevar de un lado a otro títulos al portador, información forense empleada por los servicios de inteligencia y lápices de memoria con datos demasiado delicados para mandarlos por internet o con una mensajería corriente como FedEx o UPS. Me encuentro en el vestíbulo del hotel con un hombre trajeado de mediana edad que lleva un bolso de piel de bandolera y hago la entrega en mano.

En siete horas, la muestra estará en un laboratorio de Virginia y yo tendré los resultados a última hora del día. Por suerte, el dueño del laboratorio me debe algunos favores y no me va a cobrar. Con lo que cuesta ese laboratorio, tendría que clonar un dinosaurio para poder pagarle. Si la policía de Los Ángeles decide presentar cargos contra mí, les pediré una factura y se la enseñaré al juez.

Aunque el análisis de ese ADN no me dirá mucho más de lo que la policía haya descubierto ya por su cuenta, disponemos de algunas pruebas especiales con las que puede verse si están activos ciertos genes y detectar la metilación y otras formas en que se expresa el ADN, todo ello para obtener los datos más precisos que sea posible conseguir sobre el aspecto físico de las víctimas. Esa es una de las razones fundamentales de la existencia de este laboratorio.

Aunque las secuencias normales de ADN pueden darnos una idea de la apariencia del sujeto, hay media docena de factores más que determinan cómo se manifiestan esos genes. En pocas palabras, casi todo el código se encuentra en instrucciones de tipo AGTC, pero una parte se adhiere también a la superficie.

Decido descansar un poco antes de que a mi cerebro agotado se le ocurra alguna otra gracia que me lleve directo a una prisión federal y me impida volver a poner un pie en cualquier sitio donde haya un microscopio.

Estoy tan cansado que ni percibo el olor a muerto mientras me quedo traspuesto.

Capítulo 33

Servicio de despertador

Antes de que se descubriera el ADN, la molécula que actúa como principal portadora de la información genética y del origen de la vida misma, la heredabilidad era el mayor de los misterios de la biología. De los pinzones de Darwin a los guisantes de Mendel, podría decirse que había una fuerza invisible que controlaba lo que se transmitía de padres a hijos y, cuanto más se analizaba, más se creía que la herencia era matemática, y con frecuencia predecible, más que una serie de reglas gobernadas por una mística arbitraria.

Cuando Watson y Crick fueron capaces de obtener suficiente información útil de una cristalografía de rayos X para imaginar la estructura del propio ADN, tuvimos por fin la pieza que faltaba en el rompecabezas. Pero la pieza en sí era un enigma. Esperábamos encontrar fragmentos simples de código que determinaran lo listos o lo altos que íbamos a ser; en cambio, encontramos genes que a veces estaban relacionados con esos factores y otros, para desgracia nuestra, no encontramos nada así.

El ADN no era un libro de recetas sencillo que pudiera entenderse fácilmente. Buena parte de las secuencias parecían más bien instrucciones supercomprimidas o código espagueti reunido tan aleatoriamente como la evolución había juzgado necesario.

Triunfamos en la búsqueda de una explicación de la vida que no requiriera la presencia de un hacedor máximo, pero también descubrimos que si se hace desaparecer lo que otorga el orden, se pierde el orden también.

Explorando las barras de gráficas y las lecturas de la primera secuencia de ADN que el laboratorio me ha enviado por correo electrónico, veo la colección azarosa y caótica de instrucciones que constituyen una vida humana. Aunque algunos sostendrían que ese patrón casi aleatorio prueba que se trata de un milagro, yo diría que, por esa regla de tres, todo ser vivo que logra nacer es un milagro y, si todos somos milagros, entonces ninguno lo es, porque la palabra pierde su significado. La vida funciona o no funciona.

La vida de este varón (sí, sé que es macho) cesó prematuramente y no por un fallo de su ADN, sino por algún fallo del ADN de otro o por el entorno del que procedía.

A juzgar por la longitud de los telómeros de las cadenas de ADN, la víctima A tenía entre siete y doce años. Dando por supuesta una nutrición prenatal adecuada (algo que no se sabe con certeza, teniendo en cuenta el ambiente en que vivían los niños a los que elegía Toy Man), tendría una estatura media. Posee el gen más comúnmente asociado con la longevidad y la calvicie masculina. Yo también lo tengo. Empiezo a tener entradas y aún está por ver si mi vida finalizará antes de tiempo o no.

Desde el punto de vista étnico, presenta las mutaciones de diversos grupos. Aunque es predominantemente africano, también tiene genes de Oriente Medio, Irlanda y el centro de Italia. Su piel debía de ser clara, comparada con la de sus ancestros, africanos puros. Tiene la versión azul del gen HERC2 y la versión verde del gen GEY, con lo que sus ojos serían verdes, un rasgo inusual en alguien de ascendencia africana, aunque, dadas sus raíces noreuropeas, tampoco es tan raro... Algo me ronda la cabeza.

Abro el perfil de la víctima B y repaso su ADN. El contexto étnico es muy similar al de la víctima A, pero este tiene genes libaneses y escandinavos. Y lo más interesante de todo: también tiene el HERC2 azul y el GEY verde. Según su genética, las dos víctimas no son parientes próximos. La posibilidad de que compartan genes de color de ojos es…

Abro la foto de Christopher Bostrom en el ordenador. ¡Ojos verdes! ¿Y Artice? Los suyos son grises, casi plateados. Ese es un gen rarísimo, de hecho una combinación genética en la que participa el OCA2, del que aún se sabe poco, otra de esas cosas desconcertantes de la genética. Algunos de los genes que determinan el color de ojos se rigen por reglas estrictas; otros los controlan factores que aún no comprendemos.

Por lo menos tres de las víctimas de Toy Man tenían los ojos verdes o grises. ¿Y la víctima C? No tiene los genes de los ojos verdes, pero sí una versión extraña del OCA2. ¿Tendría también los ojos de color claro?

Demasiada coincidencia para ignorarlo. Llamo al laboratorio de la Policía de Los Ángeles para hablar con Sanjay.

—Sanjay… —dice al contestar.

—Soy Theo. Pregunta rápida: ¿tienes ya las secuencias de ADN?

—Pensaba que esto ya lo habíamos hablado —replica.

—No te las estoy pidiendo. Solo quiero que mires algo o, mejor dicho, que busques algo…

—De acuerdo, pero esto tiene que ser unidireccional, ¿estamos? —Se hace el silencio mientras teclea—. ¿Qué busco? Tengo el primer archivo abierto.

—Busca los genes HERC2 y GEY verde. ¿Sabes dónde se sitúan?

—Los puedo encontrar. Vale… ¿ojos verdes? ¿No tenía Christopher Bostrom los ojos verdes?

—Sí.

—Ajá. Pues el primero que he mirado también. ¿Qué probabilidad hay?

—Eso es lo que intento averiguar. Abre otra secuencia.

—Vale. Ajá… HERC2 y GEY verde. Qué raro…

Noto el subidón de adrenalina. O ha abierto las mismas muestras que yo o hasta cuatro de las víctimas tenían los ojos verdes.

—Muy bien. Abre otra.

—Un segundo. De momento solo tengo ocho. Vale, voy a ver. Mmm, no. HRC2 marrón.

—Bueno, igual este es la excepción que confirma la regla, pero abre los otros.

—Bien, voy a mirar el cuarto. Tampoco hay ojos verdes. A ver el quinto y el sexto. —Un minuto después—. Negativo. Aun así, es un grupo interesante. Dos niños de ojos verdes.

—Y Artice, que los tiene grises.

—Nuestro hombre tiene un tipo, eso está claro, pero... no tenía mucho donde elegir.

Algo de lo que ha dicho Sanjay me da que pensar.

—Un segundo. —Tecleo una búsqueda en el ordenador, asegurándome de que he escrito correctamente la secuencia—. ¿Los otros tienen variaciones menos comunes de OCA2?

—A ver, lo miro… Un minuto. Ajá, así es. Esto es muy, muy raro. Las otras seis muestras presentan mutaciones similares.

—Eso es porque los ojos verdes no son su principal preferencia —contesto, y empiezo a ver clara la pieza del rompecabezas que Sanjay acaba de encontrar.

—Espera, OCA2… ¿qué controla?

—Muchas cosas, pero la versión mutada que usted está viendo se encuentra en un rasgo muy característico, probablemente la mutación más visible que alguien puede tener: el albinismo. —Oigo inspirar hondo al otro lado de la línea telefónica—. Esto es grande —dice Sanjay—. Tengo que llamar a Chen. ¿Cómo se le ha ocurrido?

—Lo siento, no te lo puedo decir.

Cuelgo para que les pueda decir a sus superiores que ha habido un gran avance en el caso y que hay un modo de determinar qué niños desaparecidos podrían estar relacionados con Toy Man.

Si nuestro asesino ha estado actuando en otra parte, con esto podrían localizarlo.

Predox ya me ha indicado que podría haber un depredador en Houston, Atlanta, Denver y Chicago. Le pido que haga una búsqueda con albinismo y algunos otros desórdenes que podrían dar un aspecto distintivo, como el cabello pelirrojo en un afroamericano.

Una hora después estoy examinando los resultados cuando llaman fuerte a la puerta.

—No molesten, por favor —grito por encima del hombro. —Aún no he guardado las muestras recogidas. Tengo que enviárselas de forma anónima lo antes posible a la Policía Científica de Los Ángeles. Llaman una segunda vez, todavía más fuerte—. ¡Un momento!

Me levanto, descalzo, vestido solo con vaqueros y una camiseta, y me dirijo a la puerta. Cuando abro, me encuentro allí plantada a la inspectora Chen con dos agentes uniformados de la policía de Los Ángeles y ninguno parece muy contento.

—Traigo una orden de registro de esta habitación —dice, y me pone un papel delante de la cara— y una orden de detención para usted si encuentro indicios de manipulación de pruebas.

Vuelvo la vista a mi minilaboratorio y a las muestras de los niños muertos que siguen en la mesa, en las bolsas de plástico, bien colocaditas en filas.

«Mierda.»

Capítulo 34

Inquisición

Estoy sentado a una mesa en una sala de interrogatorios. No es una sala de reuniones porque la mesa es demasiado pequeña y la argolla atornillada en el lado que tengo más cerca está pensada sin duda para enganchar unas esposas.

Por suerte, ahora mismo no voy esposado. Aunque, como la última vez que me pusieron unas esposas terminé en un vehículo al que sacó de la carretera un hombre que quería matarme, he pasado unas cuantas horas aprendiendo el exquisito arte del escapismo de un tío de Austin que cuelga vídeos sobre el tema en YouTube. También he estado yendo por las noches a clases de defensa personal con un excampeón de artes marciales que ahora estudia medicina (yo, a cambio, le ayudo a aprobar los exámenes) y espero que jamás deba pasar mi aprendizaje a la acción.

Por donde estoy, me quedan claras las intenciones de Chen y del inspector que tiene al lado, Raul Avila, o al menos lo en serio que quieren que me las tome, pero sigo sin entender su verdadero motivo. Lo que sí sé es que con lo rápido que han conseguido la orden de registro deben de tener un fiscal y un juez amigo dispuestos a actuar de inmediato. También sé que la última vez que me vi en una situación similar no fui capaz de mantener la boca cerrada y estuve peligrosamente cerca de que me acusaran de homicidio.

Aunque las fuerzas de la luz y la bondad están de mi parte, Chen no lo ve así en estos momentos. Quiere saber cómo he conseguido mis propias muestras de ADN. Aunque las he sacado de la vía pública y puedo explicarlo, decido no abrir la boca. Desde que me ha enseñado la orden de registro no he dicho una palabra, salvo «llamada».

—Doctor Cray, ¿cuándo recogió esas muestras, antes o después de avisar a emergencias?

—Llamada.

—Puede que no necesite hacer una llamada si nos aclara esto. Conteste.

—Llamada —repito, esta vez mirando al objetivo de la cámara montada en la otra punta de la sala, vigilándome.

—Se ha mostrado muy dispuesto a colaborar hasta ahora, pero, por desgracia, se le dieron instrucciones estrictas que ha ignorado.

Me limito a mirar fijamente al espacio que hay entre los dos inspectores.

—Habla tú con él —le dice Chen a Avila.

—Doctor Cray, es primordial que establezcamos una secuencia clara de pruebas. Esta clase de manipulación puede echar a perder la investigación —me dice Avila.

—Llamada.

Quiero decirles que mis muestras no forman parte de su secuencia de pruebas y que ni siquiera se han considerado tales en ningún momento, pero si lo hago enfilaré un camino peligroso.

Chen empieza a frustrarse.

—Podemos dejarlo salir por esa puerta en una hora o presentar cargos y, para cuando pueda disponer de un abogado, si eso ocurre, su nombre habrá salido en todos los periódicos junto a las palabras «manipulación de pruebas».

No digo nada, pero lo que oigo me provoca una risita involuntaria. Los dos sabemos que ese es el último titular que le gustaría ver en este caso. Solo serviría para que el abogado de la defensa echase por tierra todas las pruebas forenses. Creo que capta el motivo de mi reacción y cambia de tono.

—Podemos acusarlo de un montón de cosas: robo de tejido orgánico, infracción de normas sanitarias, allanamiento de morada... Son delitos por los que tendría que cumplir condena, no bastaría con una multa. —Se vuelve hacia Avila—. ¿Verdad?

—Fácilmente. Pero también podemos ayudarlo a salir si nos da una explicación. ¿Qué dice?

—Llamada.

Chen se pone como un tomate.

—Sabe que cuanto más tiempo pasemos aquí dentro, menos estamos ahí fuera siguiéndole la pista al sospechoso.

No aguanto más y mascullo:

—¡No me diga!

Avila me mira exasperado.

—Que le den a este tío.

—Estupendo, doctor Cray, como quiera —dice Chen—. Vamos a ficharlo. Pasará la noche en el calabozo con unos buenos piezas. Y mañana, con suerte, le leerán los cargos y, si consigue encontrar un abogado más fiable que el abogado que le toque de oficio, saldrá en un día o dos. Entretanto, dejaremos que la prensa se invente lo que quiera sobre lo que hemos encontrado en su habitación de hotel, pues eso constituye la causa de todo esto.

—¿Podemos usar un término genérico en la denuncia, como «posesión de objetos de contrabando»? —le pregunta Avila a Chen para intimidarme.

Me quedo allí sentado lo más estoicamente posible. Lo que no saben es que la única reputación que me preocupaba la perdí hace tiempo.

Chen toca en la puerta con los nudillos y al instante entra un celador y me esposa.

—¡No se moleste en intentar localizarme! —me grita Chen mientras me llevan a la zona de denuncias—. He terminado con usted.

Paso la siguiente hora sometiéndome al humillante proceso de la denuncia, que implica, en su mayoría, sentarme en sillas de plástico al lado de toda una galería de inadaptados, esperando a que me llamen y me lleven por diversas salas, me tomen las huellas, me hagan fotos y me hagan una exploración exhaustiva, no precisamente médica, en busca de contrabando. Para terminar, me conducen a un cubículo pequeño con un teléfono y me permiten hacer la llamada.

Aunque tengo un abogado en Montana que me ha ayudado a salir de las interminables consecuencias legales del caso de Joe Vik, no me serviría de mucho en Los Ángeles, así que en vez de llamar a un abogado hago algo mejor: llamo a mi amigo Julian Stein. Julian es un inversor de capital de riesgo, un apasionado de las ciencias y un iconoclasta que no teme generar opiniones poco populares.

—¡Hola, Theo! ¿Qué hay? ¿Te han venido bien los resultados del laboratorio?

—Diría yo que no…

—Ajá. ¿Qué ha pasado? ¿Este también va a por ti?

—No. Peor. La policía. ¿Tienes un buen abogado?

—¿Estás en la cárcel?

—Sí, me acaban de fichar.

Me pone en manos libres y lo oigo teclear en el teléfono.

—¿Policía de Los Ángeles?

—Esa misma.

—¿Qué son, casi las nueve?

—Si pudiera estar aquí mañana para la lectura de cargos, sería genial.

—¡Y una mierda! Hoy duermes en tu cama.

—Yo vivo en Austin…

—Bueno, te puedo mandar un avión privado.

—Lo que necesito es un abogado.

—Un segundo. —Teclea más—. Va de camino.

—¿Ya?

—Sí, señor. Mary Karlin. ¿Has oído hablar de ella?

—Sí. Es la abogada que sale en la CNN y en Fox. Muy mediática, ¿no?

—Sí, por eso te conviene. No por lo que ella vaya a hacer en el tribunal, sino más bien por lo que harán ellos cuando la vean.

Capítulo 35

Justicia

Dos horas después voy en el asiento del copiloto del Tesla Model X rojo de Mary Karlin, que serpentea a toda velocidad entre los coches y me hace rezar para que los ingenieros de Elon Musk sean tan buenos como dicen.

Karlin, una mujer menuda de cincuenta años y pelo de un rojo intenso que no cierra jamás la boca, ha entrado arrasando en comisaría acompañada de un miembro del Cuerpo de Alguaciles de Estados Unidos y me ha sacado de allí antes de que me diera tiempo a quitarme los zapatos.

—Dele las gracias al juez Davenport. Ha sido él quien ha ordenado su liberación.

—¿Le debía un favor?

—¡Ja! —Pasa rozando a un Prius—. ¡Qué va! Me odia. Le he dicho que, si le hacía pasar la noche en prisión, yo tendría preparada una rueda de prensa cuando saliera, durante la cual explicaría a los medios que la policía de Los Ángeles lo ha detenido porque se avergonzaban de lo mal que va su investigación y querían tener un chivo expiatorio por si la cagaban en el juicio.

—Ajá. No me lo había planteado así.

—No sé si será lo que se proponían, pero ha valido para motivarlos. ¿Por qué lo han detenido?

—¿Me ha sacado sin saber por qué?

—He leído la denuncia. Era muy vaga, cosa que no les favorece. Les ha salido el tiro por la culata. No hace falta que me lo cuente, pero soy su abogada y me muero de ganas de saberlo.

—Me he llevado material que he encontrado en una boca de alcantarilla obstruida cerca de la casa de Wimbledon.

—¿En la vía pública?

—Sí.

—¡Joder, qué bueno! ¿Obstruida? Eso es una infracción de la normativa de la Agencia de Protección Medioambiental por parte del ayuntamiento. Si se trata de un barrio pobre, ya tengo otro recurso federal en mente. Continúe…

—Bueno, encontré unos huesos y he extraído ADN para hacer mi propio análisis.

—¡Me encanta! —dice mientras acelera por el VAO, el carril especial para vehículos de alta ocupación—. ¿Así que no los sacó de su escenario?

—No. Ni siquiera sabían que estaban allí.

—¿Saben de dónde proceden?

—No, no he dicho nada. La inspectora Chen piensa que los saqué de la casa de Wimbledon antes o después de llamar a la policía.

—¿Le preguntó antes si había extraído pruebas?

Chen me preguntó varias veces porque le preocupaba que hiciese lo mismo que en Montana.

—Sí, varias veces. Le dije que no. Es la verdad.

—Voy a pedir el vídeo del interrogatorio. A la inspectora le va a fastidiar mucho, pero el hecho de que no se llevara nada del escenario del crimen, ni siquiera antes de que lo fuera, simplifica mucho las cosas. No podrán acusarlo de eso.

—¿Tendría que habérselo dicho? A lo mejor nos habría ahorrado todo este lío.

—¡No, joder! Uno no sabe nunca lo que se proponen. Ha hecho muy bien teniendo la boquita cerrada. ¿Y esas muestras qué son?

—Huesos.

—Qué grima. ¿Y se las han llevado del hotel?

—Sí.

—¿Le han dicho quién iba a hacerse cargo de la incautación?

—Creo que las iban a enviar al laboratorio que lleva el caso de Wimbledon.

—¡Uf, qué cagada! —dice emocionada antes de pulsar un botón en el ordenador de a bordo.

—¿Qué hay? —pregunta una mujer joven.

—Pásame con Davenport —dice.

—Un segundo.

Mary se vuelve hacia mí, luego decide mirar al frente.

—Ese material es de su propiedad. No pueden añadirlo a las pruebas ni examinarlo como parte del caso Wimbledon apoyándose en la orden de registro.

—Yo quiero que lo tengan.

—Y yo, pero no si sirven para que lo usen en su contra.

—¿Qué pasa, Karlin? —se oye la voz ronca de un hombre mayor.

—Parece que tus inspectores de la policía de Los Ángeles han incautado unos materiales con una falsa orden de registro y los han enviado ya al laboratorio del caso Wimbledon.

—¿Y?

—¿Y? Pues que, si no quieres que se sepa nada relevante, te sugiero que llames al juez Lau y le digas que obligue a esos inspectores a deshacer de inmediato esta cagada. Ya han amenazado con llevar a juicio a mi cliente, que, por cierto, encontró ese ADN en una alcantarilla de la vía pública, fuera de la propiedad. Ya estoy preparando con Kleiner una denuncia por arresto indebido.

—Mientes. Lo tengo sentado a mi lado.

—Bueno, lo tengo en marcación rápida, que viene a ser lo mismo. ¿Se han llevado algo más? —me pregunta a mí.

—Mi ordenador y mi pistola.

—Menudo numerito. ¿Has oído eso? Si Lau está ahí, te aconsejo que le digas cómo arreglar esto.

—Que te folle un pez, Karlin.

—No me queda otra. No hay nadie lo bastante hombre en esta ciudad como para animarse a hacerlo.

Pulsa el botón de fin de llamada.

La miro fijamente, confundido. No tengo ni idea de qué acaba de pasar.

Me ve la cara.

—¿Sabe eso que dice de que «si empuñas un arma, más vale que estés dispuesto a usarla»…?

—Sí…

—Se han tirado un farol enorme. Chen y quien sea que haya decidido intimidarlo. Apuesto a que, en realidad, ha sido Grassley, el fiscal que se va a encargar del caso, quien les ha dicho que lo mantuvieran a raya. Lo malo es que lo han tratado como a un acusado, no como a un ciudadano preocupado por sus congéneres. Y eso no solo es una falta de respeto, sino que además les ha salido mal.

—¿Y esto va a afectar al caso?

—No habrá consecuencias. Seguramente la policía le devolverá sus cosas esta noche.

—Me refería al caso de Wimbledon. ¿Le afectará? Porque eso es lo que importa.

—Ah, eso. Bueno. Olvidaba que es usted un benefactor altruista. No. Se han metido en sus cosas porque creen que tienen a alguien y querían cerrarle a usted la boca.

—Un momento… ¿Tienen a alguien?

—Yo no se lo he dicho, pero han pedido órdenes de extradición a Brasil. Creo que han encontrado una huella y una coincidencia sanguínea de alguien que cumple condena allí.

—Joder.

—Han tenido suerte. Un asesino a sueldo que usaban las mafias. Lo pillaron los brasileños hace unos meses.

—¿Cómo, hace unos meses? Eso no tiene sentido. La última víctima conocida desapareció hace solo un mes.

—Eso no lo sé —dice, meneando la cabeza—, pero ellos creen que tienen al tío.

—Yo creo que se equivocan.

Mary mete el coche en el recinto de mi hotel y lo deja en el aparcamiento.

—No sé bien qué decirle, salvo que no lo van a querer escuchar. Que detengan a ese tío. Si no cuadran todas las pruebas, con suerte, terminarán dándose cuenta.

—Pero podrían pasar meses…

—Fácilmente. Usted ya ha hecho lo que ha podido.

—No lo tengo claro. Ese tipo sigue ahí fuera.

—Puede. Pero lo que sé seguro es que la próxima vez que Chen llame a su puerta, va a ser muy, muy meticulosa, y quizá hasta le tienda una trampa. Mi consejo profesional es que se mantenga al margen. No me quedan muchos trucos ya.

Abro la puerta de mi habitación.

—Gracias. Eh… ¿Cómo le abono la minuta?

—Esto corre de mi cuenta porque está usted con los buenos. La próxima vez le pasaré a Julian una factura bien gorda. Que descanse. Y si a la hora del desayuno no le han devuelto el ordenador, llámeme. Ah, y buscaré un modo de decirles que se queden lo del ADN.

Mientras se aleja en su Tesla, intento decidir cómo proceder. Esa conexión brasileña quizá cambie las cosas y quizá no, pero no puedo esperar a averiguarlo.

Antes de que llamaran a mi puerta, Predox me estaba marcando algo, un posible patrón que yo no había visto y que podría imprimir a esto mayor urgencia aún.

Capítulo 36

Nueva realidad

Sentado delante del portátil, que me han devuelto enseguida, contemplando los giros de las bandas de colores e intentando decidir qué preguntas hacerle a Predox, recuerdo de pronto uno de los grandes dones de la ciencia: que, cuando descubres una nueva verdad, también consigues ver las cosas de un modo distinto que puede cambiarte la perspectiva.

La nueva matemática de Newton nos permitió descubrir los ciclos orbitales de mundos hasta entonces desconocidos. La teoría de la relatividad más afinada de Einstein, según la cual el espacio podía combarse, hizo posible que comprendiéramos por qué las matemáticas newtonianas no podían predecir con exactitud la órbita de Mercurio tan cerca del Sol.

Más recientemente, cuando los astrónomos estudiaron un mapa tridimensional de los cuerpos de hielo que constituyen la lejana nube de Oort, en los límites del sistema solar, observaron un patrón peculiar: por lo visto los objetos se apiñaban en un lado, como el agua en un cuenco ladeado, como si algo tirara de ellos. Eso generó teorías sobre un planeta de nuestro sistema solar no descubierto todavía, que se habría llamado Planeta X si los astrónomos no hubieran decidido que Plutón, el noveno planeta original, en realidad no podía considerarse tal.

Ese nuevo Planeta Nueve, aun siendo todavía hipotético, cuenta con una cantidad cada vez mayor de datos que respaldan su existencia. Los astrónomos que hicieron esa observación y aceptaron plenamente su realidad descubrieron algo más: durante años, los científicos habían observado que el Sol presentaba una inclinación peculiar de casi tres grados con respecto al plano del sistema solar. No había una explicación mayoritariamente aceptada, salvo que quizá así era como se había constituido el sistema solar, como una casa sobre una ligera pendiente. Sin embargo, los astrónomos del Planeta Nueve cayeron en la cuenta de que, si hubiera un objeto colosal en la parte más externa del sistema solar, su efecto en la más interna no sería insignificante. A modo de palanca inmensamente larga, generaría una leve inclinación en los planetas internos y daría la impresión de que el Sol estaba ladeado, cuando en realidad lo estábamos nosotros… O eso supusieron los científicos.

Al aceptar el hecho de que Toy Man elegía a sus víctimas principalmente porque tenían rasgos inusuales, y no solo por su disponibilidad, cuento con una nueva perspectiva desde la que analizar todo el asunto. Si eso es cierto, ¿qué más es cierto? Si Toy Man elegía a sus víctimas por su aspecto peculiar, ¿qué otros factores influían en sus decisiones?

Aparte del asesino, todo asesinato presenta al menos cuatro factores importantes: una víctima, un arma homicida, un lugar y un momento. Encontrar uno o más de ellos puede ayudarnos a resolverlo, como si fuera una ecuación, suponiendo que no sean aleatorios.

La elección de víctimas de Toy Man es mucho menos aleatoria aún de lo que yo pensaba al principio. El arma homicida, el cuchillo, podría decirme algo si tuviese más datos forenses, pero no dispongo de los mismos. El lugar, al menos en lo que respecta a los cadáveres de la casa de Wimbledon, parece ser solo uno y siempre el mismo, pero no me atrevo a afirmar eso con rotundidad. Casi con toda certeza, a Latroy lo mataron en otro sitio, años después de que Toy Man abandonara su residencia de Wimbledon. Y, aunque la identidad del asesino es una incógnita, tenemos el momento aproximado de tres víctimas: la experiencia casi cercana a la muerte de Artice y las súbitas desapariciones de Christopher y Latroy.

Otra pregunta que hay que hacerse es si las fechas de los asesinatos fueron fruto de la conveniencia o de la intención. De la conveniencia sería si Toy Man hubiera tenido un calendario de trabajo o de viajes equis y se hubiera topado con las víctimas ese día; de la intención implicaría que los hubiera matado ese día por una razón.

El secuestro de Christopher tuvo lugar el 22 de marzo de 2009. Latroy desapareció hacia el 15 de febrero del año en curso. Según las diligencias policiales, el encuentro de Artice se produjo el 19 de junio del mismo año en que desapareció Christopher. Ninguna de esas fechas tiene relevancia religiosa a simple vista. Si poseen una relevancia a título personal, será prácticamente imposible descubrirla sin hablar con Toy Man.

Le pregunto a Predox si las fechas coinciden con noches de luna llena y la respuesta es negativa, con lo que descarto que el asesino sea un hombre lobo. Le pregunto si hay alguna correlación basada en el tiempo transcurrido entre los asesinatos y me espeta que trescientas cincuenta y cuatro horas. No me parece a simple vista un indicio de nada, pero entonces recuerdo que Predox siempre me da el resultado más preciso, no el más adecuado al contexto. Trescientas cincuenta y cuatro dividido entre veinticuatro son veintinueve días y medio, la longitud de un ciclo lunar. Así que mi primera intuición sobre la luna llena no iba desencaminada, pero le estaba preguntando por la fase lunar equivocada.

Vuelvo a mirar las fechas y noto esa pequeña punzada que suelo experimentar cuando mi cerebro recibe su recompensa por un buen trabajo. No los asesinó (o casi en el caso de Artice) en noches de luna llena, sino en noches sin luna. Aunque no soy capaz de dilucidar de inmediato la relevancia de esa coincidencia, salvo que Toy Man pudiera pasearse desnudo por el jardín y enterrar los cadáveres sin preocuparse por que algún vecino lo viera, me ayuda mucho de otra forma...

Desde el punto de vista estadístico, del millar aproximado de niños desaparecidos en la actualidad en California, treinta y cinco, de media, debieron de esfumarse en noches de luna nueva. Eso me permite reducir la búsqueda a los niños de ojos verdes —o con cualquier otro rasgo similar a los hallazgos genéticos que he hecho de momento—secuestrados en esas fechas.

Por desgracia, Toy Man tiene la costumbre de elegir a niños que no siempre figuran en las listas de desaparecidos, con lo que mis datos son limitados. Le pido a Predox que me informe de las coincidencias y la respuesta me estremece.

Hace dieciocho días, un ciclo lunar después de la desaparición de Latroy, justo diez días antes de que yo iniciara esta persecución, se denunció la desaparición de Vincent Lamont, un niño de trece años, en Snellville, Georgia, a poco más de veinte kilómetros de Atlanta. Era albino.

Hago una búsqueda de los últimos diez años en California, con el dato de la luna nueva y las preferencias físicas de Toy Man y descubro que hay por lo menos otros doce niños de esas características de los que aún no se sabe nada.

Toy Man debe de tener uno o más mataderos en Los Ángeles. La cuestión es si intento destaparlos para hallar las pistas que pueda haber en esos mataderos o voy a Georgia a ver si encuentro al asesino allí... Lo primero es más seguro y podría proporcionarme más datos forenses; lo segundo quizá me lleve por un camino que ya he recorrido antes y en el que casi pierdo la vida.

Mis dedos ya están comprando el billete antes de que mi cerebro lo procese.

Mientras la inspectora Chen se centra en esa conexión dudosa, yo seguiré mi propia pista. Siempre que lo pillemos antes de que vuelva a matar, me da igual cuál de los dos esté en lo cierto.

Capítulo 37

Vigilancia

Me he montado un centro de operaciones en mi habitación del Atlanta Sheraton, justo al norte de la Universidad Estatal de Georgia. Tengo impresas las fotos de todas las víctimas conocidas, mapas de los lugares en los que atacó en South Central y fichas con código de color de los posibles datos y las suposiciones pegadas a la pared.

También dispongo de un calendario mural grande donde he marcado los días que faltan para la luna nueva: menos de dos semanas. No tengo una razón directa para creer que Toy Man vaya a volver a actuar en la próxima luna nueva, pero si el asesinato tiene un valor ritual, sería muy probable.

Habrá visto las noticias. Sabrá que la policía está peinando su antigua casa e intentando encontrarlo. Si es supersticioso, quizá decida que tiene que seguir matando para protegerse.

O no. No tengo ni idea de cómo funciona su cabeza.

También existe la posibilidad de que, en cualquier momento, Chen y compañía anuncien su descubrimiento brasileño. Si eso ocurre, Toy Man —si el sospechoso brasileño no es el autor— creerá que ha vuelto a escabullirse y que tiene vía libre para seguir asesinando niños.

No puedo permitir que eso ocurra.

Es curioso que de repente me encuentre en Atlanta, allí donde se hizo el primer perfil real serio de un asesino en serie. Entre 1979 y 1981, se relacionaron los asesinatos de veintiocho niños y adultos en lo que se conoció como «el caso de los asesinatos infantiles de Atlanta» porque casi todas las víctimas eran menores de dieciocho años.

Hizo falta media docena de cadáveres para que las autoridades comprendieran que había un asesino en serie suelto. Como eran «crímenes de negros», la policía no se atrevía a extraer las mismas conclusiones que si las víctimas hubieran sido blancas, por diversas razones, la mayoría raciales y no racistas, pero con las mismas lamentables consecuencias.

En cuanto la población supo que había un depredador suelto, se vaciaron los parques infantiles, la gente empezó a estar alerta y comenzaron a propagarse los rumores.

Aquí, una generación antes, el Ku Klux Klan había actuado abiertamente y era responsable de decenas de asesinatos. Algunos miembros de la organización aún formaban parte de las fuerzas del orden y ostentaban cargos públicos.

Aunque algunos insistían en que eran un vestigio del pasado, costaba aceptar que así fuera en una época en que un antiguo reclutador del Ku Klux Klan en Virginia occidental, Robert Byrd, era senador demócrata en Washington DC.

Las horrendas declaraciones grabadas de un líder local del Klan no sirvieron más que para exacerbar el problema, porque elogiaba a los asesinos y contribuyó a alimentar las paranoias conspiratorias durante muchos años

Sin embargo, cuando el criminólogo del FBI Roy Hazelwood dio una vuelta por los barrios negros en un coche policial conducido por policías negros, observó que, al ver su cara blanca, la gente huía de la calle y se metía en casa.

Eso fue definitivo para crear un perfil del asesino. Los criminólogos supusieron que la presencia de un hombre blanco en aquellos barrios habría llamado mucho la atención, sobre todo después de que se hicieran públicos los asesinatos. Desafiando la opinión de los vecinos y las especulaciones de los medios, Hazelwood y su equipo del FBI sugirieron que el responsable era un hombre negro. Basándose en experiencias anteriores con asesinos en serie, hicieron una serie de conjeturas: el asesino era joven, entusiasta del trabajo policial y probablemente vivía solo o con sus padres. Por desgracia, aunque ese perfil reducía un poco los posibles sospechosos, seguía describiendo a miles de jóvenes.

Lo que los investigadores necesitaban era un patrón de los asesinatos. Aunque las víctimas eran pobres y, por tanto, propensas a marcharse con un desconocido por unos dólares o una historia convincente, la forma en que el sospechoso se deshacía de los cadáveres cambió en cuanto la prensa empezó a cubrir el caso.

Dejó de abandonar los cadáveres en lugares apartados y empezó a dejarlos donde los pudieran encontrar más fácilmente, hasta que un técnico forense mencionó como si nada a la prensa que el asesino podría cambiar de método y tirar los cadáveres al agua para no dejar rastro.

Al final, los investigadores usaron en su beneficio la metedura de pata de los medios. El criminólogo del FBI John Douglas dedujo que, como consecuencia de aquel anuncio público, el asesino empezaría a buscar puentes y otras zonas que dieran al río Chattahoochee para deshacerse de los cadáveres. En un despliegue extraordinario, se apostó a policías e incluso reclutas de la academia cerca de todos los puentes de la zona por si veían al asesino. Después de un mes de vigilar doce puentes y avistar a cero sospechosos, los investigadores decidieron concluir la operación al día siguiente.

Por desgracia para él, Wayne Bertram Williams decidió arrojar un cadáver esa noche desde el puente del parque James Jackson cuando aún quedaba un cadete de la academia vigilando debajo. Al oír caer el cuerpo, el joven agente llamó por radio a los policías apostados en la carretera y detuvieron a Williams.

Se tardó varios días en encontrar un cadáver, pero por fin apareció uno a ciento veinte metros de donde el agua había arrastrado a la orilla a otra víctima.

A Williams lo soltaron, pero lo sometieron a vigilancia constante. Mientras celebraba ruedas de prensa improvisadas en el jardín de su casa, menospreciando a la policía e incluso presumiendo de no haber superado el detector de mentiras, los investigadores fueron construyendo poco a poco un caso contra él.

Finalmente se le juzgó por el asesinato de dos hombres y se le relacionó con las muertes de otros veintinueve.

Leer los archivos del FBI sobre el caso en su página web pública constituye un estudio interesante del proceso gradual por el que se construye un caso. Al principio es difícil saber qué es importante y qué no.

Aunque la criminología se ha convertido en una herramienta poderosa, ha llevado por mal camino más de una investigación, porque los criminólogos demasiado confiados han prestado más atención a su intuición que a los hechos.

Como diría mi héroe Richard Feynman: «Por muy bonita que sea tu teoría, por muy listo que seas, si el experimento no la confirma, no vale».

No soy experto en el funcionamiento de la mente humana, ni siquiera en los procedimientos que sigue un investigador para atrapar a los delincuentes. Soy un científico con límites flexibles, pero un científico al fin y al cabo, acostumbrado a que las muestras que tengo delante me digan la verdad. Claro que podría encontrarme una hormiga que se disfrace de araña e incluso de hoja, pero esa hormiga no estaría intentando engañarme a mí.

Toy Man, en cambio, es una persona independiente e inteligente que puede modificar su conducta más allá de su genética y adaptarse al entorno de formas que yo no puedo predecir.

Mientras los criminólogos del FBI disponen de miles de casos de los que obtener información y extraer conclusiones, como una correlación entre un tipo de puñalada y una obsesión con los zapatos de mujer, hasta ahora, mi investigación se ha basado en lo que puedo meter en un diagrama de Euler y registrar en una hoja de cálculo.

La triste realidad de la mayoría de las investigaciones sobre asesinos en serie es que ni siquiera se inician hasta pasado el periodo de máxima actividad del asesino o, peor aún, una vez en marcha, los investigadores tienen que esperar a que haya más cadáveres.

Yo prefiero que eso no ocurra.

Sentado al borde de mi cama, pienso en los datos limitados de que dispongo y en mi deseo de atrapar a Toy Man antes de que vuelva a matar y decido que voy a tener que salir de mi zona de confort lógica.

Amén de la descripción física que me ha proporcionado Artice y de su mención de un acento que no supo localizar, ya tengo una idea vaga de cómo es este hombre, pero no me siento cómodo con lo que me dice ese perfil. Su mente me es ajena.

Mientras yo vivo en el mundo de la ciencia y de las predicciones demostrables, él reside en el reino de la magia.

Y las normas de la magia son del todo impredecibles.

Capítulo 38

Creyentes

Sentado al fondo del aula, escucho a la profesora Miriam, una mujer negra, bajita, de pelo corto gris y voz potente que inunda la sala, mientras sus alumnos toman apuntes y preguntan con desenfado sobre su exposición acerca de la difusión del pentecostalismo.

Me quedo extasiado oyéndola hablar de su experiencia sobre el terreno visitando iglesias de Finlandia, Brasil y otros lugares. Es la clase de docente que a mí me gusta: de los que salen del campus.

Al terminar la clase, su mirada penetrante me detecta y me hace una seña para que me acerque a su mesa.

—¿Theo? Baje, por favor.

Espero a que conteste a las preguntas de algunos alumnos rezagados y me admira que los invite a pasarse por su casa para lo que entiendo que es un pícnic semanal en su jardín, donde resuelve sus dudas y genera otra oportunidad de que se relacionen unos con otros.

Cuando nos quedamos solos, me invita a que me siente en un taburete situado al otro lado de su mesa.

—Antes de nada quiero que sepa que me paso el día diciendo que no sé nada de asesinos en serie, pero como su correo electrónico era tan atento…

—Gracias, profesora —digo—. Yo tampoco sé mucho del asunto.

—Miriam, o tita, para los que aprueban mi asignatura —me aclara con una sonrisa que me dice que solo ese privilegio ya es un incentivo en sí mismo.

Me topé con su trabajo cuando andaba buscando un experto en rituales y magia. Ha escrito bastante sobre esas creencias en nuestro país y otros eruditos la citan con frecuencia, indicio de la calidad de su trabajo.

—Quería hacerle unas preguntas sobre magia. Estoy investigando al asesino en serie responsable de los homicidios de Los Ángeles.

—¿Investigando? —pregunta con escepticismo—. ¿Como en Montana?

—Espero que esta vez todo acabe de otro modo.

—¿Y ha venido hasta aquí para hablar conmigo? Porque yo creo que hay muchas personas en California que podrían darle respuestas mejores que las mías.

—No expresamente. Andaba por aquí y quería hacerle una consulta sobre rituales.

—Bueno, como le decía en mi correo, de cuando en cuando me piden que eche un vistazo a casos en los que la policía cree que podría haber un componente mágico o ritual, pero lo malo es que tendemos a ver esos elementos cuando no los hay. Es cierto que algunos asesinos en serie dibujan pentagramas, mandan cartas a los periódicos diciendo que ven demonios y cosas así, pero en la mayoría de los casos no son más que enfermos mentales que buscan un modo de justificar su conducta.

Asiento con la cabeza.

—Y, cuando los pillan, se montan su película e inventan historias mucho más retorcidas que el simple hecho de que una niña pelirroja se la pone dura. —Ríe—. Perdone… A veces hablo así para mantener la atención de mis alumnos.

—Parece que se los ha metido a todos en el bolsillo. Es usted muy buena profesora. La envidio —le digo con sinceridad.

—Le voy a contar un secreto. —Se inclina sobre la mesa—. Adoro a mis alumnos. Sobre todo a los difíciles. Son como mis hijos. Reconozco que, a esa edad, aún somos como sus padres. Eso me encanta. Cuando me preguntan si tengo hijos, digo que unos mil, pero... Y, bien, ¿qué le ha hecho pensar que ese asesino se inspira en algún sistema de creencias inusual?

—Hay un par de patrones. Todas sus víctimas tienen los ojos verdes u otro rasgo poco corriente, como el albinismo.

—Interesante. ¿Cómo las encuentra? —pregunta Miriam.

—Todas sus víctimas son pobres y proceden de familias rotas, pero ¿cómo las encuentra? Pues podría ser porque se dedique a algo relacionado directamente con niños o porque tiene acceso a bases de datos que le facilitan la búsqueda.

—¿Como el personal de los servicios sociales? —dice ella.

—Sí, eso es lo que me aterra. Podría disponer de una cantidad peligrosa de información. Aunque, si actúa en distintos estados, quizá no trabaje para un municipio en concreto.

—¿Hay alguna empresa que maneje esos datos a nivel nacional?

Esa es una pregunta excelente. Predox me señaló una consultoría informática estatal como posible vector.

—Posiblemente un contratista que trabaje en múltiples estados o incluso un subcontratista que desarrolle esa labor para una empresa local. Es una línea de investigación que estoy siguiendo, pero he venido a verla porque, aparte de que las víctimas tengan rasgos poco frecuentes, parece que todos los asesinatos tuvieron lugar en noches de luna nueva.

Miriam se agarrota.

—Eso no lo han dicho en las noticias.

—No, caí en la cuenta de eso cuando empecé a buscar factores con los que pudiera estar obsesionado el asesino.

—¿Lo sabe la policía? —pregunta.

—Les he mandado un correo...

Chen ni siquiera me coge el teléfono. Me salta el buzón de voz cada vez que intento contactar con el equipo de investigación.

Miriam tamborilea en la mesa con sus uñas pintadas de dorado.

—Eso es peculiar. De hecho, se trata de un elemento mágico muy fuerte.

—Por eso quería hablar con usted. He estado leyendo cosas sobre vudú.

Ríe.

—¿Vudú? Doctor Cray, eso es tan inexacto como llamar paganismo al judaísmo o que los romanos se refirieran al cristianismo como «esa cosa nueva de los judíos». Es una palabra tan manida que ha perdido su significado.

—Bueno, por eso he venido a verla. No soy más que un biólogo ignorante en busca de iluminación.

—Se lo perdono. El vudú que usted conoce seguramente es la variante en la que los esclavos africanos mezclaban su folclore con el catolicismo, pero una gran mayoría de lo que llamamos vudú son conjuntos de auténticas creencias africanas extendidas fuera de África.

»La mayoría de las creencias que no cuentan con un texto central como el Corán o el Antiguo Testamento se vuelven muy pragmáticas e integran todas aquellas cosas de su entorno que encajen. El vudú de Nueva Orleans tiene mucho de catolicismo francés, mientras que las formas brasileñas han incorporado algunas creencias indígenas de la zona.

»Como supongo que ya sabe, los ojos verdes y el albinismo se consideran sobrenaturales en casi todas las culturas porque se considera que esas personas han sido claramente señaladas por la divinidad. Lo malo es que en algunas culturas es una señal de maldad e indicio de que a esas personas hay que despreciarlas. En África los llaman «niños brujos» y cada año se asesina a un millar o más en poblaciones alejadas. Más o menos lo mismo que pasaba no hace mucho en nuestro país cuando se te podía acusar de ser bruja solo por tener una determinada marca de nacimiento.

—¿Estará matando ese hombre a esos niños porque cree que son brujos?

Miriam lo medita un momento.

—Es muy posible, pero en las comunidades en las que se practican esas muertes rituales, casi siempre se trata de alguien a quien conocen y a quien atribuyen infortunio. Doy por sentado que no conoce a esos niños de antes, ¿no?

—Probablemente —respondo.

—¿En qué estado se han encontrado los cadáveres?

—Yo solo he visto huesos y pedazos de ligamentos. No sé lo que encontrarían bajo tierra. La policía no ha dicho absolutamente nada de eso.

—¿Y los huesos que ha visto estaban unidos físicamente?

—No, casi todos estaban medio sueltos o separados.

—Muy interesante… —dice—. Muy interesante.

—¿Qué?

—Me da la impresión de que despedazó los cadáveres.

—Sí, entiendo que así cuesta menos deshacerse de ellos.

—Pero esa medida es innecesaria si uno dispone de un jardín grande donde enterrarlos. Es posible que a esos niños los hayan sacrificado.

Se me revuelve el estómago.

—¿Con qué fin?

—No solo está matando brujos… los está despojando de ciertas partes del cuerpo con fines mágicos.

Me dan ganas de vomitar.

—Entonces, ¿se trata de un ritual? ¿Una especie de secta?

—Ritual, sí. Secta, no creo. Y es aún peor de lo que imagina.

—¿Qué puede haber peor que descuartizar niños para hacer conjuros mágicos?

Su respuesta me deja sin habla.

—También se los come.

Nos quedamos los dos callados. Todo lo que me ha dicho tiene sentido, pero los hechos eran demasiado independientes y estaban demasiado arraigados conductualmente como para que yo pudiera llegar a las mismas conclusiones que ella.

—Confiemos en que lo atrapen. ¿No habían detenido a un posible sospechoso en Brasil?

Meneo despacio la cabeza.

—Sí, y puede que tenga alguna relación, pero no creo que sea él. El último niño desapareció cuando ese tío estaba en la cárcel.

—Eso tampoco lo han dicho en las noticias —replica.

—No. Ellos piensan que todos los asesinatos tuvieron lugar en Los Ángeles.

Me mira muy fijamente.

—Ay, Dios, aquí no... Otra vez, no...

Capítulo 39

Herbolario

He estado rodeado de creencias mágicas, de una forma u otra, toda la vida, desde las iglesias texanas en las que mis parientes lejanos querían meterme a los chamanes y hechiceros que iba encontrándome cuando investigaba en las selvas sudamericanas. Una vez hasta me bebí una pócima para contentar a los miembros de la tribu y tuve una experiencia surrealista con la que desperté en lo alto de un árbol imitando el sonido de los monos. Diez años después, mis colegas que hacen investigación de campo en Honduras me dicen que la tribu aún pregunta cuándo volverá el hombre mono americano.

Aun así, mientras recorro Yewe's Botanica, una tienda de esoterismo de un barrio pobre de Atlanta, caigo en la cuenta de que he estado siempre rodeado de personas con creencias mágicas y que hasta me he visto implicado en ceremonias simbólicas, pero jamás he estado inmerso en una.

La tiendecita está repleta de velas de rezo especiales, polvos y aceites con nombres como *Sangre de paloma* y *Polvos mágicos del señor Guyer*, así como una gran variedad de tótems, desde plumas hasta rocas con conchas pegadas a ellas como si fueran ojos.

No tengo ni idea de qué significa nada de todo esto. ¿Se basa en una especie de historia mágica preexistente o el señor Guyer no es más que un empresario que inventa nuevas líneas de productos?

Observo que unos cuantos artículos llevan direcciones de la zona de Los Ángeles, lo que me indica que pasé por alto un vector importante.

El dueño del herbolario es un hombre mayor, delgadísimo, con la piel de color caoba con posibles ascendientes de la India Occidental. Cuando he entrado, estaba al teléfono, explicándole a un cliente que llevaban varias semanas sin algo llamado Snake Bite, pero que esperan un envío del distribuidor en unos días. Menos mal.

He venido aquí para entender de qué va este mundillo e intentar comprender de qué clase de red forma parte Toy Man.

Una cosa que me ha quedado clara en lo relativo a asesinos en serie centrados en una o dos áreas es que suelen ser cercanos a algún grupo relacionado con sus víctimas.

Muchas de las víctimas de John Wayne Gacy eran hombres jóvenes que contrataba para que trabajasen en sus proyectos de construcción. Además, se codeaba con timadores y se relacionaba con policías. Los padres de más de un adolescente desaparecido señalaban al hombre que pasaba mucho tiempo con los jóvenes a los que contrataba.

A Lonnie Franklin le gustaba divertirse con fulanas adictas al *crack*. Sus amigos estaban al tanto de ese aspecto de su vida y algunos incluso sospechaban que sus intenciones no eran buenas. Mucho antes de que la policía fuera tras él, las prostitutas ya se advertían unas a otras de un tipejo algo violento.

El asesino en serie de Atlanta, Wayne Williams, se creía productor musical y hasta tenía su propio equipo de radio *amateur*. Luego se supo que había prometido a muchas de sus víctimas alcanzar el estrellato musical. Cuando la policía lo detuvo por primera vez, dijo que iba camino de la audición de una cantante que, en realidad, no existía.

Los tres se movían en círculos en los que podían encontrar víctimas, pero también se mezclaban con personas como aquellas que aspiraban ser: Gacy iba con polis; Franklin se rodeaba de otros «jugadores»; Williams procuraba relacionarse con productores musicales.

Si Toy Man cree de verdad que forma parte del reino de lo oculto, parece probable que, tanto en Los Ángeles como en Atlanta, conozca por lo menos a las personas de ese mundillo.

A la entrada de la tienda, hay un tablón de anuncios repleto de folletos de grupos de oración, videntes, sanadores, así como de una gran variedad de industrias caseras sobrenaturales.

—¿Puedo ayudarlo en algo? —me pregunta el propietario.

Intento expresarme de forma que no parezca que soy un ignorante.

—Me… preguntaba… No sé mucho de esto…

—Ni yo después de cincuenta años. ¿Qué problema tiene?

Me aparto de los folletos.

—Alguien me ha estado molestando…

Prefiero ser vago a que me pille en una mentira.

—La de color púrpura. Dicen que va bien.

Señala un estante lleno de velas de distintos colores.

Agarro una vela púrpura y la pongo en el mostrador.

—¿Algo más?

—¿Un talismán?

Se da cuenta de que soy un pringado.

—A ver…

Hace como que busca por la tienda y termina centrándose en la estantería de objetos caros que tiene a la espalda.

—Dicen que estos cristales pueden ir bien. Es ónix, creo.

Deja en el mostrador un chorlo pulido. No tiene nada que ver en absoluto con el ónix, pero no digo ni mu.

—¿Cuánto?

Me estudia un momento e intenta decidir qué precio desorbitado le pondrá después de pedirme una cantidad todavía más absurda.

—Son cien, pero se lo puedo dejar en setenta y cinco dólares.

Lo cojo y finjo calcular su valor.

—Vale… Si dice que va bien…

Se encoge de hombros.

—Yo le hablo desde mi propia experiencia.

No es muy buena estrategia de venta, pero no he venido a hacerme el escéptico. Saco un fajo de billetes de cien dólares y dejo uno en el mostrador.

Ve los billetes, eso es lo que yo quería.

—No sé muy bien cómo plantearle esto —empiezo—, pero me preguntaba si podría decirme dónde encontrar a alguien. A alguien que sepa de… ¿cómo se dice…? ¿Maleficios?

Me señala un folleto del tablón.

—Vaya a ver a la señorita Violet. Dicen que es la mejor. ¿Cómo se llama usted, por cierto?

Seguro que me lo pregunta para poder decirle a la señorita Violet que le ha mandado a un pringado con un buen fajo de billetes a su establecimiento.

—Craig —contesto.

Me da el cambio y la bolsa con mis compras.

—Llévese el folleto. Creo que la señorita Violet es la persona con la que usted necesita hablar.

Apuesto a que sí. Si es la persona a la que le manda a los clientes más ricos, probablemente sea una de las más influyente de esta red y muy posiblemente alguien con quien Toy Man se ha reunido.

Capítulo 40

Bendito

Cuando me acerco a la consulta de la señorita Violet, hay un grupo de personas sentadas en sillas de plástico a la puerta de la casa, al parecer esperando a que las reciba.

Su vivienda está en un barrio antiguo de casas de mediados del siglo xx con caminitos de gravilla y céspedes algo descuidados.

Mi coche de alquiler es el más caro de los que hay aparcados delante de la casa, con la excepción del Mercedes del garaje cuya puerta está abierta.

Cuando enfilo la vereda, un negro alto de cuarenta y tantos años, vestido con camisa y pantalones caqui, me saluda con un firme apretón de manos.

—Señor Craig, la señorita Violet se alegra mucho de que haya podido venir.

Debe de ser el hombre con el que hablé por teléfono ayer, Robert. Me explicó que la señorita Violet es una mujer de Dios que presta sus servicios gratuitamente y que, si intentaba ofrecerle dinero, se ofendería. Al preguntarle cuándo podría verla, me contestó que hay muchas personas esperando a que esa mujer maravillosa las reciba. Tras una larga pausa, propuse hacer una donación y me dijo que podía verla al día siguiente como compensación por mi generosidad.

—¿Qué cantidad sería adecuada?

—Ayer un hombre quiso darle mil dólares, pero nos pareció descabellado —me informó Robert—. Si hubiera sido rico, habría sido aceptable, pero era pobre y a la señorita Violet le dolió pensar que sus hijos fueran a pasar hambre.

«¡Qué mujer tan tierna!»

—¿Cinco mil dólares estaría bien?

Pues claro que sí. Robert ya sabía cuánto dinero me había gastado en una piedra sin valor y lo que llevaba en la billetera.

—Eso es muy generoso por su parte. Si así lo desea, métalo en un sobre y démelo a mí, para que la señorita Violet no se vea obligada a saber quién ha tenido ese detalle con ella.

Claro, claro. Le doy el sobre después de estrecharle la mano.

—Espero que sea aceptable.

Se lo guarda sin mirarlo.

—Es usted un buen hombre. Un hombre muy generoso.

Antes de presentarme allí he investigado un poco cómo funcionan los videntes y he descubierto que muchos tienen redes secretas a través de las cuales comparten información sobre sus clientes con el objeto de averiguar cuáles son los peces gordos y sacarles todo lo que puedan.

Por miedo a que, mientras hablo con la señorita Violet, busquen la matrícula de mi coche de alquiler y den con mi verdadero nombre, he cometido la pequeña ilegalidad de robarle la matrícula a otro coche de alquiler en el aparcamiento del aeropuerto mientras cargaba el equipaje. Eso confundirá a quien busque la matrícula, pero seguramente lo atribuirá a un error administrativo y no a la intención de «Craig» de engañar a nadie.

Robert me señala una silla de plástico para que me siente al lado de una anciana que está tejiendo una bufanda larga. Junto a ella hay otra mujer mucho más joven que hace botar a un bebé sobre su regazo mientras otro juega a sus pies con un cochecito.

Sospecho que la santísima señorita Violet tiene organizadas sus visitas por orden de prioridad y que la mía ha desplazado a las demás.

Como era previsible, Robert me hace esperar lo suficiente como para que vea que la señorita Violet es una mujer muy ocupada, pero no tanto como para agotar mi paciencia y que me replantee mi mecenazgo.

Al cabo de unos quince minutos, me llevan dentro de la casa, decorada con más velas votivas y parafernalia religiosa que una de las alas del Vaticano, y me meten en una sala situada al fondo de la vivienda, con las cortinas corridas para que no pueda verse ni una pizca del sol poniente.

La señorita Violet es una negra corpulenta con gafas grandes y sonrisa sincera.

Cuando entro en la sala, se levanta, rodea la mesa y me da un abrazo tan fuerte que casi me hace perder el equilibrio.

—¡Señor Craig! ¡Estaba deseando conocerlo! Me dijo que conocería a alguien especial que vendría de lejos —asegura, señalando una figura de un santo que tiene en una mesa auxiliar.

Veo que ya se ha percatado del coche de alquiler. Por divertirme un poco, he dejado un ejemplar del *Chicago Tribune* en el asiento trasero. Siento curiosidad por ver cuánto tarda en servirse de esa información.

—Siéntese, hijo, por favor —dice, y me indica la silla que hay junto a la mesa, enfrente de la suya—. Ahora déjeme que le vea las manos.

Me toma las manos por las muñecas, me vuelve las palmas hacia arriba y pasa por lo menos tres minutos mirándomelas fijamente mientras emite soniditos de mmm y ajá, como si estuviera leyendo en el periódico noticias que ya conoce. Por fin me las suelta y se recuesta en su asiento con los brazos cruzados.

—¿Qué puedo hacer para ayudarlo con este problema?

Deduzco que ahora mismo ya dispone de datos suficientes como para hacerme una pequeña lectura en frío y que cuenta además con toda la información que le haya pasado el dueño del herbolario y la que Robert haya podido colegir echando un vistazo a mi coche de alquiler, pero es lo bastante lista como para no usarlo a menos que sea necesario. Sospecho que, por mi lenguaje corporal, sabe que soy escéptico, aunque intente disimularlo. Quiere saber lo que debe hacer para convencerme y posiblemente conseguir que siga viniendo.

Se lo pongo fácil.

—Hay un hombre que me ha estado causando problemas —digo, pensando en Park, de OpenSkyAI. Mentiré mejor si me baso en la verdad.

—¿Le tiene celos?

—Sí.

Es buena.

—Ajá. Veo un poco del aura de esa persona a su alrededor. Ahora mismo está pensando en usted, pero no se trata de una mujer, ¿verdad? Es un asunto de trabajo.

—Sí, creo que intenta complicarme la existencia.

—Deme las manos —dice. Mientras me las aprieta, se arrodilla y agacha la cabeza para rezar—. Señor, por favor, ayuda a este hombre. No permitas que ese otro hombre le desee ningún mal. Protege a este hijo tuyo. Cuida de él y de todos sus amigos y familiares del norte y, cuando vuelva a casa, asegúrate de que se libre de toda preocupación.

Me suelta las manos.

—Le voy a dar algo especial. —Se suelta un crucifijo que lleva colgado del cuello—. Cuando era pequeña y los otros niños me hacían llorar, mi abuela me dio esto y me dijo que siempre que lo llevara Jesús estaría a mi lado y los otros niños lo verían y me dejarían en paz.

—No puedo aceptarlo —respondo, fingiendo ignorar que tiene un cajón lleno de colgantes como ese para todos los ricos imbéciles que vienen a verla.

—No, mi abuela me ha dicho que se lo dé a usted y yo siempre hago lo que ella me pide.

—Gracias, no sé qué decir.

—Si sigue molestándolo, vuelva a contármelo. —Vuelve a dedicarme esa sonrisa cariñosa—. Le diré a mi abuela que vaya a por él.

De momento me ha obsequiado con una sesión de oración perfectamente cristiana y solo un pequeño numerito de vidente. No es eso a lo que he venido.

—Señorita Violet... ese hombre... Es un hombre malo. —Junto las manos en señal de oración—. Le agradezco que me haya otorgado esta bendición, pero... ese hombre tiene algo que... No sé si es suficiente con que no se acerque a mí. —Me llevo la mano al corazón—. Yo jamás le desearía ningún mal a otro hombre, que Dios me asista. Me pregunto si no habrá otro tipo de... bendición.

Me mira fijamente un momento, luego niega con la cabeza.

—Señor Craig, no haré eso que está pidiéndome. Soy una mujer cristiana y solo uso mis bendiciones para bien. Me está hablando de algo a lo que prometí al Señor que jamás me dejaría arrastrar. Si busca esa clase de magia, márchese y llévese a Satán consigo —añade, señalando furiosa la puerta—. Aquí no es bienvenido.

—Yo... yo solo... Da igual. —Dejo el asunto porque no sé muy bien qué más decir. Aunque ha habido algo raro en su negativa. ¿Tendría que haberle ofrecido más dinero?—. Podría abonarle las molestias... —digo, haciendo ademán de sacar la cartera.

Se levanta bruscamente y casi me tira la mesa encima.

—¡Váyase de esta casa, señor Craig! ¡No hay vuelta atrás para esa oscuridad! ¡No sabe lo que me está pidiendo!

Me levanto.

—Lo siento. Lo siento mucho.

—Rezaré por usted, señor Craig. Rezaré por usted.

Robert me espera en el pasillo.

—Por favor, dígale que lo siento —le pido sin saber muy bien qué demonios acaba de pasar.

Me lleva al vestíbulo y me dice en voz baja:

—No pasa nada. Lo perdonará. La señora Violet es un amor.

—No pretendía ofenderla.

—Y ella lo sabe. Pero es que lo que le ha pedido… —Menea la cabeza—. Tiene un precio muy alto para el alma.

—¿Pero se puede hacer? —pregunto.

Mira por encima de mi hombro a la sala.

—No se habla de esas cosas en esta casa.

Baja las manos, me agarra las mías y me pone en ellas un papelito.

Lo abro en el coche.

Es un número de teléfono.

El número de teléfono de la persona a la que hay que llamar si uno quiere una magia más oscura.

Capítulo 41

Piedras

—No esté tan nervioso —me dice Robert desde el asiento del copiloto de mi coche de alquiler—. No hay razón para temer a Moss Man.

El número era el del móvil personal de Robert. Moss Man, «el hombre musgo», es la persona con la que me dijo que podía ponerme en contacto si «buscaba algo más potente», en palabras suyas. Según las instrucciones de Robert, que ya he visto que es una especie de intermediario de los distintos videntes y charlatanes de Atlanta, tenía que meter novecientos dólares en billetes de cincuenta entre las páginas de una Biblia y dormir con ella debajo de la almohada, luego recogerlo a él la noche siguiente en un aparcamiento al sur de la ciudad. Desde allí, me llevaría a ver a Moss Man. Además, debía llevar una fotografía de mi enemigo o algún objeto que le perteneciera. He optado por un bolígrafo que puedo decir que le quité de su mesa a mi enemigo.

Cuando lo he recogido en el aparcamiento, me ha dicho que tomara la I-75 dirección sur y ya me iría indicando. Me ha dado la impresión de que esto no iba a ser una excursión a las afueras. Al final, me ha hecho tomar un desvío y cruzar un pueblo cuyas principales fuentes de comercio eran un parque acuático y un bazar barato.

Me he empezado a angustiar cuando me ha pedido que me metiera por una carretera oscura y sin asfaltar. Por el camino ha ido obsequiándome con historias sobre Moss Man, que sana a la gente, que hasta resucitó a un bebé de entre los muertos y que el gobernador del estado lo visitaba para pedirle ayuda. No le he preguntado si el dinero procedía del presupuesto estatal o de su campaña para la reelección.

Luego me dice que, aunque algunas personas se han quedado heladas de miedo al ver a Moss Man, no debo preocuparme. Además, por lo visto, Moss Man habla un idioma que nadie entiende, salvo Robert y otros cuantos, porque el diablo le arrebató la lengua. Mientras me explica todo esto, me suena en la cabeza *The Devil Went Down to Georgia*. Como Moss Man saque un violín y empiece a tocar, me da algo.

Dicho esto, suponiendo que los novecientos dólares sean el último pago, el espectáculo, de momento, ha estado bastante bien. Seguro que Julian, mi amigo inversor, y su gente pagarían mucho más por semejante entretenimiento. Cuando todo esto reviente, igual le sugiero a Robert que se dedique a la organización de eventos.

—Unos tipos decidieron que estaban hartos ya de Moss Man y fueron a por él con sus perros y sus escopetas —dice Robert, que sigue empeñado en convencerme de que ese tipo es una leyenda—. Pasaron tres días sin que nadie supiera de ellos. Unos cuantos más y el *sheriff* mandó a sus agentes. Solo encontraron un montón de cenizas y las armas. Hubo quien dijo que había visto después a Moss Man con un par de chuchos pisándole los talones. —Robert observa mi reacción—. Disparates, ya lo sé, pero, aunque casi nadie lo ha visto, por aquí todo el mundo cuenta historias de Moss Man. Tiene suerte de que me haya pedido que le lleve al chico blanco de Chicago. No suele atender a desconocidos.

Me pregunto si lo habrá llamado directamente o habrán hablado por el canal de la aplicación Slack.

—Gire aquí —me dice cuando nos acercamos a lo que parece una hilera más de árboles.

—No veo ninguna carretera.

—Hay carretera —dice, y señala una pequeña piedra blanca próxima al borde del camino.

Giro y las ramas arañan el coche, con lo que agradezco haber caído en el timo de pagar el seguro a todo riesgo. No suelo hacerlo, pero no quería que me hicieran pagar más si devolvía el vehículo con agujeros de bala o hedor a cadáveres, cosas que les pasan a mis coches más a menudo de lo que quiero pensar.

La luz de los faros se abre paso en la oscuridad e ilumina insectos lo bastante grandes como para calificarlos de aves, y más ramas bajas que me repasan el techo del coche como si estuviera en una especie de vergel de lavado automático.

—Vale, es aquí —me dice Robert—. Coja la Biblia.

Agarro la bolsa de papel marrón del asiento trasero cuando él ya ha bajado porque no quiero que vea el arma que llevo metida por la cinturilla de los vaqueros. ¿O no me vendría mal que sí la viera?

Teniendo en cuenta que ya he accedido a darles el dinero, me digo que no tiene mucho sentido que me roben aquí.

—Por aquí —dice Robert, señalando un caminito estrechísimo entre la espesura que apenas se ve a la luz de la luna. Está en fase menguante, lo que me recuerda que hay encontrar a Toy Man ya.

Me dispongo a sacar una linternita, pero Robert casi me la tira al suelo de un manotazo.

—¿No le he dicho que nada de linternas? Así es como nos encuentra el diablo. Queremos seguir guiándonos por la luz de Dios —dice, señalando a la luna.

Así que cuando hay luna nueva, es decir, no hay luna, Dios no vigila… Interesante.

Robert me lleva por el caminito, que apenas se ve, pero lo hace con determinación. Me fijo en lo que hay alrededor para asegurarme de que no me hace pasar dos veces por el mismo sitio para jugármela de algún modo, pero las sombras me cuadran y no tengo la sensación de haber estado dando vueltas en círculos. Tengo un don para eso. Cuando voy de excursión, suelo hacer un mapa hidrológico mental y presto atención al tipo de rocas y a la flora. Los senderos normalmente siguen patrones de erosión creados por los cursos fluviales o los animales en busca de arroyos.

—Ya estamos —dice Robert cuando llegamos a un pequeño claro.

Unas piedras blancas como la que señalaba el camino forman un círculo perfecto de unos seis metros de diámetro.

Se sienta en un tronco que hay dentro del círculo y me hace una seña para que haga lo mismo.

—Este es un lugar seguro. El diablo no nos encontrará aquí hasta que lo llamemos.

«¿Hasta?» Con el aire siniestro que el croar de las ranas y el canto de los grillos le dan al bosque neblinoso, ya no me siento tan sarcástico.

La luz de la luna que se cuela entre los árboles forma pequeños charcos de luz que se pierden a lo lejos. Parece que estuviéramos a miles de kilómetros de la civilización. O a miles de años. Ni siquiera oigo el sonido omnipresente de los coches en la autopista.

—Ahora esperaremos a Moss Man y veremos si aparece.

Después de unos veinte minutos, Robert señala unos arbustos que se mueven al fondo.

—Es él —susurra.

Siento un escalofrío cuando veo que las hojas se mecen como si una ola encrespada pasase a nuestro alrededor.

—¿Qué está haciendo? —pregunto.

—Asegurarse de que el diablo no nos ha seguido.

De pronto caigo en la cuenta de algo que me estremece aún más: aunque Robert y la señorita Violet monten sus numeritos, se trata de negocios, pero eso no significa que no crean realmente en todo ello.

Esa ola de hojas en movimiento se desvanece delante de mí y entonces noto que las ranas han dejado de croar.

Me siento vigilado.

Cuando echo un vistazo a nuestras sombras en el suelo, distingo una tercera figura entre los dos.

Capítulo 42

Vidente

Me cuesta una eternidad girarme. En ese instante interminable, mi cerebro funciona a toda velocidad, procurando hacer el máximo número posible de conexiones neuronales, evaluando a qué tipo de amenaza estoy a punto de enfrentarme.

El mayor peligro es que, cuando me vuelva, no me encuentre con otro de los actores del elaborado teatrillo esotérico de Robert, sino con el hombre que he venido a buscar a Atlanta.

De pronto caigo en la cuenta de la estupidez de llegar tan lejos. Si Toy Man es Moss Man, puede que no sepa quién es Craig, de Chicago, pero muy probablemente conocerá a Theo Cray, el hombre que ha destapado su casa de los horrores.

Cuando veo a quién tengo allí, siento un gran alivio, no solo porque ese hombre no es inquietante, sino porque, a primera vista, ni siquiera parece amenazador.

Moss Man es ciego, lo sé por sus córneas de blanco opaco, pese a que su rostro permanece en sombra. Medirá poco más de metro y medio, y viste unos pantalones marrones destrozados y sujetos a la cintura con un cordel y una camisa blanca. El bastón de madera que lleva es casi tan alto como yo.

Le pasa a Robert el bastón y me hace una seña para que me levante y me ponga en el centro del círculo, donde empieza a pasear nervioso a mi alrededor y a mirarme fijamente, escudriñando cada centímetro de mi persona. Sin preguntar, me agarra de la muñeca izquierda y me separa todos los dedos de la mano, luego examina detenidamente la palma y le dice a Robert algo que suena vagamente a criollo.

—Moss Man dice que esconde usted algo en la mano izquierda. —Miro la mano vacía, intentando averiguar a qué se refiere—. Un secreto. Dice que esconde un secreto oscuro.

Moss Man se acerca a un saco de arpillera que ha dejado junto al tronco, hurga en él y finalmente vuelve con una botella. Es del tamaño de una botella de *whisky*, pero contiene un líquido de color claro. La etiqueta es negra, con una imagen de una serpiente enroscada y las palabras Snake Bite.

Se saca un cuchillo de la cintura, me agarra la yema del pulgar y me hace un pequeño corte, luego lo aprieta sobre la boca de la botella. Mi sangre gotea en la botella y forma nubes oscuras. Acto seguido, Moss Man se saca un pañuelo del bolsillo trasero y me lo ata tan fuerte al pulgar que me duele más que la incisión. Vuelve a tapar la botella, la agita y la sostiene a la luz de la luna en busca de algo.

No alcanzo a comprender cómo sabe siquiera dónde está la luna, salvo que no sea ciego del todo o tenga otros medios.

Satisfecho con lo que ve, destapa la botella y le da un trago, me vuelve a agarrar la mano y me rocía con la mezcla de alcohol y sangre la palma izquierda.

Supongo que con eso se soluciona el problema.

Miro a Robert, intrigado por lo que pueda pasar a continuación, pero Moss Man me agarra por la barbilla con una fuerza asombrosa y me mira los ojos, los orificios nasales y por último la boca.

—Está buscando al diablo —me comenta Robert.

Satisfecho, Moss Man levanta la botella y me la lleva a los labios, invitándome a beber. El líquido sabe a alcohol etílico y vinagre. Se me encienden las mejillas y noto como si unos cristalitos de hielo me punzaran el cerebro. Al poco, mi oído interno decide hacer un salto mortal y me empiezo a marear un poco.

Ignoro de qué está hecho Snake Bite, pero su efecto no es solo etílico sino también neurológico.

—Está de suerte —dice Robert—. Snake Bite es muy difícil de encontrar.

Sí, ya me imagino que no se puede comprar en el súper.

Moss Man me empuja para que me siente y le dice algo a Robert.

—¿Ha traído un objeto del hombre al que quiere echar el mal de ojo?

—Sí.

Me llevo la mano al bolsillo, pero Moss Man casi me da un manotazo.

—Espere —dice Robert—. Primero tiene que hacer un fuego.

Moss Man se levanta, rebusca entre la maleza de alrededor de las piedras blancas y agarra varias ramas de distinto tamaño, una hazaña impresionante para un ciego. Las apila delante de mí, algunas pegadas a mis piernas cruzadas. Cuando le parece que dispone de leña suficiente, se sienta enfrente y enciende la hoguera con unas cerillas. No es un fuego grande, más bien como el que se hace para hervir el agua del café.

Vuelve a decirle algo a Robert.

—¿Ha traído la Biblia?

—Sí —digo, y señalo la bolsa de papel que he dejado junto al tronco—. ¿Le pago ahora?

—El dinero no es para él —replica Robert mientras coge la bolsa y me la da.

Moss Man extiende las manos. Saco la Biblia de la bolsa y se la pongo sobre las palmas. Él la sostiene sobre el fuego y empieza a rasgarle el lomo. Los billetes caen a las llamas, seguidos de las páginas de la Biblia.

Será por la luz de la luna o por mi cinismo, pero por lo menos uno de los billetes que veo caer al fuego parece una fotocopia. En cualquier caso, el truco está en cómo me ha dado el cambiazo Robert.

Moss Man aviva las llamas con el palo hasta que el fuego cobra cierto volumen. Vuelve a tenderme la mano.

—Entréguele el objeto de su enemigo —dice Robert.

Le doy el bolígrafo. Lo palpa con los dedos, lo parte en dos y lo echa al fuego.

¿Qué habría hecho si le llego a traer algo de metal macizo, como una llave?

Me llega el olor a plástico quemado y Moss Man bebe otro sorbo de Snake Bite. Rocía con él las llamas y genera una bola de fuego que me achicharra la cara. Lo hace seis veces más.

El fuego se aviva hasta llegar por fin a su máximo. Solo queda un poco de Snake Bite.

Cuando se ha apagado la última brasa, Moss Man coge una pizca de ceniza y la echa a la botella. La agita y la mira fijamente a la luz de la luna. La destapa y me la ofrece para que beba.

—Bébaselo todo —me dice Robert.

Ahí dentro hay por lo menos tres tragos.

En contra de mi sano juicio, me lo bebo todo de golpe. Esta vez me arde el cuero cabelludo y se me queda la garganta como si me la hubiera desgarrado un yeti. De pronto la cabeza me pesa tanto que el cuello no me la sostiene y me caigo de lado. En el suelo estoy de maravilla, así que decido quedarme ahí un rato. Moss Man se levanta y veo alejarse sus pies descalzos y adentrarse de nuevo en el bosque del que ha venido, envuelto en la niebla y en el follaje de los árboles.

Me quedo ahí tumbado un poco, intentando procesar por qué he venido y qué esperaba conseguir. En algún momento, se acerca Robert, me ayuda a levantarme y me pasa el brazo por encima de su hombro.

—Vamos a andar un poco para que se le pase —dice mientras enfilamos de nuevo el sendero por el que hemos venido.

—No ha sido tan malo —le digo, procurando no arrastrar los pies.

—Ya verá la resaca —me contesta.

—¿Hay otras formas de magia? —pregunto entre traspiés.

—¿A qué se refiere?

—Una más oscura. Aún más poderosa.

Robert me lleva en silencio un rato.

—Conozco a otro hombre. Un tipo con el que Moss Man y la señorita Violet no tienen nada que ver.

—¿Y usted?

Niega con la cabeza.

—No, eso no lo voy a hacer.

—¿Y si le pago? Mucho.

Se hace un largo silencio mientras se lo piensa.

—No. Ese hombre es malo. Moss Man sabe engatusar a los demonios para que le hagan favores, pero ese otro tipo… ese es el diablo en persona.

Capítulo 43

Garantías procesales

Me despierta el sonido de mi propio móvil en la mesilla. Aún después de contestar, me sigue zumbando la cabeza por el efecto prolongado del Snake Bite, la ceniza y mi propia sangre.

—Cray —digo, conteniendo un bostezo.

—Yo no le he hecho esta llamada —oigo que dice una voz al otro lado.

Miro la pantalla. Es un 323, un número de California, que no conozco.

—Pues tiene suerte porque no tengo ni idea de quién es —respondo y me dispongo a colgar.

—Soy Sanjay.

—Ah, me alegra oírte. ¿Qué pasa? ¿Te ha despedido Chen?

—Aún no. No se ha hecho público todavía, pero tenemos un sospechoso.

—¿El tío de Brasil? ¿El sicario?

—Sí... No le voy a preguntar cómo lo ha sabido. Bueno, hemos encontrado en la casa unas huellas que coinciden con las suyas. Además, en la bici de Christopher Bostrom, hemos encontrado una huella, debajo del sillín.

—Estupendo —digo.

—No he terminado. Al sospechoso, Ordavo Sims, lo asesinaron anoche en su celda de una cárcel de Río antes de que pudiéramos extraditarlo.

—Ojalá pudiera decir que lo siento.

—Bueno, la cosa es la siguiente: en realidad, lo querían como testigo material, porque la mayoría de las huellas de la casa no son suyas. Puede que fuese un cómplice.

—Me lo temía.

—Sí, pero Chen y compañía están decididos a cerrar el caso. Ordavo había participado en ajustes de cuentas entre bandas. Ha habido incluso testigos que han matado a cuchilladas durante las vistas.

—Pero estaba en la cárcel cuando desapareció Latroy —señalo.

—A Chen eso le da igual. Lo único que les preocupa son los cadáveres de la casa de Wimbledon. Si tienen a alguien a quien cargarle el muerto, asunto resuelto.

—Pero para ti no.

—Desde el punto de vista profesional, sí. Me están diciendo que deje de trabajar en el caso porque no habrá juicio. Chen va a celebrar una rueda de prensa mañana para anunciar que la persecución ha terminado.

Veo que eso le molesta.

—¿Y para qué me llamas?

—Porque no ha terminado ni de coña. Hemos encontrado cosas que… Y que conste que Chen me pegaría un tiro si se enterara de que esto se ha filtrado…

—¿Canibalismo?

Se hace un breve silencio de sorpresa.

—Sí. Hemos encontrado pequeñas marcas de dientes. Además, a algunos de los cadáveres mejor conservados les faltan cosas: penes, ojos, corazones y otros órganos. Creemos que se los comió.

—O los metió en frascos —sugiero, recordando lo que Artice decía haber visto, según el informe policial.

—¿Qué? —dice Sanjay.

—Que ese tío cree en la magia. Para él, esos órganos poseen propiedades sobrenaturales. ¿La inspectora hará público algo de eso?

—No, se nos ha prohibido seguir investigando el posible canibalismo. Si no era más que un matón al que le gustaba abusar sexualmente de niños y asesinarlos en sus ratos libres, tendrán una historia potente. No explicarán cómo podía permitirse tener esa casa. ¿Acaso era buen ahorrador? Menudo montón de patrañas. Bueno, se lo voy a mandar todo.

—No puedo pedirte que hagas eso —digo, en parte por miedo a que sea una trampa.

—Y yo no voy a poder perdonármelo si no lo hago. No hay nada que no le haya contado ya, salvo algunas otras pruebas que se encontraron cavando en el jardín.

—¿Restos humanos?

—Sí, y basura. Puede echarle un vistazo. Le mando un enlace de Dropbox. Si Chen le pregunta de dónde lo ha sacado, mienta.

—Tranquilo, yo no te voy a traicionar.

—Eh... Siento lo que pasó —dice, pensando en mi detención—. Yo no le dije nada. Pidió el registro de mis llamadas y vio que había estado hablando con usted mientras accedía a los perfiles de ADN.

—No pasa nada. No te estaba llamando traidor. Tu situación es distinta a la mía.

—Ah, vale. Gracias. ¿Dónde está, por cierto?

Tengo que echar un vistazo a la habitación de hotel para recordar que no estoy en casa.

—En Georgia.

—¿Ha decidido alejarse de toda esta mierda? No me extraña.

—No exactamente —respondo.

—¿Aún está investigando?

—Sí.

—¿Y piensa que ese tipo está en Georgia? —pregunta Sanjay.

—Supongo que Chen no te ha pasado los mensajes que le mandé sobre unos secuestros en la zona de Atlanta.

No me sorprende.

—No. Lo único que le importa es la casa de Wimbledon. ¿Se ha puesto en contacto con la oficina del FBI en Atlanta? Ahora sí sería competencia suya.

—Aún no. Solo tengo una corazonada y una buena resaca.

—Es usted un hombre peculiar. Bueno, si hay algo más que pueda hacer, aunque no tengo ni idea de qué, avíseme.

—Gracias. Y Sanjay…

—¿Sí?

—Estás haciendo lo correcto y lo sabes. Lo fácil sería que te diera igual y que no te complicaras la vida.

Colgamos y me bebo un vaso de agua para limpiarme el organismo.

Cuando me siento razonablemente consciente, vuelvo a meterme en la cama con el portátil y abro la carpeta de Sanjay.

Contiene cientos de páginas de datos forenses sobre los cadáveres que quiero revisar luego, pero ahora mismo lo que de verdad me intriga es lo que han encontrado en el jardín. Encuentro un documento que parece de una excavación arqueológica y expone los hallazgos de cada estrato del suelo.

Aparte de los cadáveres, hay fosas de cenizas que contienen papel carbonizado y frascos rotos. No hay cuchillos ensangrentados ni armas, solo basura como la que podría encontrarse en el jardín de muchas casas.

Estoy a punto de cerrar el portátil e intentar dormir un poco más cuando decido hacer clic en el informe otra vez. Y me compensa: tenía algo importante delante de las narices. Cuando paso a la página donde se describen los escombros, veo una imagen de un pedazo de cristal de una botella rota. Identifico enseguida la forma, porque aún me estalla la cabeza.

Toy Man también era aficionado al Snake Bite. Mucho. Según el informe, usó una botella de ese brebaje en cada asesinato. Eso no demuestra que tenga alguna relación con Moss Man ni con Robert más de lo que *El guardián entre el centeno* prueba que todos los asesinos en serie se conocen, pero significa que no me fallaba la intuición.

Me pongo los vaqueros y vuelvo al herbolario. Al meterme las manos en los bolsillos noto algo raro: la cartera no está donde siempre. Compruebo el contenido y el dinero sigue ahí, pero el permiso de conducir no está en su sitio. Por lo visto, a Robert no solo se le da bien reemplazar por dinero falso el auténtico de la Biblia, sino que es un carterista profesional.

Ya sabe quién soy. La pregunta es... ¿a quién más se lo habrá dicho?

Capítulo 44

Esperas nocturnas

En 1889, George Shiras, abogado de Pensilvania, desarrolló una nueva técnica que transformaría la biología y nuestra forma de entender la fauna hasta la actualidad. Shiras, que se había criado cerca de los ojibwa, uno de los principales pueblos nativos de Estados Unidos y Canadá, aprendió de ellos una modalidad de caza nocturna en la que uno hacía fuego en una sartén en un extremo de la canoa mientras el cazador esperaba en la sombra con un rifle. Al ver la luz desde la orilla, los animales se quedaban paralizados. Entonces el cazador apuntaba el rifle entre los dos puntos refulgentes de los ojos y los mataba de lejos.

Shiras aplicaba la técnica con algo más de humanidad: en lugar de usar una sartén de brasas ardiendo, empleaba una potente lámpara de queroseno, y, en vez de un rifle, una cámara.

Cuando este abogado empezó a colocar cámaras en la orilla y a usar cables detonadores para encender los *flashes* de polvo de magnesio, creó un tipo de fotografía a distancia completamente nuevo en el que el fotógrafo ni siquiera tenía que estar presente.

Sus fotografías, que se publicaron en la revista *National Geographic* a principios de la década de 1900, revelaban aspectos asombrosos de la fauna que rara vez se habían visto. Shiras mostraba lo que hacían los animales cuando no había animales alrededor, desde los mapaches de las orillas de los ríos hasta los osos pardos que pasaban fugazmente por delante de los objetivos.

Este método fotográfico sigue usándose hoy en día. Recientemente se ha empleado para descubrir panteras nebulosas en Borneo y nuevas especies de ciervos en Vietnam.

A los científicos, esta herramienta nos permite estar en múltiples lugares a la vez. En lugar de plantarnos a vigilar una poza o cualquier otro lugar y esperar a que aparezca el sujeto, se pueden colocar varias cámaras y ver cuál de ellas da con un filón.

No tengo ni idea de dónde está Toy Man, de adónde va ni de qué planes tiene. Como fotógrafo en busca de un animal esquivo, debo instalar tantas cámaras trampa como pueda y procurar capturar a mi presa en película, en realidad, en tarjetas SD.

Tengo la corazonada de que sus rituales conllevan el uso de Snake Bite y el fuerte aderezo del ocultismo en esta zona. Al investigar la marca he descubierto que Snake Bite se fabrica en una destilería vietnamita y se vende por todo el mundo. El distribuidor estadounidense está en Los Ángeles. Cuando los he llamado, me han informado de que estaba a punto de salir del almacén de Tennessee un cargamento camino de Atlanta. Han sido tan amables de facilitarme el nombre de los cuatro sitios donde se vende.

Dado que no figura como bebida alcohólica, sino como «remedio homeopático de uso tópico», han podido eludir las restricciones de la legislación local relativa al alcohol. En su favor, yo podría declarar convencido que ningún ser humano debería considerarlo una bebida.

Ahora que Robert (y posiblemente todos los miembros de su pequeña comunidad de nigromantes) sabe quién soy, ir a los otros tres herbolarios a preguntar a los tenderos si un negro alto que parece un asesino de niños compra Snake Bite allí seguramente no es buena idea.

No quiero que Toy Man sepa siquiera que pienso que guarda alguna relación con lo que he averiguado de momento. Si se entera, quizá empiece a actuar de otro modo.

Tengo en el escritorio de mi habitación de hotel las cámaras del tamaño de un mando a distancia de coche. Todas ellas, compradas en internet y recibidas al día siguiente, hacen una foto cada vez que detectan movimiento; si no, disparan una imagen por minuto. Me propongo colocar una a la entrada de cada uno de los herbolarios y cambiar las tarjetas cada veinticuatro horas, cuando tengan las tarjetas SD llenas. El riesgo, aparte de que Toy Man no aparezca jamás, es que me pillen colocándolas o tocándolas. Tengo pensado hacerlo cuando las tiendas estén cerradas.

Aun así, conseguir una foto de Toy Man solo será el comienzo. No tengo forma de distinguir a mi presa entre los centenares de personas que calculo que saldrán en las fotografías. Además, cuando salga de la tienda, como no dispongo de competencias judiciales, no tengo forma de instar al dueño de la tienda a que me facilite información sobre un sospechoso, suponiendo que supiera algo.

Lo que necesito es una forma de hacerles un seguimiento.

A diferencia de los animales de Shiras, que dejaban huellas de patas en el barro y en la tierra, dejando así un rastro que podía seguirse, la clientela de los herbolarios no me lo pondrá tan fácil.

Debo encontrar el modo de saber si quienes entran allí a comprar Snake Bite han estado en algún otro sitio donde también haya estado Toy Man, lo que posiblemente me conducirá a su domicilio.

Con suerte ese será otro vector que podré ubicar antes de la luna nueva. En el peor de los casos, el peor de los peores, si Toy Man elige otra víctima y logramos encontrar el cadáver, necesito hallar un modo de vincular al asesino con uno de los herbolarios.

¿Cómo se localiza a alguien con quien nunca se ha tenido contacto?

Mi respuesta es algo siniestra y posiblemente ilegal, dependiendo de cómo se interpreten ciertas leyes federales.

También es curioso que esté haciendo esto a tiro de piedra de los Centros de Control y Prevención de Enfermedades.

Cuando hice el pedido de las cámaras de vigilancia, pedí también otra cosa, cuatro, para ser exactos. En lugar de venir de Amazon, estos artículos llegan de un laboratorio de Carolina el Norte. Venden suministros médicos a la industria de defensa o esa es su tapadera. Lo que facilitan en realidad son bacterias personalizadas empleadas con fines muy específicos.

Las ventajas de Toy Man sobre mí son numerosas. Yo no soy investigador de las fuerzas del orden, ni patólogo forense, ni siquiera lo bastante hábil como para detectar cuando alguien me miente a la cara, pero sí soy un científico poco ortodoxo con un peculiar juego de herramientas a mi disposición. Una de ellas es mi habilidad para iniciar una guerra biológica.

Capítulo 45

Evaluación de amenazas

Si uno se sienta en el bar de un hotel con un puñado de estrategas de guerra avanzada, la clase de hombres y mujeres que pasan la mitad del tiempo en el campus y la otra mitad en sesiones a puerta cerrada en el Pentágono, y les pregunta qué es lo que más los asusta, no responderán un arma nuclear de maletín (morirán más personas en nuestras carreteras este año de las que podría matar una bomba atómica del tamaño de un maletín en una ciudad densamente poblada), sino la amenaza de algún biólogo que trabaje para una potencia enemiga o de una superpotencia mal controlada que haga algo en una placa de Petri que acabe con buena parte de la humanidad.

Esa amenaza no es nueva. Ya en los años cuarenta el gobierno estadounidense invertía millones de dólares en comprender la amenaza de la guerra biológica, hasta el punto de soltar nuestros propios agentes bacteriológicos en la naturaleza para ver cómo se propagaban. En los años cincuenta, un barco de la Armada atracado en la bahía de San Francisco roció el aire matinal de *Bacillus globigii* y de *Serratia marcescens*, dos bacterias en principio benignas para ver cómo se propagaban.

Los resultados, por no mencionar los efectos secundarios cuando una serie de personas enfermaron por el contacto con esas variedades en principio benignas, fueron aterradores. Además, reforzó la idea de que una potencia extranjera podría atacar a Estados Unidos con un agente aún más letal. Por esa razón, siguieron haciéndose pruebas secretas de guerra biológica, esparciendo bacterias supuestamente inocuas en el metro y otros espacios públicos para ver a qué velocidad se propagaban.

Sesenta años después de la primera prueba, contamos con un programa de guerra bacteriológica de mil millones de dólares diseñado para mitigar la amenaza, así como una industria biotecnológica de un billón de dólares que no para de idear nuevas formas de asustarnos.

Hoy puedo sentarme delante del ordenador y jugar con un programa que mezcla y empareja genes como si fuesen bloques de Lego, pulsar ENVIAR y que un laboratorio me haga una bacteria a medida con dicha secuencia genética.

Esa tecnología ya ha salvado vidas y, en teoría, salvará más de las que apagará su mala utilización o eso esperamos. El genio se escapó de la lámpara cuando un monje del siglo XIX empezó a jugar con vainas de guisantes; querer poner límites a las herramientas o al flujo de información solo servirá para que los buenos estén menos capacitados y menos informados.

Probablemente.

Sin embargo, junto con todo ese interés en los usos militares de esas bacterias artificiales, ha surgido una serie de formas no letales de emplear los gérmenes. Una de ellas es un proyecto en el que yo participé indirectamente como consultor.

Supongamos que creemos que el individuo A forma parte de una célula terrorista, pero no tenemos ni idea de si conoce al terrorista C, de otro país. Si son lo bastante listos como para no emplear comunicaciones electrónicas que los vinculen y siempre se valen de un intermediario, el terrorista B, ¿cómo conectamos a A y C sin tener que torturar a B y sin que C sepa que vamos tras él?

Podríamos seguir a todas las personas con las que se reúna A, luego a todas las personas con las que se vean estas y, con suerte, encontrar alguna conexión con el terrorista C, lo malo es que enseguida nos quedaríamos sin agentes con los que seguir a todos los posibles intermediarios. A medida que fueran multiplicándose las ramas del árbol de las conexiones humanas, pronto nos daríamos cuenta de que no hay bastantes personas en el planeta para hacer un trabajo así.

Ese era uno de los problemas a los que se enfrentaba el servicio de inteligencia: el coste y, en última instancia, la imposibilidad, de contar con suficientes personas con las que seguir a otras personas. Una solución, y el proyecto en el que me pidieron que participase como consultor, era no usar personas sino bacterias.

Una superpotencia rica con un programa de ciencia de primera categoría podría modificar una bacteria benigna, de esas que ya están en un simple vaso de agua, añadiéndole una etiqueta especial que permitiera distinguirla de sus hermanos y hermanas. Luego podríamos rociar al terrorista A por la calle. Mientras la bacteria se multiplicara en su boca y en sus fosas nasales, el terrorista la esparciría durante varios días hasta que su sistema inmunológico acabara con ella.

Suena a pesadilla en potencia.

Bueno, pues sí y no.

Lo malo del experimento de San Francisco (aparte de las cuestiones éticas) fue que no tenían acceso al diseñador de la batería. Tuvieron que usar variedades supuestamente inocuas pero lo bastante inusuales como para que su propagación pudiese atribuirse a la prueba. Usar una bacteria benigna común no habría servido, porque ya andaría por toda la población de San Francisco antes del experimento.

Ahora podemos coger una variedad benévola como la *Neisseria lactamica*, y no un germen chaquetero como el *Streptococcus pneumoniae*, que puede mutar fácilmente en algo nocivo, añadirle unos marcadores al genoma y ver si nuestra variedad especial aparece en el terrorista C robándole el vaso del café de Starbucks y tomando muestras de todo lo que toque.

Por el milagro de la adaptación, hasta podemos hacer un cálculo aproximado de por cuántas personas tuvo que pasar nuestro espía bacteriano para llegar al terrorista C, lo que nos indicaría la «distancia» que hay entre ellos. Y luego usando un *software* que ayudé a crear, calcular el tamaño de la célula buscando el número de mutaciones encontradas en los terroristas D y E.

A algunas personas esto les parece aterrador; a mí, no. La probabilidad estadística de que, en un proyecto como este, se liberara una peligrosa variedad mutada de *Neisseria lactamica* es de aproximadamente uno partido por un billón, la misma probabilidad de que uno desencadene una supergripe que destruya a la humanidad la próxima vez que estornude *Streptococcus pneumoniae* en un McDonald's atestado de gente. Lo que a mí me parece aterrador es que un amigo mío me contó que, mientras aún se buscaba a Osama bin Laden, se habló en serio de idear una variedad particular de virus de la gripe que lo atacara solo a él. Los investigadores estaban convencidos al cincuenta por ciento de que podrían hacerlo con un presupuesto de varios miles de millones de dólares, pero tuvieron que explicar a los oficiales el otro cincuenta por ciento, que era que la más mínima mutación podría borrar de la faz del planeta a toda la familia de Bin Laden, incluidos los benevolentes. Y una mutación aún mayor, de hecho un simple fallo en la parte encargada de buscar sus marcadores genéticos específicos, tendría muchas posibilidades de llevarse por delante a un noventa por ciento de los primates del planeta, incluido el *Homo sapiens*.

El proyecto se abandonó. O eso me han dicho.

Hoy en día, los servicios de inteligencia tienen acceso a bacterias y virus diseñados artificialmente que pueden llevar a cabo una serie de tareas no letales, si se sabe qué pedirles. A estos gérmenes no se les da un nombre acorde con su verdadera finalidad, sino que se les asignan secuencias numéricas aburridas y se los cataloga para usos exclusivamente científicos.

He hecho un pedido especial de cinco variedades distintas de *Neisseria lactamica* con un par de modificaciones inusuales. Como no tengo acceso al equipo de un laboratorio profesional, ni siquiera a un buen escáner con chips de ensayo personalizados, tengo que ser capaz de detectar mis variedades sobre el terreno, razón por la que tienen un gen especial que hará que brillen en rosa bajo la luz ultravioleta cuando las rocíe con un compuesto de proteínas.

Así que antes de ir a colocar mis cámaras en los herbolarios, entraré en todos ellos y rociaré con mis sabuesos microbióticos todas las botellas de Snake Bite que encuentre.

Digamos que en venganza por el dolor de cabeza que aún tengo un día después.

Capítulo 46

Sesgo

Lo difícil no ha sido colocar las pequeñas cámaras espía cerca de los marcos de aluminio de las puertas de los herbolarios, ni siquiera rociar de gérmenes el inventario de Snake Bite mientras seguía al camión de reparto que hacía la ronda de tienda en tienda. Lo complicado ha sido revisar los miles de imágenes recogidas por las cámaras y reducirlas a las 323 personas que han pasado por esas puertas en dos días y medio.

La cámara que puse en Blessed Angel Spiritual Wonders el segundo día estaba un poco ladeada y las únicas imágenes que he podido usar son las capturadas del reflejo de la puerta cuando la gente pasaba por ahí.

De todas esas personas, tengo la sensación de que una podría ser Toy Man, algo alentador y frustrante a la vez porque la imagen es muy mala. Para más inri, soy consciente de mi propio sesgo: ya le he asignado mentalmente a alguien el papel del asesino y ese hombre encaja con la descripción. ¿Será porque coincide con lo que me contó Artice o porque él es la idea que yo tengo de un negro que da miedo?

Podría pasarme el día buscándoles las vueltas a mis prejuicios innatos, pero a la larga no reemplazarían la opinión de un experto.

En este caso, la del propio Artice. He pedido que dejen a Artice usar el servicio de videoconferencia de la cárcel para hablar conmigo, por si se acuerda de algo más que me pueda valer y para que sepa que sigo investigando y que no me he olvidado de él.

Mientras espero a que me entre la llamada, veo la luna menguante por la ventana de mi habitación, lo que me recuerda que quedan solo cuatro días para que Toy Man vuelva a matar, si respeta su calendario.

Aunque otros asesinos, habiendo una investigación en marcha, se abstendrían de actuar, sospecho que este no lo hará, por varias razones. La primera es que la policía lo está buscando en la parte equivocada del país y registrando una casa que abandonó hace años. Ni siquiera han encontrado su otro matadero de Los Ángeles. La segunda es que es arrogante. Al igual que otros asesinos inteligentísimos, quiere creer que sus actos son invisibles y que no lo pueden pillar. Parar sería como reconocer que la policía es por lo menos tan lista como él. La última razón por la que pienso que va a matar en luna nueva es que cree en la magia. Ese es el momento más poderoso del ciclo lunar para que él lleve a cabo su ritual de sangre.

Me avisa el ordenador y veo aparecer el rostro sombrío de Artice. No es el joven imperturbable al que vi la otra vez.

—¿Artice?

—Pasa, Theo.

Mira a un lado. Por lo general, hay un guardia en la sala cuando hacen estas sesiones, así que seguramente solo me lo está recordando.

—¿Estás bien? —pregunto.

—Sí… Eh… Hace un rato ha venido a verme la inspectora Chang…

—¿Chen?

—Sí, esa, y un fiscal del que no había oído hablar antes. Me han enseñado una foto y me han preguntado si era Toy Man.

—¿Y era?

Artice baja la cabeza y tapa un poco el auricular.

—Entre tú y yo, no. No he visto a ese tío en mi vida. Pero estaban empeñados en que dijera que sí.

—¿Te han dicho cómo se llamaba?

—Sí, no sé qué Sims.

Está claro que están presionando a su único testigo para que acuse al difunto sicario brasileño Ordavo Sims, pero ¿hasta dónde están dispuesto a llegar?

—Me han presionado mucho, tío. Me han dicho que solo tenía que plantarme delante de un gran jurado y decir que ese era el tío. Sin juicio ni nada. —Qué vergüenza, tentarlo con algo así. Procuro contener la rabia—. Pero yo he dicho que no estaba seguro. Entonces me han dicho que yo no era más que un crío por aquel entonces y que la cosa cambia cuando te haces mayor y los recuerdos se pueden distorsionar.

—¿Y qué ha pasado luego?

—Los he mandado a tomar por culo. Ya he pasado por esa mierda, cuando todos me decían que me había inventado lo de Toy Man. ¿Ahora creen que es real pero me van a decir quién es y quién no? Que les den. Me da igual lo que me pongan delante o las promesas que me hagan. Si no es Toy Man, no es, ¿sabes? No voy a dejar que me camelen sabiendo que ese tío anda por ahí haciendo daño a otros niños. ¿Cómo podría vivir con eso una persona decente?

Desde luego. Hasta un tío como Artice, un tipo que ha tenido sus líos con la ley, lo ve.

—¿Y ahora qué?

—Me han dicho que me dejan que me lo piense y que volverán mañana.

—¿Te han ofrecido algo concreto, algún acuerdo?

—No, pero tengo la sensación de que el fiscal estaba dispuesto a hablar con el juez de mi caso y hacer algo quizá. ¿Quién sabe? No me fío de ellos. Bueno, ¿qué tienes?

—Tengo unas fotos también. Por desgracia, no puedo hacer mucho por sacarte.

—Ya lo sé —dice, asintiendo con la cabeza—, pero si todo sale como la última vez que fuiste a por uno de esos cabronazos, me vale.

Toso.

—Eh... Espero que se resuelva con menos secuelas físicas esta vez.

Saco las fotos de la carpeta y las pongo de espaldas a mí. Me he tomado la molestia de barajarlas para no saber cuál es cuál. Quiero que Artice me dé su opinión, no una influenciada por mi lenguaje corporal. Todos pensamos que se nos da bien disimular esas cosas, pero, por lo general, cuanto mejor te crees en ello, peor se te da.

—Vale, te las voy a ir enseñando una por una. Cuando veas una que te parezca que es él, avísame y la dejaré a un lado. Te advierto que algunas están muy pixeladas.

—Lo pillo.

Se acerca más a la pantalla.

—No. No. No. No.

Ni siquiera lo duda.

—¿Necesitas más tiempo? —pregunto.

—¿Se te cansan las manos?

—Perdona, ¿y estas...?

—No. No. No. No. No... —hace una pausa.

Yo no estaba mirando a la pantalla, para evitar ver el reflejo de la imagen.

—¿Artice...? —digo, y bajo la fotografía. Está como hipnotizado, con los ojos muy abiertos y la boca entornada—. ¿Artice...? —repito.

—Es él.

—La aparto, por si acaso, y vemos las demás —propongo.

—No hace falta. —Niega despacio con la cabeza—. Es él.

—¿Para asegurarnos?

Asiente a regañadientes.

—Vale, pero el de esa foto es el cabronazo ese.

Le enseño el resto de las fotos y me dedica una serie de noes impacientes. Por fin llegamos a la última.

—No. Era la de antes.

Vuelvo la foto.

Es la misma que yo había pensado. Se la vuelvo a enseñar.

—¿Estás seguro de que es él?

Artice mira fijamente a la cámara, ignorando la imagen que le enseño, de forma que sus ojos se clavan en los míos. Hay frialdad y dolor en su semblante. Han dudado de él tanto tiempo... y ahora lo cuestiono yo.

—El muy capullo aún tiene el mismo Cadillac blanco —replica.

—¿Cadillac? —digo, volviendo la imagen.

Se trata de una de las fotos hechas al reflejo de la puerta, pero, en efecto, cuando miro la esquina superior de la imagen, veo la rejilla y el parabrisas inconfundibles de un Cadillac blanco.

La duda que me atormenta es si me habrá llamado la atención la foto por la expresión del hombre y el grafiti de Artice o habrá sido que mi cerebro animal, ese sistema de alarma primigenio que escucha ruidos y busca indicios de depredadores, ha visto el Cadillac pero no me lo ha comunicado conscientemente.

—¡Eh, doctor Cray!

Miro a la webcam.

—¿Sí?

—¿Sabes cómo se llama?

Niego con la cabeza.

—Es complicado. No quiero que sepa que voy tras él. Si el dueño de la tienda lo conoce, no quiero que le dé el soplo.

—Vale… ¿Y qué plan tienes? ¿Enviar una pista anónima a la policía? —dice con sarcasmo.

—No, eso no.

Observo la imagen en busca de más detalles. Por desgracia, la matrícula del coche la tapa un arbusto. Sin embargo, en la parte superior de la imagen veo algo en el salpicadero, un resguardo de aparcamiento...

—Voy a intentar averiguar qué es eso —digo, y le enseño la foto a Artice.

—Pues vas a necesitar un cacharro como los de *Blade Runner* para ver eso. Yo no veo más que un borrón.

Miro de reojo la tarjeta SD de la que ha salido la foto y empiezo a pensar en el algoritmo empleado para crear el archivo de vídeo de la imagen y en el que voy a tener que crear yo para generar una fotografía nítida.

—Ondículas, Artice. Ondículas.

Capítulo 47

Fourier

A principios del siglo XIX, el matemático y físico Jean-Baptiste-Joseph Fourier, que había acompañado a Napoleón en su expedición a Egipto, empezó a sentir fascinación por el concepto de transferencia de calor y el intercambio de energía entre dos cuerpos. ¿Cómo podía ser que uno de ellos no traspasara toda su energía al otro y viceversa? Esto lo llevó a plantearse muchas otras cuestiones.

Una de ellas fue tratar de resolver el acertijo de por qué la Tierra no era una bola de nieve gigantesca. Cuando Fourier calculó la distancia del Sol a la superficie de la Tierra, vio que no llegaba a nuestro suelo suficiente energía como para calentarnos. Eso lo llevó a descubrir el papel de la atmósfera y del vapor de agua del planeta en la regulación de la temperatura de la Tierra y, en última instancia, el efecto invernadero.

Sin embargo, fue su descripción de las funciones matemáticas de la transmisión de la energía lo que dio lugar a la transformada de Fourier. Muy resumidamente, se trataba de emplear la aritmética para reconstruir una señal mayor analizando solo partes más pequeñas de ella.

Las transformadas de Fourier se convirtieron en la base de la compresión informática y son la razón por la que puedo meter todas esas imágenes y vídeos de vigilancia en una diminuta tarjeta SD. El procesador no tiene que escribirlo todo en el chip de memoria, solo lo justo como para ofrecerme una imagen utilizable.

Lo malo de este tipo de compresión es que pierde información. Suponiendo que el diminuto objetivo de mi cámara espía hubiera sido capaz de refractar una imagen clara del salpicadero del Cadillac en el todavía más pequeño sensor fotográfico y que esa, a su vez, contase con la resolución necesaria para mostrar lo que ponía en el papelito, cuando el procesador la comprimió, cualquier dato útil pudo haberse perdido.

Sin embargo, precisamente por la tendencia a la pérdida de datos de las transformadas de Fourier, los matemáticos empezaron a estudiar otras técnicas de compresión y reconstrucción. La compresión de ondículas se basaba en la idea de emplear la onda completa de una señal y crear una versión sin pérdidas obteniendo la función exacta que la generó. Aunque es mucho más exigente con el procesador que una transformada de Fourier, usa la memoria de forma más eficaz.

Por desgracia, mi cámara espía emplea los algoritmos basados en la transformada de Fourier que producen compresión con pérdidas, así que no puedo recuperar muchos datos de la fotografía, pero puedo usar las mismas mates que sostienen la teoría de las ondículas para reconstruir una señal en el tiempo.

El *software* fotográfico que puede extraer una imagen nítida a partir de una fotografía borrosa provocada por la vibración de la cámara funciona calculando el tiempo que el obturador ha estado abierto y midiendo la cantidad de vibración. Al tratar los fragmentos borrosos como si fueran pinceladas, puede retroceder en el tiempo y deducir cómo era la punta del pincel o la forma del ojo.

Cuando el sospechoso cruzó la puerta y activó el detector de movimiento de la cámara espía, esta grabó unos cuatro segundos de vídeo. Como yo estaba usando el sistema de compresión Motion

JPEG para el vídeo, a quince fotogramas por segundo, mi camarita hizo sesenta fotografías de su rostro y de la parte delantera de su coche. Dado que la puerta se estaba moviendo, captó su rostro desde distintos ángulos, como si se hubiera usado un escáner para obtener una imagen tridimensional de su cabeza.

Usando *software* comercial, he logrado obtener un modelo 3D de esas imágenes. Conseguir datos de contorno ha sido fácil porque tenía la cabeza bastante cerca del cristal, pero intentar obtener una imagen más nítida de lo que hay en el salpicadero del Caddy es más complicado, porque se trata de un objeto bidimensional fotografiado desde sesenta ángulos ligeramente distintos.

Pero no todo está perdido. Parte de la magia de la transformación de ondículas consiste en que yo puedo introducir determinados factores conocidos que proporcionan al *software* más información de la que se ve en la imagen. Aunque el salpicadero del Cadillac es solo un rectángulo para el algoritmo, yo sé con exactitud cuántos centímetros mide de lado a lado y puedo calcular con precisión a qué distancia estaba de la puerta y del objetivo de la cámara cuando se hizo la fotografía.

Al estabilizar el cuadradito del papel en un espacio 3D, puedo superponer todas las demás imágenes, prever los cambios especulares, calcular la refractividad del papel y hasta, con un poco de inteligencia artificial, generar una representación lo más aproximada posible de ciertos objetos de la imagen.

Cinco horas después, tengo en la mano una copia de lo que hay en el salpicadero… bueno, casi. Distingo lo que se supone que es un código de barras y podría incluso reconstruirlo si tuviera muestras de otros códigos de barras con los que deducir lo que son las barras borrosas, pero lo importante es el logo, que se ve nítido e inconfundible.

He pasado veinte minutos buscando en internet un aparcamiento de Atlanta que tenga una doble *E* como logo y estaba a punto de ampliar la búsqueda a todo el estado cuando he caído en la cuenta de que con toda esa magia matemática de la que me siento tan orgulloso, se me ha olvidado invertir la imagen, porque es un reflejo. He hecho lo mismo con la imagen de Toy Man y le he puesto la cicatriz del ojo izquierdo en el derecho, que es donde tenía que estar.

El número 33 de Peachtree es la ubicación del aparcamiento y donde el sospechoso tenía el coche antes de aparcarlo en la calle, delante del herbolario. El aparcamiento forma parte de un edificio de oficinas de cuarenta plantas. Si volvió allí después de ir a la tienda, quizá mis pequeños sabuesos microbianos aún estén ahí...

Capítulo 48

Fotomatón

Encerrado en la habitación del hotel, tramando mi elaborado plan para observar a esas pequeñas bacterias de rastreo en la naturaleza, pasé por alto la dificultad de hacerles un seguimiento en su medio natural o, más bien, a las siete de la tarde en un edificio de oficinas todavía ocupado.

Mi objetivo es ver si los microbios aparecen en los botones de los ascensores y en los pomos de las puertas de las plantas a las que me conduzcan los botones contaminados. Lo malo es que mis chiquitinas solo brillan si las rocío con un preparado especial de treonina y glucosa y las expongo a la luz ultravioleta. Como ese brillo es demasiado leve para detectarlo en un espacio cerrado con iluminación estándar, debo colocar las muestras en un cuarto oscuro virtual y observarlas directamente o con la cámara del iPhone.

Aunque en un mundo de fantasía me daría tiempo a inundar el sistema antiincendios entero con mi catalizador de brillo y después idear un superjaqueo para provocar un apagón en toda la ciudad, tengo que pensar en un plan algo más pedestre.

La solución a mi problema se me ocurre al ver de pronto una de las cajas de los pedidos de Amazon Prime que amenazan con sacarme de la habitación del hotel, como cuando los *tribbles* inundaron la nave del capitán Kirk en aquel episodio de *Star Trek*. Recorto el fondo de una caja mediana y luego lo pego como si fuera una puerta y monto dentro de la caja mi luz UV. De ese modo, puedo abrir la solapa y pegarla a cualquier superficie sospechosa para echar un vistazo. Además, caigo en la cuenta de que, como Amazon trabaja con mensajerías independientes, probablemente podría hacerme pasar por un mensajero que va a hacer una entrega. Preparo deprisa una etiqueta dirigida a Thompson Consulting, en la vigésima planta del edificio. Me miro por última vez en el espejo para asegurarme de que no canta que soy un bioinformático disfrazado de mensajero que ha soltado secretamente a la población un microbio sin testar genéticamente.

Cuando me detengo a la entrada del número 33 de Peachtree, aún siguen entrando y saliendo vehículos del aparcamiento subterráneo, pero está prácticamente vacío. La barrera de entrada me escupe un tique y me siento un poco orgulloso de ver que se parece mucho al que yo he conseguido extraer de la foto, solo que en este se lee el código de barras sin tener que recurrir a la criptografía.

Encuentro una plaza libre bastante cerca de los ascensores del vestíbulo y resisto la tentación de verificarlos. Si los de seguridad están vigilando, no quiero que me echen a patadas ni que me detengan antes de que me dé tiempo a comprobar los ascensores principales.

Me empiezo a angustiar cuando subo y pulso el botón del vestíbulo. No he estudiado el sitio y no tengo ni idea de si la entrada está vigilada o si tendré que registrarme. Cuando se abre la puerta, me encuentro mirando de frente a la entrada y a los ojos de un guardia de seguridad sentado a un escritorio. Hay dos ascensores a la izquierda y dos a la derecha, pero ahora mismo me está mirando a mí. Agito la caja en el aire como si fuese una especie de pase universal para todo.

—¿Sabe a qué planta va? —pregunta.

Titubeo un segundo, luego me acuerdo de leer la etiqueta, lo que le da un poco de autenticidad a mi vacilación.

—Eh… a la veinte.

—Coja cualquiera de los de su izquierda —me dice.

—Ah, gracias —respondo con amable disimulo de un adolescente que se cuela en una película para mayores de edad.

Me planto delante de las puertas de color bronce y espero a que se abran. Los números de las plantas van de la once a la veinte, lo que significa que, cuando termine de examinar los ascensores de las plantas superiores, tendré que bajar un piso por las escaleras para pillar los que paran de la uno a la diez.

—Tiene que pulsar el botón —me grita el guardia de seguridad desde la otra punta del vestíbulo.

—Ah, vale.

Lo hago y las puertas se abren enseguida. Subo, pulso el número 20 y suspiro aliviado. Mientras sube el ascensor, caigo en la cuenta de que debo hacer algo aquí. Ya me he limpiado y desinfectado bien las manos en el coche para asegurarme de no trasladar ninguna de las variedades de la bacteria al edificio, con lo que, como mínimo, no tengo que preocuparme por la posibilidad de contaminar los botones yo mismo. Saco del bolsillo el frasquito de activador, rocío los botones y salgo al rellano. Por si el amable guardia me está observando por la cámara de seguridad, hago que voy a Thompson Consulting y doy media vuelta.

Procuro no mirar alrededor para ver si hay cámaras. Uno de los trucos del camuflaje urbano es parecer lo bastante aburrido, así la gente se cansa enseguida de mirarte.

Me dirijo al otro panel de ascensores, pulso el botón de llamada y, cuando se abren las puertas, meto el brazo y rocío los botones también y es entonces cuando se me ocurre una cosa... ¿Y si el guardia me está viendo por una cámara instalada dentro del ascensor? ¿Podría hacerle creer que soy un excéntrico germofóbico?

Prefiero no saberlo.

Pulso el botón del número 11, retrocedo y llamo a mi ascensor original. Cuando llega, ya tengo la luz UV encendida y la solapa del fondo de la caja abierta. Tengo que darme prisa si quiero comprobar los cuatro ascensores.

En cuanto entro, me arrodillo, pego la caja a los botones y me felicito por no tocar impulsivamente ninguno, hacer que se ilumine y estropear mi pequeño cuarto oscuro. Al mirar dentro de la caja, veo solo la luz púrpura de mi lámpara UV. Ninguna mancha significativa.

Tengo presente, como es lógico, la posibilidad de que el sospechoso haya subido al ascensor, le haya pedido a alguien que pulsara su piso y no haya dejado rastro.

Mando el ascensor a la planta decimoprimera y salgo de nuevo.

Mientras espero al otro ascensor, intento calcular el tiempo de que dispongo antes de que el guardia se dé cuenta de que no he bajado. ¿Llamará a la policía o vendrá a por mí él mismo? Cualquiera de las dos cosas me parece aceptable mientras consiga los datos que necesito. En realidad, no estoy haciendo nada ilegal, suponiendo que la Carta de Londres no ahonde mucho en cuestiones de microbiología.

Entro de nuevo en el segundo ascensor que he rociado, me arrodillo y cubro el panel con la caja. Me encuentro con una mancha fluorescente. «Hola, amiguitas. Me echabais de menos. ¿Las... dos colonias?» Ha pulsado dos botones, los números 14 y 17. A lo mejor ha tenido el detalle de pulsar el piso de otra persona. Qué majo. Eso significa que tengo que examinar dos plantas, con entre diez y quince despachos cada una.

Cuando pulso el botón de la planta decimoséptima, la emoción de la persecución me produce un subidón de adrenalina y, el miedo a que me descubran, retortijones.

Capítulo 49

Ronda rápida

«Este es el plan», me digo en los cinco segundos que tardo en bajar de la planta vigésima a la decimoséptima: voy a recorrer el pasillo a toda velocidad y a rociar los pomos de todas las puertas por las que pase, luego daré media vuelta y miraré los pomos uno por uno con la cámara oscura lo más rápido posible. Contando con que haya a lo sumo treinta puertas y que tarde unos diez segundos en ir de una a otra, necesitaré como mucho cinco minutos por planta.

Con un poco de suerte, me toparé con mis microbios en los primeros intentos, pero sé suficientes matemáticas como para entender que es igual de probable que los detecte en el último grupo, mucho después de que alguien haya informado de que hay un chiflado en la planta decimoséptima que intenta colarse en los despachos con una caja de Amazon. La idea me parecía mucho mejor en la habitación del hotel.

Se abren las puertas del ascensor y zigzagueo por el pasillo, mirando por encima del hombro, rociando los pomos y sin prestar atención a lo que rezan las placas de los despachos. Siempre puedo mirarlo en el directorio luego. Ahora mismo lo que necesito es velocidad.

Llego al final del lado izquierdo con el espray en la mano y caigo en la cuenta de que, en vez de ir de un lado a otro del pasillo como un marinero borracho, podría haberme pegado a un lado hasta llegar al final y luego haber hecho el otro de vuelta. Por algo me contrató la DIA para hacer un trabajo de oficina y no trabajo de campo.

Cuando paso por delante del panel de ascensores para empezar a rociar los otros pomos, oigo la campanita de un ascensor que llega a esa planta y me quedo de piedra. Sale una mujer con una caja de *pizza* grande, me ve, sonríe y enfila el pasillo. La veo detenerse delante de una puerta y caigo en que tiene que sacar las llaves.

—Deje que la ayude —le grito y corro hacia su despacho.

Me meto el paquete de mentira debajo del brazo y cojo la *pizza* con la otra mano.

—¿Qué es eso? —me dice mientras busca las llaves en el bolso.

Estoy a punto de contestar que no suelen decirme lo que contienen los paquetes cuando miro al suelo y veo que la solapa se ha abierto y que la caja brilla de un púrpura fosforescente por dentro como si fuera una discoteca para ratones.

—Un... experimento de ciencias —contesto.

Por la cara con que me mira, creo que me habría salido mejor lo de los ratones.

Sujeta la puerta con el pie, coge la *pizza* y prácticamente me llama rarito con la mirada.

—Diviértase.

En cuanto cierra la puerta, me arrodillo y planto la caja en el pomo para ver si está compinchada con Toy Man. No hay nada, pero espero que disfrute del *pepperoni* con sabor a treonina, que, bueno, no es agradable.

Paso a la siguiente puerta, cubro el pomo y miro: nada. Igual con las ocho siguientes.

Se me empieza a acelerar el pulso de pensar que esa mujer pueda llamar a seguridad, pero sigo. No pienso rendirme hasta que me echen o me detengan.

Cuando llego al final del pasillo, intento encontrar un modo de llegar a todas las puertas de la planta decimocuarta lo más rápido posible sin parecer un vendedor ambulante y entonces me preguntó qué voy a hacer si las huellas de ese tío no aparecen por ninguna parte porque alguien le haya abierto la puerta. ¡Puñetera hospitalidad sureña!

«Cada cosa a su tiempo, Theo.» Siempre puedo aparcar cerca de los ascensores del aparcamiento y esperar a ver si aparece. Incluso podría plantar una cámara en los ascensores principales, apuntando a la botonera. Me digo que tengo opciones. No ver ninguna mancha fosforescente no será el fin del mundo... Bueno, para mí, no.

Lo que me angustia es la probabilidad de que Toy Man ya haya elegido a su siguiente víctima y esté generando una ocasión para atraparlo en la calle. La aparición de Ordavo Sims me ha hecho sospechar que podría ser una especie de cómplice del asesino. Puede que incluso se sirviera de unos alicates para robarle la bicicleta a Christopher Bostrom no solo por conveniencia, sino para que le resultara más fácil ofrecerse a llevarlo a casa en coche. Supongo que un chaval agobiado por que le hubieran robado la bici tuvo que ser vulnerable y presa fácil de un hombre que se ofreciera a comprarle una nueva si subía a su coche.

Solo de pensarlo me cabreo tanto que miro un pomo, lo descarto y ya he enfilado el pasillo de vuelta cuando de pronto caigo en la cuenta de que acabo de ver una mancha fosforescente. Vuelvo corriendo, me arrodillo otra vez y miro con la caja. Hay bacterias fosforescentes por toda la puerta.

«Toy Man ha entrado por esta puerta.»

Hago una foto con el iPhone y, gracias a la resistencia del agente de suspensión que impregna las bacterias, consigo una huella parcial.

«Ha estado aquí hace unas horas…»

Se me hiela la sangre.

«Aquí mismo…»

«Ha tocado *esta* puerta.»

De pronto, Toy Man es más que un fantasma. Es un hombre de verdad que se mueve por el mismo plano existencial que yo. Retrocedo para ver en qué despacho se ha metido. ¿Será su despacho? ¿Estaría aquí de visita? ¿Qué habrá pasado?

Cuando leo lo que pone en la puerta, me sobresalta casi tanto como si hubiera escuchado la voz de quien contesta el teléfono saliendo desde el interior del auricular. Jamás un puñado de palabras me había producido semejante vuelco del corazón.

Me quedo tieso.

La placa de la puerta reza: **Departamento de Seguridad Nacional.**

Capítulo 50

Lugar seguro

Podría haber mil razones para que haya entrado en ese despacho. Ninguna me tranquiliza. La sola idea de que ese hombre horrible pueda cruzar tranquilamente esa puerta mientras, en la otra punta del país, la policía intenta reconstruir sus crímenes me resulta aterradora. Me confunde aún más el hecho de que este es un despacho auxiliar, no la central de Atlanta, esos sitios donde instalan divisiones cuando se quedan sin espacio o necesitan mantener separadas ciertas actividades. La pregunta es la siguiente: ¿cuáles?

Pulso el timbre antes de decidir si es prudente o no.

¿Y si contesta él?

—¿En qué puedo ayudarlo? —dice una voz de hombre por el interfono.

Levanto la vista y veo una cámara pequeña apuntándome. ¿Me habrá visto alguien cuando estaba examinando el pomo con la caja? ¿Tendré que contestar preguntas incómodas sin me dejan pasar?

Saco el carné de colaborador de la DIA y lo enseño a la cámara.

—Hola… Tengo una pregunta sobre alguien que quizá trabaje aquí.

Se oye un zumbido y se abre la puerta.

—Pase, doctor Cray.

La cámara tiene un sistema de reconocimiento de imagen que ha leído mi carné en una décima de segundo. Ahora no solo saben cómo me llamo: ahora lo saben todo de mí.

Agarro el pomo, el mismo que ha tocado el asesino, y entro.

La oficina es pequeña. El mostrador de recepción casi ocupa todo el ancho de la sala, delante de unas puertas de cristal. A su derecha hay una puerta corriente cerrada, que supongo que conecta con otra oficina, con lo que es posible que el DHS tenga otro acceso secreto en la puerta contigua. Detrás del mostrador hay un joven blanco vestido con camisa blanca y corbata, sentado al ordenador. Junto al teclado, un sándwich a medio comer del Subway.

—¿Qué puedo hacer por usted? —pregunta cordialmente—. Casi todo el mundo se ha ido a casa ya.

Miro fijamente las puertas de cristal que tiene a su espalda y leo los cargos.

Jack Miller: Adjunto—Internacional

Kim Dunn: Enlace—Internacional

Carter Valchek: Comunicaciones Internacionales

Son espías y la repetición de la palabra «internacional» me indica que no se dedican a asuntos internos, sino que son empleados del servicio de inteligencia que mantienen conversaciones con otros espías de países extranjeros. Son agentes antiterroristas encubiertos. Encubiertos porque no se habla de terrorismo ni de narcóticos.

Solo me han abierto la puerta por el carné de la DIA. De lo contrario, me habrían dicho que fuese a la central. Estoy convencido.

Procuro inventarme una mentira convincente con la que no me pille los dedos.

—He estado en la otra oficina... y me han mandado aquí. —Saco del bolsillo una copia impresa de la imagen de mi cámara espía, no la mejor, sino la tridimensional reconstruida—. Una de mis compañeras resultó herida en un atropello con fuga. Estamos intentando encontrar testigos. Dice que habló con este hombre justo antes y cree que él podría respaldar su testimonio.

El recepcionista mira fijamente la fotografía, luego me mira a mí un segundo y vuelve a mirar la foto. Niega suavemente con la cabeza, un gesto que hacemos inconscientemente cuando mentimos.

—¿No trabaja aquí?

Niega rotundamente, eso es lo que solemos hacer cuando sabemos que lo que nos dicen es verdad.

—No, no trabaja aquí.

Podría pedirle que me enseñase las grabaciones de la cámara, pero eso sería una violación de la seguridad y tampoco reconocerá que está mintiendo.

Toy Man ha estado aquí. Puede que no trabaje aquí, pero ha venido por algo lo bastante importante como para que este hombre me mienta.

—Entonces, ¿no es un asunto de la DIA? —pregunta, cayendo de pronto en la cuenta de que no tendría que haberme dejado entrar.

—No puedo decírselo —contesto para dejarlo con la duda.

—Bueno, puedo preguntar. Déjeme un número para que lo llamen y, si quiere, déjeme también la foto.

Aunque estoy seguro al noventa y nueve por ciento de que este hombre conoce a Toy Man, estoy convencido de que no tiene ni idea de quién es de verdad. Si dejando la foto y el número de mi móvil de prepago consigo que sospechen de él, mejor que mejor.

Anoto el número y se lo paso al recepcionista.

—Me vendría muy bien cualquier ayuda. Tenemos que hacerle unas preguntas sobre Los Ángeles —añado para que suene aún más siniestro.

El recepcionista coge la fotografía y la coloca en el mostrador, sin molestarse en leer el número ni volver a mirar la imagen.

—Me encargaré de ello —dice.

Le doy las gracias y salgo al pasillo. Si no hubiera una cámara a la entrada, me agacharía a pegar la oreja a la puerta para ver a quién llama para comentarle mi visita.

Vuelvo al coche sin dejar de hacerme preguntas y plantearme escenarios hipotéticos.

¿Qué tiene que ver Toy Man con el Departamento de Seguridad Nacional?

¿Será un informador? ¿A quién informa? ¿De qué?

Hay una pequeña probabilidad de que averigüe quién es. Hasta ahora no he querido usarla porque la cantidad de falsos positivos es inmensa, pero ahora que dispongo de otro dato, podría filtrar muchos de esos falsos positivos y obtener respuestas válidas.

Capítulo 51

Inseguridad

El mundo de la inteligencia comprende muy distintas categorías de información, que van de la información pública, como las guías telefónicas, a información muy secreta, como las conversaciones que mantienen las personas que figuran en esas guías.

Como colaborador de la DIA a través de OpenSkyAI, tengo un acceso limitadísimo a la información. Acudo a sesiones informativas relevantes para la actividad en la que participo como observador y a veces incluso me contestan a preguntas que les parecen relevantes.

Los verdaderos agentes de la DIA, como Birkett, tienen acceso a una mayor cantidad de información por medio de un portal de inteligencia, pero incluso eso tiene sus propias restricciones y salvaguardas. Para cualquier consulta tiene que identificarse. Si decidiera ver si un exnovio ha estado usando otro teléfono móvil, información que probablemente esté almacenada en algún servidor de un sótano de Virginia, saltarían las alarmas y la acusarían de un delito grave, suponiendo que alguien quisiera encargarse del caso.

Pero incluso la investigación relacionada con un asunto de trabajo puede ser complicada. Montones de veces le he pedido alguna información y me ha contestado que a los jefazos no les parecía esencial o, peor, he descubierto que la información era completamente errónea o estaba desactualizada.

Aunque tengo claro que debemos estar atentos y proteger nuestros secretos, es un consuelo darse cuenta de que casi todo lo que el gobierno tiene sobre nosotros está enterrado bajo kilómetros de papeleo. Por eso muchas veces, después de que pase algo malo, descubrimos que otro servicio de inteligencia había estado ocultando un informe y no había hecho nada, porque ni siquiera sabían que lo tenían.

Con frecuencia cada vez mayor, una de las fuentes de inteligencia más fiables de la DIA, y una a la que puedo acceder sin problema, son los servicios privados de inteligencia que se venden a corporaciones y sociedades de inversión.

Si llamara a la CIA para preguntar si el Chengdu Aircraft Industry Group está construyendo un caza J-20 en un parque empresarial abandonado a ochocientos kilómetros al oeste de Sichuan, me contestarían con una lacónica reprimenda sobre información clasificada. Sin embargo, si me identifico en el portal de Strategic Development Awareness, una empresa privada de Albany, Nueva York, y tecleo una consulta sobre la producción de cazas, me sale un mapa por satélite donde se ve toda la energía que se está consumiendo en una «zona industrial abandonada» e imágenes de una autopista recién construida que es más larga de lo normal y sería una pista de aterrizaje perfecta.

Para Boeing y Lockheed, esta información es utilísima a la hora de preparar sus futuros contratos con los gobiernos de India y Arabia Saudí cuando se enteran de pronto de que los generales de las fuerzas aéreas del Ejército Popular de Liberación podrían estar susurrándoles al oído.

Aunque el portal de SDA no me va a decir si el agregado ruso en Nueva Zelanda es en realidad un espía del círculo íntimo de Putin, hay un portal satélite, llamado Global Connect, que es una especie de LinkedIn con el que averiguar el grado de relación entre los diversos organismos y miembros del gobierno. Puedo introducir el nombre del agregado y descubrir que suele salir más rentable enviar a través de él las peticiones que tengan un resultado positivo neto en los activos personales de Putin que mandar un agregado ruso a Australia.

No es difícil adentrarse en el sistema y averiguar quiénes son las «fuentes internas» que hablan con *The Washington Post*, ni qué políticos mexicanos tienen más relaciones comerciales que políticas con los bolivianos implicados en la exportación de cocaína.

Casi toda esta información se recaba por medios completamente legales y es algo que el gobierno estadounidense fomenta, porque, aunque sería una violación de los acuerdos comerciales que la CIA le contara a Boeing lo que sus espías han descubierto en las fábricas chinas, supuestamente beneficia al déficit comercial de Estados Unidos que Boeing disponga de la misma clase de información que Pekín roba constantemente de los ordenadores estadounidenses y facilita a sus empresas de forma periódica.

Así que, aunque para mí sería maravilloso meter la fotografía que tengo de Toy Man en uno de los portales de la DIA, la CIA o la NSA para obtener posibles coincidencias con sus historiales y sus fichas dentales, no tengo esa clase de acceso. En teoría, mi habilitación de seguridad está a la par con la de la persona que contesta al teléfono en el mostrador de recepción de la central de la DIA, pero puedo usar portales privados como Global Connect o Face Tracer para buscar posibles pistas.

Igual que los otros portales, Face Tracer es más preciso cuando hay dinero en juego. Si Toy Man es un estratega contador de cartas al que han echado de varios casinos o visto en Amberes vendiendo diamantes de dudosa procedencia, es muy probable que consiga una coincidencia fiable. Si no, será solo uno de esos siete mil millones de personas que tienen varios miles de individuos que se les parecen de algún modo.

Una vez encontré seis tíos solo en Indiana que se parecían a mí. Así que Face Tracer no es el comienzo más prometedor. A eso hay que añadir el polémico inconveniente de que casi todos los algoritmos de detección facial se prueban con rostros blancos o asiáticos, debido a una combinación del modo en que se refleja la luz en la piel y del sesgo inherente al investigador. Eso significa que probablemente Face Tracer generará unos cuantos falsos positivos, pero ya estoy preparado para eso.

Subo las imágenes, las originales del reflejo de la puerta y mis reconstrucciones y dejo que el sistema empiece a revisarlas. Primero intenta crear sus propios datos: distancia entre las pupilas y los orificios nasales, forma de las cejas y demás, sobre todo las orejas, que son casi como huellas dactilares. Luego el sistema consulta una base de datos con miles de millones de imágenes. Algunas están sacadas de redes sociales, otras de periódicos y de miles de fuentes más.

Y zas, Face Tracer me presenta siete resultados. Menos de los que esperaba, lo que me hace pensar que quizá el asesino no esté entre ellos. Descarto tres de inmediato porque su perfil no encaja. Otros dos son solo imágenes con datos parciales. Los dos últimos, uno con un noventa y seis por ciento de probabilidad y otro con un noventa y ocho, parecen el mismo hombre. Sin embargo, según Face Tracer, no lo son. Además, cuando meto los nombres en Global Connect, me salen dos biografías distintas. Una es de un tal Oyo Diallo, un ayudante de un caudillo nigeriano que luego desapareció tras un conflicto con Boko Haram. El otro es un predicador pentecostal llamado John Christian. Paso de una imagen a otra. Es increíble que puedan parecerse tanto y ser tan distintos. Luego leo las biografías y todo empieza a cobrar sentido.

«Joooder. Son el mismo hombre.»

¿Cómo se convierte el líder de un escuadrón de la muerte africano en un pastor cristiano del sur de Estados Unidos? La pregunta produce escalofríos, pero voy a tener que encontrar una respuesta sólida antes de denunciarlo al FBI o a la autoridad que corresponda.

A primera vista, parece un disparate, pero, después de consultar unas noticias y aclarar algunos precedentes históricos que me rondaban la cabeza, la conexión resulta cada vez más plausible.

En 2016, empezó a verse en las noticias una historia perturbadora. Un guardia de seguridad que trabajaba en el Aeropuerto Internacional de Washington-Dulles resultó ser un antiguo hombre fuerte somalí acusado de crímenes de guerra. Supuestamente había cometido atrocidades tales como matar a personas arrastrándolas colgadas de la parte de atrás de un *jeep*, incendiar pueblos y ordenar ejecuciones en masa.

Aunque esas acusaciones solo se estaban planteando en tribunales civiles, porque Estados Unidos no tenía jurisdicción sobre esos actos, la gente se quedó atónita al saber que había pasado los controles de antecedentes del FBI y de la TSA. Y eso a pesar de que el visado de su mujer se cuestionó al descubrirse que aseguraba ser refugiada del conflicto que su marido había contribuido a crear.

Una búsqueda rápida revela que, según los grupos defensores de los derechos humanos, en Estados Unidos viven por lo menos mil criminales de guerra reconocidos, algunos de ellos por delitos tan feos como el de John Christian/Oyo Diallo.

Aunque entre los nativos de este país también hay individuos que han ido a otros países a cometer atrocidades en tiempos de guerra (y pese a que nuestro gobierno ha hecho históricamente unas cuantas excepciones con personas de gran valía, como los lumbreras alemanes que nos trajimos al finalizar la segunda guerra mundial), la idea de que un hombre como Oyo pudiera campar a sus anchas me pone la carne de gallina. ¿Qué pobre refugiado no conseguiría asilo aquí porque Oyo supo burlar al sistema o algún funcionario del gobierno se quedó dormido en su puesto?

Tardo unos minutos en encontrar una imagen que coincida exactamente. Por más que resulte imposible tamaña coincidencia, la cronología cuadra perfectamente: un año después de la desaparición de Oyo, aparece John Christian. Ambos tienen antecedentes pentecostales, una fe que no es inusual en África Occidental. Los dos tienen la misma cicatriz en el ojo.

Lo que es aún más convincente, al menos con mi reciente visión cínica del mundo, después de haber pasado el último año en operativos antiterroristas, es que la labor misionera de John Christian sería la tapadera ideal para un traficante de armas que enviara armas a regiones asoladas por la guerra.

Sobre el papel, el caso se sostiene bien, pero necesito conseguir más pruebas para no parecer un conspiranoico cuando intente señalar que el verdadero Toy Man no solo no murió hace unos días en una prisión brasileña antes de que pudieran extraditarlo, sino que, en realidad, es un criminal de guerra que vive como pastor en Georgia.

Capítulo 52

Geolocalizador

Un día después, tengo tres direcciones que puedo relacionar con John Christian.

La primera es una casita situada en las afueras de Atlanta. Cuando paso por delante en coche, salvo que tenga un sótano inmenso, llego a la conclusión de que no es su matadero. Para empezar, se encuentra en un vecindario donde las casas están muy juntas y no tienen tapia. La suya es una vivienda de una sola planta, dos dormitorios con un pequeño jardín trasero que se ve desde la calle y un salón con un ventanal por el que se adivina un interior espartano con un crucifijo bastante grande colgado de la pared.

Es donde uno esperaría encontrar a un hombre de Dios sencillo, no a un peligroso depredador al que le gusta tener intimidad. La casita es justo lo contrario de la casa de Wimbledon, lo que refuerza mi sospecha de que dispone de múltiples domicilios para desplegar los distintos aspectos de su vida. Una cosa es el hogar de John Christian y otra cosa son las guaridas de Toy Man.

No veo ningún coche al pasar, así que bajo, hago unas fotos y sigo mi camino.

La segunda propiedad asociada a él es su parroquia. El templo, a unos quince kilómetros de su casa, es una construcción metálica vieja, pintada de blanco y asentada en una parcela de unos dos mil metros cuadrados con algunos otros edificios.

Allí, en el centro del aparcamiento, junto a otros cinco vehículos, está el Cadillac de la pesadilla de Artice. Es como ver la aleta del tiburón surcando las aguas en pleno océano. Sabes que existe, pero se ha estado escondiendo muy por debajo de las olas.

Ahora forma parte de mi mundo.

Mi plan es muy simple: creo que Oyo tiene otra propiedad que no soy capaz de localizar por los registros catastrales, un sitio que no quiere que nadie conozca. Cuando haya luna nueva, dentro de tres días, allí será donde vuelva a actuar. Para impedírselo, debo saber dónde está ese lugar.

No soy un vigilante avezado; además, ellos trabajan por equipos. Si quiero pillarlo, tendré que recurrir a algo un poco más directo y arriesgado, como detener mi coche al lado del suyo un minuto y rezar para que no salga y me vea. Es ilegal, pero ahora mismo ya me da igual. Por ahí hay un chaval cuya vida depende de mí.

Me cuesta virar hacia el aparcamiento, tanto como si intentara empujar el timón de un inmenso velero. Ignorar la tormenta que Oyo está a punto de descargar sería mucho más fácil. Enfilo el pequeño camino asfaltado y ocupo la plaza contigua a la de su Cadillac, un automóvil que parece tener solo unos años de antigüedad y lleva matrícula de California. Sospecho que los alquila o se compra uno nuevo cada equis años, no por vanidad, sino porque así es imposible encontrar pelos y fibras de delitos anteriores.

En el momento más crítico de sus sospechas, la policía estuvo sentada, literalmente, enfrente de la casa de Ted Bundy, esperando una orden de registro mientras él lavaba su Volkswagen Beetle y hacía desaparecer las pruebas forenses que andaban buscando desesperadamente.

Inspiro hondo y saco el mapa que estoy usando para encubrir mis actos. Es un pequeño anacronismo, pero sigue siendo creíble.

Ya tengo preparada una pregunta de turista que puedo hacer al primero que me vea, si fuera necesario. Con el mapa en el volante, saco mi pequeño dispositivo y me aseguro de que funciona todo. Como no tengo acceso a esos modelos tan finos como el papel que emplea la DIA en sus operaciones, me veo obligado a improvisar con la esperanza de que Oyo no esté tan paranoico como para hacer un barrido de su vehículo en busca de geolocalizadores. Mi cacharro es un simple móvil corriente comprado en el Walmart, conectado a una batería USB y metido en una cajita negra que he conseguido en RadioShack. Pegado a la caja va el imán de neodimio más grande que he podido encontrar sin tenerlo encargado con antelación.

Me aseguro de que no viene nadie, abro la puerta y me tiro al suelo. Si alguien me sorprende en esa postura tan rara, ya llevo mi móvil en la otra mano para poder levantarme y fingir que se me había caído. Mientras, agachado y nervioso, trato de pegar el geolocalizador en los bajos del Cadillac, levantando todo el rato la cabeza por encima de la puerta como una ardilla inquieta: no, no estoy hecho para el trabajo de campo. Me cuesta una eternidad encontrar un sitio donde colocarlo y, cuando lo consigo, hace tanto ruido que puede que lo hayan oído hasta en la iglesia. Pero nadie sale corriendo de allí. Le doy a la caja del transmisor chapucero un buen tirón. Bien. Por lo menos no va a salir volando.

Vuelvo a mi coche, todavía a tope de adrenalina. Compruebo de nuevo que no me observan y me dispongo a salir de la plaza de aparcamiento. Me alejo de la iglesia y me meto en una gasolinera que hay al otro lado de la calle, media manzana más abajo. Mientras lleno el depósito del vehículo de alquiler, no le quito la vista de encima al Cadillac de Oyo, por si sale corriendo a ver que le estaba haciendo a su coche ese tipo misterioso. No sale.

Cuando termino de repostar, me planteo si debería quedarme a esperar a ver qué hace ahora, pero decido que mis aptitudes no están a la altura de esa labor. Lo mío es el análisis de datos y no estas mierdas sobre el terreno. Como ya he demostrado en repetidas ocasiones, ese no es mi mayor talento.

Lo siguiente es echar un vistazo al tercer domicilio que he encontrado asociado a Toy Man y su iglesia. Me ha disparado un montón de alarmas en la cabeza, pero me parece demasiado descarado. No me imagino a Oyo cometiendo sus crímenes en un sitio donde a la policía le costaría tan poco conseguir una orden de registro, pero ¿quién sabe? A lo mejor está comodísimo con su identidad de John Christian.

Capítulo 53

Retiro

Al indagar en el ministerio de John Christian/Oyo Diallo, he descubierto que disponen de una pequeña propiedad al oeste de Atlanta, cerca de Sweetwater Creek State Park. Según Google Earth, la propiedad, llamada Campamento Cristiano para Niños, está constituida por unos ocho mil metros cuadrados de terreno con tres edificios, una piscina pequeña, un campo de fútbol algo desigual y una hoguera de obra.

En la página web dice que es un lugar de retiro cristiano para niños pobres y desfavorecidos. Aunque parezca el sueño de cualquier asesino de niños, el campamento en sí no es precisamente lo que uno encontraría en una película *Viernes 13*. No hay tapias y los edificios están en su mayoría a la vista y rodeados de vecinos. Igual que la casa de Oyo en las afueras, aquí un asesino no se sentiría a sus anchas persiguiendo en pelotas a un niño. Sin embargo, el campamento sí parece el sitio ideal para detectar y camelar a posibles víctimas.

Mientras Oyo está fuera, decido acercarme al campamente ahora vacío, al menos según el calendario de su página, y echar un vistazo. Aparco y paseo alrededor de los edificios. Son todos construcciones antiguas de madera pintadas de blanco con ventanas polvorientas. Me asomo y veo una cafetería y una sala de actividades con estanterías repletas de juegos de mesa. Entre los otros edificios hay cuatro barracones sueltos con diez literas cada uno y un baño con ducha independiente como los de los cámpines.

En las fotografías de la página web, los niños pasan mucho tiempo en tiendas de campaña y disfrutando de distintas actividades en el campo. No hay lago, ni ninguna de las comodidades de los campamentos de verano normales, pero para niños de familias pobres, no parece el peor sitio del mundo... Salvo porque lo dirige un asesino de niños...

Al fondo de la propiedad hay un bosque estatal; al oeste, una urbanización con tapias altas, para aislarse del ruido de los niños, sospecho. En internet, la propiedad vecina aparece como Guardería McGentry, pero no hay ningún rótulo visible en el lado que da al campamento. La vegetación que logro ver por encima de la tapia parece un poco descuidada.

Vuelvo a recorrer el campamento para asegurarme de que no he pasado nada por alto, como un refugio nuclear o algún tipo de búnker. No tengo claro si yo sería capaz de saber si estoy pisando uno, pero tengo la certeza casi absoluta de que la guarida de Toy Man no está enterrada debajo del campamento cristiano. Aunque esta propiedad podría ser un matadero y la propiedad de Wimbledon era también el lugar donde enterraba a sus víctimas, me parece muy improbable que alguien tan inteligente como Oyo estuviera dispuesto a arriesgarse a que un puñado de críos jugase al balón prisionero sobre un montón de cadáveres mal escondidos. Es más pulcro que todo eso. La mayoría de los asesinos en serie no lo es. Ha habido muchos casos en que la policía se ha plantado en sus casas mientras las víctimas pedían socorro a gritos a solo unos metros, encerradas en los sótanos del edificio o en cuartos secretos. Encontraron a 26 de las víctimas de John Wayne Gacy enterradas debajo de su casa. Los restos que quedaban de las víctimas de Jeffrey Dahmer estaba en su nevera y repartidos por toda la casa.

Me acerco al anillo de troncos que rodea la hoguera. Con la punta del pie, remuevo las cenizas por si hay algo que no debería haber. Aunque contienen algo de plástico y papel de aluminio derretidos, no parece una fosa de incineración. Todo lo que hay en el campamento es lo que cabría esperar de un campamento, mientras que solo con mirar la casa de Wimbledon me entró la angustia.

Vuelvo al coche para dirigirme al hotel y poder echar un vistazo a los datos de geolocalización de Oyo y preparar un mapa de los sitios a los que ha ido en las últimas horas. Confío en que por lo menos uno sea su escondite secreto. Ahora mismo encontrarlo podría ser una cuestión de vida o muerte.

Cuando voy a sacar el mando, me sobresalta el sonido de llamada del móvil.

—¿Diga? —contesto mientras me siento al volante.

—¿PERO QUÉ COÑO HAS HECHO, THEO, QUÉ COÑO HAS HECHO?

—¿Birkett?

Creo que nunca la he visto tan furiosa.

—¿Qué has hecho?

—¿A qué te refieres? —miro nervioso alrededor, esperando sirenas y helicópteros policiales—. ¿A lo de Los Ángeles? ¿A eso?

—¿A eso? Joder, no. No hablo de tus entretenimientos raros. Hablo de que estoy intentando calmar las cosas con Park para que no te haga la vida imposible y de que estoy hablando con una amiga que lleva los asuntos internos de los colaboradores de la DIA. Le he preguntado lo que ha dicho Park después de tu… tu «desacuerdo» con él y me ha comentado que alguien ha sacado tu ER.

—¿Mi qué?

—El expediente de evaluación de riesgo. Es el registro de todas tus posibles deudas de seguridad. Así es como controlamos a todos los capullos como tú y nos aseguramos de que no nos vais a hacer un Snowden y contárselo todo a los rusos. Alguien parece muy interesado en ti.

—¿Park? —digo.

—¡No! ¿Cómo puedes ser tan listo y tan torpe?

—Esa es mi lucha diaria —replico.

—Alguien de otra agencia.

—¿De cuál?

—No puedo darte detalles, pero digamos que la DIA cambiándole una letra.

La CIA.

—¿Y por qué demonios preguntan por mí?

—¿Por qué demonios...? Espera... —Se interrumpe al ver que iba a repetir mi pregunta—. Dímelo tú, ¿por qué demonios preguntan por ti?

—Si te dijera que no tengo ni idea, ¿me creerías? Y, además, ¿acaso tú me puedes preguntar algo así?

—Si hubieran ordenado el secreto de sumario, no, pero como no lo han hecho, es cotilleo de oficina, pero, en serio, Theo, como me entere de que has estado grabando documentación clasificada en cedés de Lady Gaga, te corto las pelotas.

—Ese fue Manning, no Snowden.

—¡LO SÉ DE SOBRA, JODER! —Inspira hondo y consigue sonar un poquitín menos combativa. Un poquitín—. No es solo por ti, es por mí. He movido muchísimos hilos para conseguirte este trabajo. He hecho muchas promesas. Tu tira y afloja con Cavenaugh tampoco ayuda, pero al menos él respeta a alguien con la convicción de airear sus quejas. Si estás metido en alguna mierda, me ponen de patitas en la calle. Y me gusta lo que hago, así que, si eso pasa, yo misma iré a por ti para cortarte la polla o me aseguraré de que lo haga una panda de cabronazos de alguna prisión federal. ¿Entendido?

—Sí...

—¿ENTENDIDO?

—¡Que sí, joder! Sean cuales sean mis convicciones, no incluyen pasar tiempo en una prisión federal o el resto de mi vida en Rusia dependiendo de un puñado de exespías del KGB preocupados por mi bienestar.

—Bien. Me alegro de que estemos de acuerdo.

—Sí. Confía en mí: yo no haría nada así para joderte.

—Genial. —Inspira hondo otra vez—. Te creo. Pero me pregunto si no serás un sociópata.

—Yo también me hago esa pregunta.

—Eso no me tranquiliza nada. Dime, ¿has hecho algo que haya podido desatar las alarmas vete a saber dónde?

«Mierda.»

—Pues…

—¿Theo…?

No le voy a hablar de mi pequeño experimento bacteriológico ni de lo que he descubierto gracias a él, más que nada porque implica que he puesto microbios modificados genéticamente en la mismísima puerta del DHS. Y eso no pinta bien desde ninguna óptica. Además, Birkett se vería obligada a contárselo a sus superiores y ahora mismo no le caigo bien a la que ha movido muchos hilos. Podría ser que Park se hubiera servido de un intermediario para joderme, pero no quiero arriesgarme por si no ha sido así.

—¿Has visto mi nombre en los periódicos? —pregunto retóricamente—. A lo mejor alguien de otra agencia sentía curiosidad por mí. En el reportaje dicen que soy consultor de OpenSkyAI. Puede que alguien de otra agencia haya querido saber qué hago allí.

—Ajá… —dice, porque no se lo traga—. ¿Qué más tienes?

—No te lo puedo contar…

—Eres transparente de narices. ¿Qué?

—Solo puedo decirte una cosa: ¿recuerdas la casa de los horrores de Los Ángeles y al sospechoso que ha muerto en Brasil?, pues no es el verdadero asesino.

—¿Por eso estás en Atlanta?

—¿Cómo lo has sabido?

—Trabajo en un servicio de inteligencia, imbécil. Además, tenía que asegurarme de que no te habías lanzado a los brazos amorosos de los chinos. Nunca desertes allí, por Dios.

—De acuerdo. Pues... ¿qué te voy a decir...? A ver... que el tío que creo que ha hecho esto... eh... podría ser... podría ser un informador.

—Vale —dice con paciencia—, ¿de quién?

—Seguramente del Departamento de Seguridad Nacional.

—¿Musulmán?

—No. Es más complicado. Y no se trata de un informador nacional.

—Joder, Theo, ¿has estado siguiendo a un informador protegido?

—No tengo claro que lo sea, pero ese tío es malo. Malísimo.

—Por eso los usamos de informadores. Los buenos no saben nada.

—Sí —contesto—, pero este es el tío que ha asesinado por lo menos a diecisiete niños en Los Ángeles.

—Si tienes pruebas, mándamelas y se las paso al FBI.

—Estoy en ello.

—¿Qué quieres decir?

—Quiero decir que necesito asegurarme de que todo cuadra. Este tío está a punto de matar a otro crío. Y, si la cago, se irá de rositas y volverá a hacerlo una y otra vez mientras yo me dedico a contestar preguntas incómodas.

Suspira hondo.

—Más vale que sepas qué demonios estás haciendo.

—Ya te digo.

—Y ándate con cuidado. No todos los de nuestro equipo son como yo.

Capítulo 54

Paquete

Mientras recorro el pasillo del hotel rumbo a mi habitación, le doy vueltas a la inquietante amenaza de Birkett. Yo ya estaba paranoico, pero ahora me preocupan incluso las personas que en teoría están de mi lado.

Abro la puerta con la llave, enciendo la luz y me encuentro a un distinguido caballero de cierta edad vestido con un traje de tres piezas tumbado en mi cama, leyendo una novela de Clive Cussler. Retrocedo y compruebo el número de la puerta.

—No se ha equivocado de habitación, doctor Cray —me dice antes de cerrar el libro—. Siéntese, por favor. Hace días que me duele la espalda y me ha venido bien este colchón tan firme.

Busco una pistola o un arma de algún tipo. Tiene las manos cruzadas sobre el vientre de la forma menos amenazadora posible. Parece un abogado o un empresario completamente relajado. Me dejo caer en una silla enfrente de él, intentando averiguar quién es y a qué ha venido. Debería llamar a la policía, pero me pica la curiosidad. Además, tengo el arma a mano.

—¿Está cómodo? —me pregunta.

—Sí —digo—, ¿y usted?

—Mucho mejor. Ha sido un viaje largo.

—¿Y para qué ha hecho el viaje?

—Para ayudarle, doctor Cray. Usted es un hombre con muchas dudas y yo he venido a aclararle todas las que pueda.

—Bueno —digo, sin saber bien si el hombre está mal de la cabeza o solo da miedo—, ¿quién es usted?

—Llámeme Bill.

—¿Bill a secas?

Asiente con la cabeza.

—Bill a secas.

—A ver, Bill, le aseguro que no me va a ser muy útil. Ha sido un placer.

Me levanto y me dirijo a la puerta.

Ni se inmuta.

—Doctor Cray, ¿sabe cuál es el tratamiento recomendado para la neuralgia del trigémino?

—No, no soy esa clase de doctor.

—Pues eso mismo. Yo no respondo a esa clase de preguntas. Tiene que hacerme preguntas relevantes. Siéntese, por favor. Lo que debería preguntarme es cómo voy a ayudarlo.

—¿Con John Christian?

—Con que no vaya a la cárcel, doctor Cray. ¿Lo puedo llamar Theo? Esa sería la pregunta que más debería angustiarlo ahora mismo: ¿cómo va a hacerlo para no pasar el resto de su vida en prisión?

Ya lo pillo. Este tío es algún espía reliquia de la Guerra Fría al que han sacado de su jubilación para asustarme.

—Muy gracioso —contesto—. Eso no me preocupa ahora mismo. Me pregunto cómo pueden ustedes vivir sabiendo que protegen a ese mierda de asesino que está a punto de volver a matar.

—No sé de qué me habla —replica.

—¿No está al tanto de que han desenterrado a diecisiete niños muertos en el jardín trasero de la casa en la que solía vivir en Los

Ángeles uno de sus activos? —Por la cara que pone, veo que no sabe de qué le hablo—. ¿En serio? —protesto—. A usted lo llaman de vez en cuando para acojonar a alguien ¿y no le dicen por qué?

—Sí me lo dicen. He visto imágenes de un hombre haciendo cosas raras en el pasillo de delante de una de las oficinas del Departamento de Seguridad Nacional, posiblemente rociando la puerta con algún agente químico, para luego hacer la tontería de entrar y enseñar su carné.

Me levanto y me acerco a la puerta.

—Me ha tenido preocupado un minuto largo.

Bill no se mueve.

—Le estoy haciendo un favor.

—Muy bien. Un detalle por su parte. Cuando llame a mi puerta el DSC o el CDC, me empezaré a angustiar, pero si un fósil de la CIA me manda a otro fósil de la CIA para asustarme porque ni se imaginan las dimensiones de su cagada, paso de acojonarme. —Abro la puerta—. Ya es hora de que vuelva a su chalé de Alejandría o donde sea y le diga a su compañero que más le valdría elegir mejor a sus informadores.

Bill se levanta. Parece divertido. Se detiene en la puerta.

—No le va a gustar lo que viene ahora —dice, y se lleva la mano al bolsillo.

Lo agarro del antebrazo.

—Y a usted no le va a gustar por dónde se lo voy a meter, Bill.

Saca despacio la mano del bolsillo y veo que lleva la cajita de mi localizador.

—No ha sido difícil encontrarlo la primera vez. Seguro que tampoco la próxima.

Me pone el cacharrito en las manos y enfila el pasillo. Ya casi está en el ascensor cuando decido acercarme corriendo a él.

—¡Espere! —lo llamo.

Bill se vuelve.

—¿Sí?

—¿Qué sabe de él?

—Me han encomendado una tarea muy sencilla, doctor Cray. Soy el mensajero. Mensaje entregado —dice antes de darse media vuelta.

Lo agarro por el codo.

—Déjese de chorradas de novela de espías y olvídese de la entrega de mensajes. Quiero hablar con el idealista que lleva dentro, el que se hizo agente cuando Jruschov daba zapatazos en el estrado y amenazaba con enterrarnos, el que distingue el bien del mal… ¿Sabe quién coño es John Christian en realidad?

Se ha quedado pasmado. Veo a un hombre tan apaleado por el sistema que ya todo le da igual. Cuando suena el teléfono, entrega la *pizza*. No le importa lo que lleve ni para quién sea. Solo sabe que, si se lo ordenan, tiene que entregar la puta *pizza*.

Le suelto el brazo. Se vuelve hacia el ascensor y pulsa el botón de bajada. En el metal pulido de las puertas del ascensor, sus ojos fríos me observan. La cara de pasmo desaparece por un segundo.

Vuelvo a mi habitación intentando decidir si voy a despertar en plena noche mientras Bill me estrangula con una cuerda de piano o me va a llegar una carta muy cruda de recursos humanos censurándome por cómo trato a mis mayores.

Miro fijamente el geolocalizador. Ese fósil ni siquiera se ha molestado en apagar el móvil antes de devolvérmelo. ¿Se habrá dado cuenta de que el dispositivo ha registrado todos los sitios a los que ha ido Oyo y dónde ha estado él mismo después?

«Ufff…»

Capítulo 55

Coto de caza

Cuando fui a por Joe Vik, solo me apremiaba volver a la universidad antes de que empezara el semestre y no conseguí hacerlo. Aunque había asesinado a alguien a quien yo conocía y sus otras víctimas me inquietaban, seguía pensando en él en pasado. Descubrir sus crímenes fue como retirar la tierra en una excavación arqueológica y caer en la cuenta de que los hombres del Neolítico practicaban el asesinato ritual; puede que fuera impactante, pero aquello era cosa del pasado. No se me ocurriría pensar que los esqueletos fueran a salir de debajo de la tierra y proseguir con sus prácticas asesinas. No me preocupaba la seguridad de mis congéneres. Con Vik, a pesar de que sabía que seguía en activo, no tenía un plazo que me motivara. Tanto si tardaba dos días como dos semanas, no me iba a costar más que mi carrera.

Con Oyo es distinto. Ha salido el sol y, cuando se ponga, seguramente ya tendrá a su próxima víctima. Cuando vuelva a amanecer, un niño habrá muerto.

Me siento muy culpable porque podría haber hecho más en estos últimos días. Si hubiera ido corriendo a los medios, alguien habría cubierto la noticia. Podría haber convertido a Oyo en el centro de atención temporalmente y haber salvado una vida. Quizá.

¿Pero luego qué? Se habría escabullido y, consciente de que yo podría encontrarlo, se habría largado a otra parte. Quizá se habría ido de Estados Unidos y se habría plantado en otra parte del mundo donde les costara aún más descubrir sus asesinatos, lo que me hace preguntarme qué haría su amigo Ordavo Sims en Brasil. ¿Sería algo más que un lacayo? ¿Será Oyo parte de algo mayor de lo que yo alcanzo a entender? Si ni siquiera lo entiendo a él, menos aún entendería cualquier cosa de la que pudiera formar parte. El tipo no es solo un sociópata fruto de un conflicto político. Igual que Joe Vik, tiene un talento especial para esconderse y asesinar. Es un depredador natural en un mundo repleto de presas.

Su habilidad para esconderse es tal que ya lo he perdido. Los datos de seguimiento del móvil revelan que fue a su parroquia, luego a su casa y después a otra casa de una bonita zona residencial de Atlanta que pertenece a un abogado rico. A continuación, volvió a casa y el geolocalizador vino directo aquí, cortesía de Bill «Guerra Fría». No hay ninguna excursión misteriosa a un almacén sospechoso de las afueras de la ciudad.

El abogado al que fue a ver, Greyson Hunt, representa a una gran variedad de multinacionales y es exactamente la clase de persona con la que a Oyo le conviene llevarse bien. Salvo por eso, no hay mucha más relación entre ambos.

No me queda otra. Como último recurso, he aparcado en la calle de Oyo, un poco más abajo de su casa y he estado vigilando el Cadillac de la entrada. No se ha movido. Dudo que él esté en casa siquiera.

Se me ha escapado.

Espero hasta las nueve en punto de la mañana y llamo a la parroquia. Así de desesperado estoy.

—Amigos de la Iglesia de la Salvación —dice una mujer jovial.

—Hola, quería saber si está por ahí el pastor Christian.

—Lo siento, pero está en un retiro religioso en Denver —contesta.

—Ah… ¿Cuándo se fue?

—Anoche, creo. Volverá dentro de una semana. ¿Es por algún asunto espiritual?

—Algo así. Gracias.

Un retiro religioso. Buena tapadera. Te despides un día antes, haces tu matanza y luego vas directo allí. Si alguien hace preguntas, sus recuerdos serán tan vagos que costará saber dónde estabas exactamente en cada momento. Serían los investigadores quienes tendrían que montar el caso. También explicaría por qué tiene el Cadillac a la puerta de casa. No pueden verlo por la ciudad con ese vehículo cuando se supone que está en otra parte. Atlanta es una gran ciudad, pero funciona como si fuera una población pequeña. Los chismes vuelan.

Oyo seguramente tiene otro coche y otra identidad, una asociada a su guarida secreta, la que no encuentro.

Lo más importante es justo lo que tienes delante. La familia llamando a la policía un centenar de veces para denunciar a John Wayne Gacy. El chico laosiano que salió corriendo del apartamento de Jeffrey Dahmer, gritando, y al que la policía devolvió allí pensando que se trataba de una pelea de amantes. La víctima de Lonnie Franklin que llevó a la policía a su casa, pero se equivocó por una puerta. En el caso de Ted Bundy, las señales de alarma estaban por todas partes, pero, cada vez que la policía se acercaba, se mudaba a otra jurisdicción. En el momento álgido de su frenesí asesino, había policías que sabían exactamente dónde estaba, pero no podían hacer nada.

Alguien sabe algo y la persona que parece saber más que nadie de esto es Robert. Existe la remota posibilidad de que sea cómplice de Oyo, pero también es posible que sea otro mero espectador que solo quiere mantenerse lejos de ese hombre.

Como no tengo otro plan viable, lo llamo al móvil.

Me salta el buzón de voz.

Lo vuelvo a intentar unos minutos después. Buzón de voz.

Estoy desesperado, así que agarro el coche y voy a casa de la señorita Violet.

Robert está en el porche, hablando con una anciana blanca con un caniche negro sentado en el regazo. Hay un BMW aparcado delante de la casa de Violet, que supongo que es de la anciana.

En cuanto detengo el vehículo, Robert me mira y le cambia la cara. Estaba haciendo reír a la mujer, entreteniéndola mientras espera su turno para entrar a que la desplumen. Cruza el césped a grandes zancadas y viene a mí mientras bajo del coche.

—Señor Theo, no tiene cita hoy.

Ya no soy el señor Craig. Parece que sí que estuvo curioseando en mi cartera.

—No he venido a hablar con la señorita Violet. Quiero que me hable de ese tipo al que Moss Man y usted procuran no acercarse.

Robert mira por encima de mi hombro a la mujer sentada en el porche para asegurarse de que no presta atención a nuestra dura charla. Eso me dice que es una clienta valiosa.

—No sé de qué me habla.

—De alguien que hace una clase de magia muy fea, de las que conllevan sacrificios humanos.

Robert se piensa la respuesta.

—Yo no tengo nada que ver con eso.

—Pero conoce a alguien que lo hace. —Su rostro es impenetrable—. Oyo, o John Christian, como lo conocen por aquí.

Pestañea al oír el nombre, luego niega con la cabeza.

—No sé de quién me habla. —Agarra la manilla de la puerta de mi coche—. Por favor, vuelva en otro momento.

—¿Es importante? —digo, señalando con la cabeza a la mujer—. Viuda, quizá, o con un hijo muerto. ¿Cuánto vale para usted?

—La señora… —Se detiene antes de decir el nombre—. La señora es una vieja y querida amiga de la señorita Violet. Por favor, ya hablaremos en otro momento…

—¿Y si hablo con ella? ¿Qué dirían ella y sus amigas ricas si les contara que conoce usted a un tipo que asesina a niños pequeños? ¿Cómo les sentaría?

Me agarra del brazo.

—Señor Theo, no haga eso.

—Pues dígame algo, porque ese hombre al que está protegiendo está a punto de matar a otro niño.

Menea la cabeza.

—Ese hombre es muy poderoso. No sabe usted dónde se está metiendo.

—Dígame algo, Robert. Dígame algo para que, cuando mire a los ojos a su dios, pueda convencerse a sí mismo de que es un buen hombre. —Le he tocado la fibra sensible—. Deje que se lo plantee de otro modo: pronto el mundo entero sabrá quién es el señor Christian. ¿De parte de quién prefiere estar?

Se rasca la nuca, sin saber bien qué hacer.

—De acuerdo. Solo sé que hay un sitio al que nunca mandaríamos a nuestros hijos.

—¿Al campamento de verano? He estado allí. No hay nada.

—No puedo decirle más —replica Robert—. A lo mejor no ha buscado bien. Y ahora váyase o llamo a la policía.

—Vaya, eso sí que tiene gracia.

Agita la mano en el aire y se aleja con los hombros caídos. Está claro que mi comentario no le ha gustado. Decido no seguirlo. Ha llegado un punto en que le da igual que acose a sus clientes. Le preocupa más su propia seguridad.

Capítulo 56

Infiltrado

Escudriño el campo oscuro desde mi escondite, entre los árboles, esperando a que aparezca Oyo. Ya se ha puesto el sol y ha salido la luna, la única luz de que dispongo con las gafas de visión nocturna puestas es la de las estrellas.

El campamento infantil está desierto, salvo por alguna que otra zarigüeya que se pasea por la zona de cuando en cuando para ver si han vuelto los seres humanos y han traído consigo sus obsequios.

He aparcado el coche a medio kilómetro de distancia y he venido andando hasta aquí, siguiendo la hilera de árboles de forma que Oyo no pudiera verme desde la carretera. Solo he visto pasar cuatro vehículos en la última hora. Ninguno ha entrado en el campamento.

No sé si Robert pretendía confundirme o no he sabido interpretar bien su pista. Ahora mismo estoy desesperado e intento decidir qué hacer. No tengo claro qué espero ver: ¿a Oyo aparcando y abriendo la trampilla de una bodega secreta?, ¿a Oyo arrastrando a un niño a uno de los edificios del campamento?

He dado un paseo por el bosque que hay detrás del recinto. Los árboles están bastante separados y los senderos bien señalados. No es el típico bosque siniestro de los cuentos de hadas. Sería difícil esconder nada ahí. Puedo imaginar unos alambiques y unas chozas de indigentes hace años, cuando la zona apenas se había urbanizado aún. Ahora es uno de esos sitios por donde suelen caminar los excursionistas de día.

Tampoco me parece un sitio donde un depredador pudiera sentirse cómodo. Del mismo modo que los seres humanos tenemos una imagen idílica del lugar seguro, con pequeñas masas de agua rodeadas de árboles y amplias vistas, los depredadores tienen entornos en los que se encuentran más a gusto. Para los asesinos en serie, suele ser su casa o su coche. En el caso de Gacy, los bajos de su edificio; en el de Bundy, su caravana.

¿Cuál será el de Oyo? ¿Su doble vida, tan arriesgada? ¿La posibilidad de ser un hombre de Dios de cara al público y un siervo del diablo en privado? Hay algo magistral en su forma de entrelazar ambos mundos. Sus atrocidades pasadas lo sitúan en una posición de poder que ha resultado útil a los agentes de inteligencia que piensan en lo que para ellos es un problema mayor. Tras mi encuentro con Bill «Guerra Fría», sospecho que Oyo no es un simple informador: su ministerio podría ser una de esas empresas misteriosas que los elementos clandestinos de nuestro gobierno usan para llevar armas y dinero a zonas del mundo en las que libramos guerras secretas. Eso significa que los que llevan la voz cantante se encuentran literalmente en primera línea. Para ellos, mi intromisión es una traición, tal vez no oficial, pero sí en espíritu. Aunque me cuesta creer que sepan a lo que se dedica Oyo, sospecho que a ninguno le apetece ahondar tanto en el asunto. Desde su punto de vista, se trata de un daño colateral en un conflicto mayor.

Miro el reloj. Se está haciendo tarde. Aún no es la hora bruja, pero seguramente Oyo ya le ha dado a su víctima el zumo somnífero.

Dondequiera que esté.

Podría volver a su casa en menos de una hora, pero estoy convencido de que no está ahí. También me fastidia no haber inspeccionado su parroquia. Dudo mucho que lleve a las víctimas allí, pero quizá habría encontrado alguna pista de su paradero.

Me digo que no va a aparecer y salgo de mi escondite. Ha sido una cagada. En el mejor de los casos, Oyo se ha agobiado y ha preferido no hacer nada esta noche y yo me estoy poniendo de los nervios.

No tengo la certeza de que fuera a matar esta noche. Me parecía lógico, pero con las conjeturas no se hace ciencia. Tengo que basarme en la lógica y en los hechos. Hecho: Oyo no ha acudido al retiro.

Recorro el campamento, asomándome a las ventanas con las gafas de visión nocturna puestas. Edificios vacíos a la espera de que vuelvan los niños y los llenen con sus voces. Ahora mismo solo se oyen grillos y ranas… Cierro los ojos y aguzo el oído. Se oye algo más. Parece una gotera. Me acerco al origen del sonido para ver qué es. Resulta algo errático.

Es una especie de «ploinploin».

Además, me resulta familiar.

No es un sonido natural, sino la imitación de otro.

Ladeo la cabeza y ubico el sonido delante de mí.

Con los ojos aún cerrados, camino hacia el origen.

Oigo un castañeteo metálico y tropiezo con una barrera.

Al abrir los ojos, me veo delante de una alambrada, la que separa el campamento de la antigua guardería invadida de malas hierbas. Con cuidado, procurando no hacer vibrar la alambrada más de lo que ya lo he hecho, me subo y me asomo por el borde. Al otro lado hay un vergel de plantas silvestres y arbustos. En un extremo hay una casita con una puerta de cristal abierta en la parte posterior. El interior está iluminado por el resplandor de un televisor grande.

Una rana de dibujos animados salta de un nenúfar a otro.

Las carcajadas de un niño perforan el silencio de la noche y me recorre un escalofrío por todo el cuerpo.

Antes de saltar la alambrada a la parcela arbolada, caigo en la cuenta de algo: tendría que haber examinado más detenidamente las otras casas de Wimbledon…

Capítulo 57

Guarida

Mis pies tocan la tierra húmeda y me encuentro de pronto en un mundo distinto. Las siluetas oscuras de los arbolitos y los helechos silvestres quedan recortadas en el cielo gris oscuro. Es una selva en miniatura que rezuma mil olores: de la vegetación podrida, de las descuidadas plantas en flor y, debajo de todo eso, el hedor empalagoso de la carne en estado de descomposición. Me recuerda a la *Amorphophallus titanum*, la llamada «flor cadáver», que parece una baguete gigante saliendo de una campana invertida. Pero no es esa la fuente de estos olores.

La frondosidad de la vegetación me impide calibrar el tamaño de la guardería, salvo por lo que he visto en Google Earth. La parcela es por lo menos igual de profunda que la del campamento, aunque no es ni mucho menos tan ancha; con semejante abundancia vegetal, bien podría ser la Amazonia.

Apenas veo el resplandor de la televisión desde mi nueva posición estratégica, pero mis pies topan con pequeñas baldosas, que deduzco que conducen a la entrada de la propiedad. Aunque la curiosidad me pide que vaya hacia la parte trasera, tengo que asegurarme de que el niño que estaba jugando sigue ileso.

Me abro paso entre ramas y exuberantes helechos, procurando no hacer ruido ni tirar ninguna de las decenas de esculturas agrietadas y fuentes que hay a ambos lados del camino. A medida que me acerco, el «ploinploin» del videojuego se oye más. Ojalá eso signifique que el niño sigue consciente.

La vegetación empieza a disminuir y me encuentro en un patio de hormigón. La casa está justo delante de mí. A mi derecha hay un pasaje forrado de enrejado. Esa debía de ser la entrada de los clientes cuando el negocio aún funcionaba. A través de las puertas correderas abiertas, veo la nuca de una cabecita castaña sentada en un sofá delante de la televisión. De vez en cuando, bota en su sitio cuando supera un nivel.

Me quedo inmóvil, buscando a mi presa.

El juego se detiene y la cabeza del niño se inclina hacia delante. Doy un paso más y lo veo coger un vaso de un líquido color mosto. Estoy a punto de irrumpir en el salón y arrebatárselo de la mano cuando oigo el bajo profundo de una voz. No distingo lo que dice, pero un adulto habla desde otro lado de la casa.

Llevo la pistola encima. Podría entrar ahora...

«¿Y si no es él?»

«¿Y si es?»

A no ser que pretenda dispararle a sangre fría, necesito más. Necesito poder acusarlo de algo si llamo a la policía. No puedo decirles que tengo el presentimiento de que deberían levantar el jardín trasero.

Acabo de cometer allanamiento de morada.

De repente comprendo cómo se sintieron aquellos inspectores al ver a Ted Bundy lavar el coche y eliminar las pruebas: impotentes al tener que ajustarse a los límites de la ley.

Me digo que el destino de este niño va a ser similar al de Artice, me digo que el pequeño está a salvo hasta que Oyo lo lleve al matadero. El matadero tiene que estar a mi espalda, en alguna parte de este intrincado vergel. Retrocedo hasta la maleza y sigo el camino en la dirección opuesta, hacia la oscuridad. Las gafas de visión nocturna me ofrecen un campo de visión limitado, tan claustrofóbico que me planteo la posibilidad de avanzar a tientas, sin ellas. Las uso para no perder de vista las pequeñas baldosas y estar al tanto de cualquier cosa que me pueda hacer tropezar. Un traspié podría advertirle de mi presencia.

El sendero vira a la izquierda y a la derecha, pero nunca retrocede. Quiero pensar que los antiguos propietarios de la propiedad lo diseñaron así para que las visitas disfrutaran del jardín y no para confundir con el demencial laberinto a quien intentara escapar de allí. Oyo es un astuto oportunista, no un paisajista, me digo.

Los árboles y arbustos dan paso a otro espacio abierto. Es un pequeño claro con una fuente rota en el centro. Algo ladeada, termina en una punta afilada. La pila está repleta de hojarasca y la enredadera rodea el cemento, estrangulando la aguja. A un lado hay una cabaña cuyas paredes de madera son aún más oscuras que el cielo. La ventana lateral está tapada con papel de periódico, para ocultar lo que hay dentro. La única fuente de luz es el destello del candado que cierra la puerta corredera. No está cerrado.

Rodeo la fuente y aguzo el oído un segundo. Aún oigo el sonido lejano del videojuego.

La descripción que Artice me hizo de la cabaña de Wimbledon preside mi pensamiento, junto con los detalles forenses que la policía de Los Ángeles pudo extraer de ella después de los hechos. El hedor a descomposición es aún mayor aquí y huele también a algo ácido que no consigo ubicar. ¿Algún desinfectante? No le veo sentido. Los escenarios de Toy Man, para no malograr los efectos del ritual, no se pueden desinfectar.

Agarro el pomo de la puerta y tiro lo más suavemente que puedo. La madera rechina un poco al deslizarse del marco mal montado.

Titubeo, a la espera de una reacción inmediata, pero no pasa nada.

Abro la puerta del todo y empieza a deslizarse ella sola.

Lo primero que detecto es una lona alquitranada negra en el suelo. Al levantar la vista, veo filas y filas de estantes de madera en la pared del fondo. El interior de la cabaña, repleto de frascos de cristal y latas metálicas tampoco parece extraño para una guardería. Aquí sería donde se guardaban las semillas, los fertilizantes y los pesticidas. Me acerco para verlo mejor. Mi deficiente visión nocturna empieza a ofrecerme detalles en la oscuridad. No son semillas. Los frascos están llenos de líquidos turbios. El contenido de la mayoría es imposible de concretar, pero las orejas y los ojos humanos son inconfundibles. En otros frascos hay partes en las que no quiero ni pensar.

Las ganas de vomitar son tan repentinas y tan viscerales que me cuesta controlarlas. He olido decenas de cadáveres e incluso participado en disecciones humanas, pero mi reacción a esto es muy distinta. Así es como el organismo reacciona ante el mal.

Saco el móvil del bolsillo y hago una foto. Salta el *flash* y me entra el pánico, por miedo a que la luz haya podido verse desde la casa. No lo creo, pero, aun así, me produce un escalofrío.

Salgo despacio, de espaldas, y vuelvo a encajar la puerta. Estoy a punto de echar la llave cuando recuerdo que la he encontrado abierta. Al soltar el candado, caigo en la cuenta de que ya no se oye el videojuego.

Desenfundo el arma y me alejo de la puerta. Sopla el viento y agita las hojas.

Rodeo la fuente y tomo un sendero auxiliar que conduce a otro lado de la guardería. Con cuidado, paso a paso, procuro encontrar el camino de vuelta a la casa. De cuando en cuando, veo el resplandor de la televisión entre las ramas y eso me sirve para orientarme. Se me clavan espinas en la ropa y la enredadera amenaza con hacerme tropezar. Me agacho a desenroscarme una rama del tobillo. Cuando me incorporo, el televisor ya no se ve. ¿Lo acaba de apagar? Fuerzo la vista, procurando distinguir bien en la oscuridad. Veo un brillo tenue a unos treinta metros delante de mí, pero parece que algo lo tapa. Termina el eclipse y veo de nuevo la luz de la tele.

Hay alguien más aquí fuera, en la espesura.

Capítulo 58

Laberinto

Avanzo con más cautela aún que antes, intentando discernir entre el movimiento de las hojas provocado por el aire y el sonido de otro hombre que se abre paso entre los arbustos. Para pasar lo más inadvertido posible, bajo el arma a la altura de la cadera y la mezo adelante y atrás mientras paso a la siguiente baldosa.

Oigo un chasquido bajo mis pies. Bajo la vista y veo por las gafas de visión nocturna una mandíbula infantil. El esqueleto completo de un dedo sobresale de la tierra a escasa distancia, apuntando sobrecogedor al cielo. Esto confirma lo que mi olfato ya me había indicado: que este es un jardín de muerte. Dios sabe qué más habrá por ahí. Ya he visto su colección de trofeos en la cabaña.

Se me crispan las orejas al oír que algo roza el hormigón. Lo llevo detrás ahora, a mi espalda. Me lleva ventaja: él juega en casa y yo me muevo a ciegas por su campo.

Sopeso el riesgo de disparar el arma sin más, pero descarto el disparate de inmediato. Las posibilidades de que le diera a alguien son casi nulas, pero ese alguien podría ser el niño.

«El niño», me digo. No puedo fallarle. Todo esto es por él.

Sigo avanzando hacia el resplandor. Oigo que algo en movimiento se me acerca. Podría agacharme y esperar, preparado para disparar el arma... Pero no puedo parar. El televisor es cada vez más grande y distingo una puntuación en la pantalla.

Pasos.

Sí, oigo pasos a mi espalda.

Corro hacia delante, salto entre la espesura y aparezco en el patio.

Ya no veo al niño sentado, pero un pie con calcetín blanco asoma por encima del brazo del sofá.

El ruido que me sigue es mucho más fuerte, como de un animal salvaje abriéndose paso entre la maleza. Entro corriendo en la casa, me quito bruscamente las gafas y cierro la puerta corredera de cristal. Lo primero que veo es la imagen brillante de mi propio reflejo. Pego la cara al cristal y veo una figura de pie ahí fuera. Alta, poderosa. Justo al borde del patio. Echo el cierre de la puerta de cristal y rodeo corriendo el sofá.

El niño tendrá doce años. Se ha quedado traspuesto con la cabeza en un cojín.

El vaso de líquido púrpura ya no está.

Con el arma aún en la mano y mirando nervioso de reojo la puerta de atrás, le levanto los párpados al niño con un dedo. Me miran unos ojos amarillos.

Tiene las pupilas dilatadas.

Le doy una bofetada.

—¡Despierta! —le susurro.

—¿Vamos a ir a ver el fuerte ya? —me pregunta medio dormido.

—Yo no quiero ir allí.

Lo siento en el sofá y saco el móvil. Llamo a emergencias y espeto la dirección a la operadora, luego suelto el teléfono sin colgar.

Me urge a que le facilite más datos, pero la ignoro porque toda mi atención está puesta en la puerta de cristal.

Él está ahí fuera...

«¿Qué vas a hacer, Oyo? Tengo al niño y he encontrado este sitio. ¿Vas a volverte un monstruo iracundo como Joe Vik? ¿O te vas a perder en la oscuridad de la noche?»

La respuesta me llega un segundo después, cuando una escultura atraviesa la puerta y la hace pedazos. Los cristales llegan volando hasta mí. Me agacho y protejo al niño. La figura de piedra choca con la mesita de centro y cae al suelo.

Asomo la pistola por encima del sofá y disparo a la oscuridad.

Bang.

Bang.

Bang.

Trato de ver algo por el agujero abierto en la puerta, pero solo distingo la parte superior de la frondosa vegetación recortada sobre el cielo nocturno.

Si se tratara de Joe Vik, me preocuparía que entrara por la puerta principal.

Pero no es él.

Es algo muy distinto.

Toy Man sabe cuándo le toca salir corriendo.

A lo lejos, oigo las sirenas. Espero a que estén a la puerta de la casa y entonces vuelvo a guardarme la pistola en la funda.

Esta noche ya no la voy a necesitar más.

Capítulo 59

Sustituto

Llevo cuatro horas en un calabozo y ni siquiera ha venido nadie a hablar conmigo desde que la policía me ha detenido.

Los agentes que han acudido al escenario han hecho lo que les tocaba hacer. Me han tratado con el lógico recelo, se han llevado al niño al hospital y después me han permitido que les mostrara el jardín sembrado de huesos y la cabañita de los horrores, que me ha parecido aún más horrorosa la segunda vez. Oyo se ha debido de agobiar y ha empezado a arrancar estantes de las paredes. Había partes del cuerpo y fluidos contaminantes por todas partes. Un policía ha vomitado. Yo me he mantenido a una distancia prudencial de la puerta.

Cuando hemos llegado a comisaría, yo no iba esposado, pero a la puerta nos esperaba un teniente que les ha dicho algo a los agentes que me llevaban detenido y, cuando me he querido dar cuenta, tenía puestas las esposas y me traían a este calabozo.

Alguien ha hablado con alguien.

Lo que me pregunto ahora es quién será el próximo en cruzar esa puerta.

¿Será Bill, con una pistola con silenciador?

¿Algún expresidiario al que le tocara «casualmente» compartir celda conmigo?

¿O es que se me ha disparado la paranoia?

Lo que sé es que Oyo, alias Toy Man, se ha dado a la fuga y probablemente haya huido al lugar de su próximo asesinato. Y tengo la corazonada de que no será en Estados Unidos. No tengo claro hasta dónde puedo perseguirlo. Ya me ha costado teniéndolo aquí.

Oigo unas llaves y se abre una puerta. Una mujer bajita de treinta y tantos años, vestida con un traje de chaqueta y falda entra y se sienta enfrente de mí. Tiene el pelo oscuro y nariz aguileña. Sus ojos denotan inteligencia.

Cuando se cierra la puerta, abre una carpeta.

—Doctor Cray, vamos a repasar su historia.

—¿Me va a tomar declaración?

—No —contesta—. No, yo le voy a decir cuál es su historia, lo que les tiene que decir. Cómo ha encontrado la casa.

—¿Cómo dice? Creía que eso ya lo sabía.

Tamborilea con las uñas en la mesa de metal y me escudriña un momento.

—Hay dos clases de hechos, doctor Cray: los que se pueden demostrar y los que no. Lo que usted «crea» es irrelevante. —Abre la carpeta y la examina—. Recibió un soplo anónimo de alguien de Atlanta que lo llevó al domicilio del señor Basque.

—¿Basque? ¿Quién es ese?

Saca una fotografía de la carpeta y me la enseña. Salvo porque es negro, no se parece en nada a Oyo.

—Este es el señor Basque. Es quien ha matado a las personas encontradas en el 437 de Sweetwater Road.

—No, de eso nada. ¿Qué es, un chivo expiatorio que tienen en la recámara?

—Su nombre está en el recibo del alquiler. El niño ya lo ha identificado como la persona que lo recogió.

—El niño aún está colocado del brebaje que le ha dado Oyo. Sería capaz de decir que ha sido Santa Claus. ¿Por qué protegen a ese monstruo?

—No protegemos a nadie. Si hay otra persona implicada, nos encargaremos de ella.

No me lo puedo creer.

—Sé que hacen ustedes muchas tonterías, pero no me puedo creer que vayan a proteger a un asesino de niños. ¿Me estoy perdiendo algo? —Caigo de pronto en la cuenta—. Ustedes. Joder, ya lo pillo. No tenían ni idea o estaban buscando en otro sitio. Así se cubren el culo cuando al final resulta que han ayudado e instigado a un pedófilo asesino.

Suspiro hondo, viendo por fin la imagen de conjunto.

—Esto es algo muy gordo. No es solo la metedura de pata de un supervisor de la agencia, sino una de esas cosas que pasa meses en las noticias y que genera comisiones de investigación del Congreso. Recortes presupuestarios y cosas por el estilo. ¿Me equivoco?

Se muestra imperturbable.

—Bueno, ¿ha quedado claro lo de la llamada anónima?

Niego con la cabeza.

—No, no ha quedado claro. Las cagadas no se solucionan con mentiras.

—Doctor Cray, tengo en mi poder un documento firmado por usted en el que declara que comprende plenamente la pena que supone revelar secretos de inteligencia.

—Sí, y también en ese documento se dice algo de la Constitución. Y hay leyes para los delatores. Señora, esto no funciona así.

—Entonces tendré que interpretar sus actos como hostiles a los intereses de Estados Unidos.

Intento levantar las manos, pero no puedo porque las tengo sujetas a la mesa.

—Bueno, no se me ponga patriota ahora. Eso es lo que el gobierno chino le dice a la gente antes de mandarla al furgón de recogida de órganos. Eso es lo que dicen los malos con placa.

Mi misteriosa visitante se mira el reloj, vuelve a tamborilear en la mesa con los dedos y contesta.

—Hemos terminado.

Se levanta, toca en la puerta con los nudillos y sale.

—¿Puedo hacer una llamada? —grito por la puerta abierta.

Se cierra de golpe sin que nadie me conteste.

Media hora más tarde, dos agentes vienen a por mí. Intento preguntarles cuándo voy a poder hablar con alguien, pero me ignoran.

Recorremos un largo pasillo y entramos en otra sección donde hay una celda vacía.

Me empujan de forma muy profesional al fondo de la celda y me sueltan una de las argollas de las esposas para poder ponerme las dos manos a la espalda y esposarme a los barrotes del fondo.

Le miro el nombre en la chapa del uniforme.

—Agente Henley, ¿no es esto un poco inusual?

—Yo solo cumplo órdenes, señor —dice con afectada cortesía sureña.

Aquí está pasando algo muy chungo, pero no estoy seguro de si este agente tan amable sabe algo.

—Tengo derecho a una llamada.

—Ya ha hecho su llamada, señor. Podrá hablar con el juez mañana.

—Pero si no me han acusado de nada…

El otro agente y él se retiran y cierran la puerta.

No me quito de la cabeza que los otros calabozos están llenos y yo estoy aquí en mi propia celda privada.

Aquí está pasando algo chunguísimo.

CAPÍTULO 60

JUSTICIERO

No cierro los ojos. No aparto la vista de la puerta de esta celda. Si Bill «Guerra Fría» fue el fantasma de las Navidades pasadas y la mujer misteriosa el de las Navidades presentes, mi siguiente visita será el de las Navidades futuras y tengo la sensación de que no me va a gustar lo que venga a contarme.

Sea cual sea la división que la ha cagado, posiblemente hayan decidido, valiéndose de sus criterios inmorales, que la vida de un profesor bocazas y desprestigiado no vale sus puestos de trabajo ni su libertad.

Me pidieron que me mantuviera al margen y no lo he hecho. Me han dado la oportunidad de jugar a la pelota y la he rechazado. Ahora ya no les quedan opciones ni tiempo.

Por la llamada histérica de Birkett, sé que ella no está en el ajo. Esto no es como la novela de James Grady *Six Days of the Condor*, espero. Solo me enfrento a un par de polis malos que casualmente trabajan para un servicio de inteligencia. Si esto fuera una operación autorizada, seguramente estaría en un helicóptero negro camino de alguna cárcel clandestina, pero eso no los hace menos peligrosos, más bien al contrario.

Cuando se abre la puerta de la celda, se me estremece la piel, porque la adrenalina corre por mi cuerpo con la fuerza del Amazonas. Los agentes me traen a otros dos huéspedes y, joder, el primero es un cabeza rapada con tatuajes en el cuello y una esvástica de tamaño familiar en el brazo. Pesará unos ciento sesenta kilos y ya me mira fijamente con cara de odio. Alguien le ha dicho algo, porque de primeras suelo caer bien a todo el mundo. El otro es más musculoso y no lleva tatuajes. Tampoco lleva la cabeza rapada del todo, solo por los lados y un corte de plato por arriba.

Cabezarrapada va sin esposar y se sienta justo enfrente de mí para no quitarme el ojo de encima. Peloplato se instala en un rincón, a mi derecha, a metro y medio de mí. Cruza los brazos y se recuesta, como si no tuviera una sola preocupación en la vida.

Espero a ver cómo empieza este numerito.

Es obvio que Cabezarrapada me la tiene jurada, pero ¿qué pinta Peloplato aquí? ¿Son un equipo?

En cuanto se van los agentes, Cabezarrapada se levanta y se planta delante de mí. Estiro las piernas enseguida para poder defender con ellas mi espacio.

—Me han dicho que eres un mariquita al que le gusta tontear con niños pequeños —dice acompañándolo de un escupitajo—. Y que han encontrado unos niños muertos en tu casa. ¿Es eso cierto, mariquita?

—¿Cuánto? —replico.

—¿Cuánto? ¿Qué? ¿Te crees que yo también soy maricón y que voy a dejar que me la chupes?

—¿Cuánto te han dicho que te van a pagar por hacer esto? ¿Te han prometido un abogado también?

—¿De qué coño me hablas?

—Soy Theo Cray. Persigo asesinos en serie. Encontré uno en Montana. Acabo de salir en las noticias por el que he encontrado en Los Ángeles. Se llama John Christian y da la casualidad de que es un informador de la CIA al que protege alguien que quiere verme muerto.

Cabezarrapada niega con la cabeza.

—¡La hostia! ¿De qué coño va todo esto? —dice antes de volverse hacia el tío del rincón, que ahora está treinta centímetros más cerca de mí—. ¿Has oído a esta mariquita loca?

—Me parece que no te toma en serio —responde Peloplato.

Tengo a Cabezarrapada pegado a la cara.

—¿No me tomas en serio, mariquita? ¿Y si te obligo a que me comas la polla, mariquita?

—Dudo que ninguno de los dos quiera eso... o eso espero.

Me agarra de la entrepierna.

—¿Qué pasa, que mi polla no sabe lo bastante bien para ti? ¿Te gustan más las de los niños?

—Yo no dejaría que me vacilara —interviene Peloplato—. Demuéstrale a ese mariquita que vas en serio.

Cabezarrapada se está calentando, pero me doy cuenta de que no es él quien debe preocuparme. Aquí el profesional es Peloplato. Está cabreando al otro para que me ataque, pero el asesino es él. Es militar. Quizá un soldado retirado de los Comandos Especiales, o un matón del DEVGRU al que han hecho venir. Esto es Georgia, no habrá sido difícil encontrar uno.

Al profesor Theo le dan ganas de volverse hacia él y decirle lo transparente que es su táctica. Alguien ha pedido que detengan a Cabezarrapada, que es el pringado, de forma que, cuando Peloplato me aplaste la cabeza contra el suelo, tendrán a alguien a quien culpar. Cabezarrapada podrá hartarse de decir que también había otro tío, pero si es él quien se mancha las manos con mi sangre, le va a dar igual.

Se chasca los nudillos y se prepara para darme un buen puñetazo.

Le hablo con toda la serenidad de que soy capaz.

—Cuando te pregunten qué ha pasado, acuérdate de este nombre: Oyo Diallo. Es el hombre al que están protegiendo. Es él quien ha matado a los niños de Los Ángeles y del domicilio de Sweetwater. Aquí se llama John Christian. Solo recuerda eso. Si no intentan matarte como a mí, igual te proponen un trato.

Con eso ha perdido la concentración. También descoloca a Peloplato: le estoy diciendo a Cabezarrapada lo que a él le han pedido que mantenga en secreto. Es muy posible que no tenga ni idea de qué hablo. Peloplato deja de acercarse a mí por un momento, mientras lo medita. Entonces, de repente, vuelve a la realidad. Como un Terminator reseteado. Si Cabezarrapada no hace nada en el próximo minuto, empezará la pelea él mismo.

Tengo que esperar el momento adecuado. Tengo a un presidiario neonazi desquiciado y a un asesino profesional a punto de tirarse a mi cuello... y aún estoy esposado a los barrotes de mi espalda. Por buena que sea la formación que me ha estado dando mi instructor de artes marciales, no he pasado jamás a la práctica. Aparte de eso, no tengo más que una cosa a mi favor y, si la cago, estoy muerto.

—¡Qué mierdas más raras dices! —espeta Cabezarrapada antes de apartarse.

Peloplato sabe que es el momento de atacar.

Capítulo 61

Paranoico

Si yo estuviera sentado donde está Peloplato, mi ataque más devastador sería una patada en la cabeza con esas botazas. De un solo golpe me dejaría sin sentido y no tendría que preocuparse de que le mordiera o le pegara. Con las manos esposadas a los barrotes, esa es mi parte más vulnerable.

Ladea los hombros y descarga el peso sobre la pierna derecha para dejar libre la izquierda. Joder, es un experto en artes marciales. Está a punto de darme una patada en la cabeza sin levantarse.

Ahora que Cabezarrapada se ha apartado, meto las piernas por debajo del banco. Tengo que estar preparado para moverme rápido. En cuanto Peloplato vea lo que pasa, no tendré una segunda oportunidad.

Inspira hondo y se agarra al banco por la derecha. Procuro no mirarlo directamente, tengo que pillarlo desprevenido.

Cabezarrapada viene hacia mí, decidido a intentarlo.

Veo un destello de movimiento a la derecha y la potente pierna de Peloplato sale disparada hacia mi cabeza, pero me agacho antes de que la bota corte el aire y se estampe en los barrotes.

No tiene ni idea de lo vulnerable que ha quedado.

En una milésima de segundo, lanzo los brazos hacia delante y le clavo a Peloplato en el ojo izquierdo la argolla abierta con la que llevaba esposada la mano izquierda antes que le dé tiempo a recobrar el equilibrio. Grita e intenta defenderse con las manos, pero le cuelo otro golpe, esta vez en el ojo derecho, y le hago un corte. Cae al suelo y le doy una patada en la cabeza. Deja de gritar.

A mi espalda, Cabezarrapada me mira confundido.

Tomo impulso con el brazo derecho y le pego con las esposas en la sien.

—¡No, joder! ¡Nooo! —chilla con las manos en alto, suplicando clemencia.

Le asesto tres puñetazos rápidos en la sien usando las esposas como puño americano, y lo tumbo. Se hace un ovillo en el suelo y deja de moverse, aturdido por la conmoción cerebral.

Vuelvo corriendo adonde está Peloplato y limpio la sangre de las esposas con su camiseta. Respira con dificultad y está tirado en el suelo, inconsciente. Quizá sobreviva o quizá no, pero desde luego jamás volverá a ver por ese ojo.

Retrocedo hasta los barrotes y vuelvo a poner las esposas como estaban antes de saltar la cerradura con la llave que llevo encima desde que Joe Vik estuvo a punto de quitarme la vida.

Los agentes tardan diez minutos en venir a la celda. Ignoro si esto estaba planeado de antemano o ha sido un error de gestión carcelaria.

Cabezarrapada ha levantado la cabeza del suelo y se está apoyando en el banco de la otra punta de la celda.

Los guardias abren la puerta y se acercan corriendo a Peloplato.

Uno de ellos se vuelve hacia mí.

—¿Qué ha pasado?

—Uno ha atacado al otro y a ese otro no le ha hecho ninguna gracia.

Un hombre mayor vestido de traje se abre paso entre la multitud de agentes.

—¿Quién es este tío? —dice, señalándome.

—Theo Cray —contesto.

—¿El hombre que ha encontrado la casa de los asesinatos?

—Sí.

—¿Y qué coño hace aquí?

Niego con la cabeza.

—Ha habido un error —dice un agente—. Pensábamos que tenía una orden de detención, pero no la tiene.

—¿Y lo metéis en una celda con estos animales?

—Lo siento —dice el agente.

El hombre trajeado me quita las esposas. Cuando saca las manos, lleva sangre en las yemas de los dedos, pero se la limpia en los pantalones negros.

—Por aquí, doctor Cray —dice—. Cuidado con la sangre.

Dos sanitarios están atendiendo a Peloplato, intentando pararle la hemorragia del ojo. Debería sentir remordimiento, supongo, pero lo único que se me pasa por la cabeza es que ojalá hubiera sido Oyo.

El hombre trajeado me agarra suavemente del brazo.

—Siento mucho que haya tenido que ver esto, doctor Cray. Le pido disculpas. Estas cosas no suelen pasar en nuestro centro penitenciario.

Me vuelvo a mirar a Cabezarrapada. Un sanitario le está tapando con una gasa la sien ensangrentada. No hace falta que me preocupe por él: un testigo poco fiable siempre es un testigo poco fiable. Mi principal preocupación es asegurarme de que mi siguiente golpe se produzca antes de que quienquiera que esté detrás de esto me vuelva a pillar.

Capítulo 62

Confesionario

Cuando vuelvo al hotel son casi las cuatro de la madrugada. Me he pasado las últimas horas contándolo absolutamente todo. Aunque no he dado detalles sobre cómo encontré las huellas de Oyo en la puerta de la oficina del DHS, a la policía no ha parecido importarle. En total he hablado con dos inspectores del departamento del *sheriff* del condado de Douglas, un agente del FBI de Atlanta y otro de la Oficina de Investigación de Georgia, mientras una grabadora lo registraba todo.

Me han hecho preguntas, pero aún andaban intentando averiguar qué demonios ha pasado en la casa de Sweetwater. Mientras hablábamos, han entrado varios agentes a pasarles notas.

—¿Cuál es el recuento de cadáveres ahora mismo? —he preguntado en un momento de la conversación.

Todavía no se había iniciado la investigación forense, pero estaban intentando determinar la gravedad de la situación.

—Catorce —ha dicho el *sheriff* Art Duane, el hombre trajeado que me ha sacado de la celda— y eso son solo los que sobresalen de la tierra.

Uno de los inspectores me ha preguntado si alguna vez había visto algo así, refiriéndose a que Oyo pudiera haber salido impune de tantos asesinatos bajo la mirada atenta de un gobierno indiferente. Al principio, mi respuesta ha sido que no, pero luego me he acordado del caso de Andrei Chikatilo, el carnicero de Rostov. Estuvo activo en la Unión Soviética durante más de veinte años porque el Partido Comunista no lo creía posible; pensaban que los asesinos en serie eran un síntoma de sociedades decadentes como la estadounidense, es más, nunca habían sospechado de ninguno de los miembros de su propio partido.

En el caso de Oyo, a sus instructores les costaba digerir que, sin quererlo, hubieran hecho posible que un monstruo violase y matase con tanta libertad. Ahora están tan desesperados por ocultarlo que necesitan eliminarme o, como mínimo, silenciarme. No sé si Peloplato ha venido a matarme. Quizá solo pretendía mandarme a un hospital, a modo de advertencia. Muy posiblemente no se proponía mutilarme como yo lo he mutilado a él.

Me alegro de haberme dado cuenta de esto ahora y no entonces, porque me lo habría pensado dos veces y habría terminado con la mandíbula cosida y con la mujer misteriosa sentada al borde de mi cama diciéndome que eso es lo que pasa cuando no les sigues el juego.

«Que le den. Que les den. Que le den a Peloplato.»

Tenía todo el derecho del mundo a sacarle los ojos.

Esta rabia desbordada es lo que me tiene despierto mientras estoy sentado en la habitación del hotel, pegado a la pared y sin apartar la vista de la puerta. Hasta pongo almohadas debajo de las sábanas por si Bill «Guerra Fría» decide hacerme una visita y pegarme un tiro. Estoy seguro al noventa y nueve por ciento de que eso no va a pasar ya. Les he contado a las autoridades locales todo lo que querían saber y no he mencionado a Bill «Guerra Fría», ni a la mujer misteriosa, ni a Peloplato. Los he obviado porque ese es el tipo de detalles que me hacen parecer un chiflado.

Procuro centrarme en lo importante de verdad: mi rabia se debe a la forma en que han intentado joderme y al hecho de que Oyo ande suelto todavía. Se ha fugado y dudo que lo estén ayudando. Si lo hacen, será para tenderle una trampa. Pero es demasiado listo para dejarse engañar.

Seguro que tenía un plan B por si la cosa se complicaba. Parte de ese plan tiene que ser salir del país. ¿Lo hará de inmediato? Les di a los policías que fueron a la casa de Sweetwater una descripción de él que se habrá difundido a todas las patrullas del estado en cuestión de horas. Los delincuentes a la fuga procuran alejarse todo lo posible enseguida o buscar un escondite donde esperar a que se calmen las cosas. Suponiendo que la guardería fuera su único piso franco del área de Atlanta, ¿adónde iría si tuviera que improvisar? Instalarse en un motel sería la forma más fácil de que lo pillaran. ¿Tendrá algún cómplice en la zona al que pueda pedir auxilio? Robert, el ayudante de la señorita Violet, le tenía miedo, y dudo que Oyo se refugiara en su parroquia.

¿Adónde, entonces?

A lo mejor ya sé la respuesta…

Saco el mapa que preparé con los datos del geolocalizador. Hubo una casa que descarté como posible matadero, pero en la que podría ocultarse si tuviera que desaparecer unos días. Es una vivienda de una bonita zona residencial que pertenece a un abogado mercantilista. Aunque no me lo imagino dando asilo voluntariamente a un fugitivo, ¿qué mejor sitio para que un criminal de guerra africano pase desapercibido que una casa pija en un vecindario de blancos ricos?

Capítulo 63

Visita a domicilio

Detengo el coche de alquiler delante de la casa y bajo tan contento, cargado con un paquete, como si fuera a entregarlo. Empiezan a salir coches de los recintos de las viviendas a medida que la gente se va yendo a trabajar.

Hay un Mercedes aparcado en la calle cerca del buzón de correo, algo extraño, dado que hay espacio de sobra para aparcar dentro, delante del edificio de dos plantas.

La casa, hecha de piedra gris y asentada sobre una pequeña colina herbosa, por su situación, probablemente fuera la vivienda piloto que la constructora estuvo enseñando para vender la promoción.

Subo los escalones de entrada y llamo a la puerta con los nudillos. Por el cristal de los laterales veo una alfombra, una escalera y la luz que pasa a través de una puerta de vidrio en el otro lado de la casa.

No abre nadie.

Podría ser solo una sospecha disparatada, pero no estoy dispuesto a rendirme y decirle a la policía que venga a registrar la casa, algo que a lo mejor debería haber hecho antes, pero es que ahora estoy en modo persecución. Bajo los escalones y me asomo por el ventanuco de la parte superior de la puerta del garaje. Dentro hay un Volvo ranchera y un Toyota Corolla azul marino con las lunas tintadas. Es evidente que uno de los dos no está en su sitio.

Veo otra cosa sospechosa: una bolsa grande de comida para perro.

Aquí hay tres coches, pero está claro que el único que ha tenido que ir a trabajar es el perro.

Vuelvo a la puerta y llamo al timbre.

Sé perfectamente que no va a abrir. Seguro que sospecha que soy un policía que quiere ver si hay alguien dentro. Me asomo de nuevo por el cristal lateral y veo en la escalera algo que podría ser sangre. No hay mucha. No parece que Oyo le haya volado la tapa de los sesos al abogado cuando le ha abierto la puerta, pero el asesino podría tener a ese tipo y a su mujer atados en el armario del dormitorio, por si los necesita como rehenes. Es lo que haría yo.

Como no voy a tirar la puerta de una patada, necesito otro plan.

Coqueteo con la idea de llamar a los bomberos, por ver qué pasaría si un coche de bomberos llegara a toda velocidad a la casa vecina. Luego caigo en la cuenta de que Oyo es sin duda la clase de tío que dispararía a los rehenes antes de abandonar la fiesta.

Vuelvo al coche. Al subir, creo ver movimiento por una de las ventanas de la planta superior. «Allí.» Se mueven las cortinas otra vez. Está ahí. No cabe duda.

Mientras reculo, a través del enrejado de la valla de madera, vislumbro algo en el jardín trasero: un parque infantil.

«Mierda.»

Aparco a la vuelta de la esquina. Por el retrovisor veo que la casa tiene una visual perfecta de todos los vehículos que se acercan. El otro extremo de la calle es el recodo de un callejón sin salida. Oyo está sentado arriba, en el dormitorio principal, vigilando si aparece alguien.

Debería llamar a la policía, pero sé que no es de los que negocian y, si lo asusto, no tardará en escapar, con lo que matará a sus anfitriones.

Rodeo las casas que bordean el jardín trasero y salgo por el otro lado, enfrente de donde estaba antes. Me asomo por encima de la valla y veo una escalera de madera que conduce a la terraza: eso es lo que he visto antes desde la puerta principal. Encima, a la izquierda, hay un pequeño balcón anexo al dormitorio principal. Las cortinas están completamente corridas, salvo por un pequeño hueco en la parte superior. Es como si las hubieran sujetado con alfileres: así es como vigila la carretera que conduce a la casa por detrás.

«Llama a la policía, Theo.»

Mandarán un coche patrulla. Puede que terminen cortando la carretera, pero querrán cercarlo a él primero. Sabrá que vienen.

Avanzo hasta el lado de la valla que no es visible desde el dormitorio. Necesito llegar a la terraza, pero no puedo hacerlo mientras él siga vigilando el jardín trasero. Tiene que haber alguna distracción que no implique una sirena ni rehenes muertos.

Joder, sí la hay. De hecho, hay una aplicación para eso.

Capítulo 64

Economía colaborativa

Saco el móvil y, desde donde estoy, pido un Uber para la casa de enfrente. Esto es una crueldad para el conductor, pero quiero pensar que él accedería a hacerlo si tuviéramos ocasión de hablar de lo que está en juego.

Los ocho minutos que tarda en llegar me parecen ochenta. Cuando el icono de su vehículo dobla la esquina en el mapa de la aplicación, oigo los neumáticos subiendo la cuesta.

Seguro que Oyo también lo está viendo.

Espero a que el coche llegue al otro extremo de la casa y salto la valla de atrás. Espero un segundo más a que se detenga delante de la vivienda que hay justo delante de la otra ventana de Oyo.

Le mando un mensaje al conductor: «Llego tarde. Cinco minutos. Inicie el contador». Me contesta: «No pasa nada.»

Siento una pizca de remordimiento, pero lo entierro mientras bordeo con sigilo la casa y empiezo a subir los escalones de la terraza, procurando pegar la espalda todo lo posible a la pared. Llego por fin a las puertas correderas de cristal y asomo la cabeza dentro para asegurarme de que Oyo no se está sirviendo un vaso de zumo de naranja en la cocina.

Parece que dentro no hay nadie, pero sí: hay una figura delante de la puerta de la calle, mirando por los laterales de cristal.

«Oyo.»

«Joooder.»

«Esto no es lo que yo tenía pensado.»

Retrocedo, saco el arma y le apunto directamente, a través de la puerta de cristal.

Los neurólogos dicen que pueden predecir algo que vayamos a hacer antes de que nuestro consciente decida siquiera lo que creemos que vamos a hacer. La función de la conciencia no es, aseguran, tomar decisiones, sino racionalizarlas *a posteriori*. Es la forma que tiene nuestro cerebro de explicar por qué hemos hecho algo, una especie de oficina de relaciones públicas que nos convierte en actores racionales y no en monos lagarto que se dejan llevar por el miedo. Yo diría que mis actos se basan en un cálculo racional. He sopesado los riesgos y optado por la mejor solución.

Si me hubieran preguntado hace un minuto si soy un asesino, no habría sabido qué responder. La forma en que me he comportado con Peloplato y Cabezarrapada debería ser un indicio, pero incluso cuando me enfrenté a Joe Vik andaba buscando otra opción distinta a la defensa propia proactiva.

—¡Oyo! —le grito.

Se vuelve de golpe.

Aprieto el gatillo dos veces. La primera bala destroza la puerta de cristal, pero, por las leyes de la física, desvía su trayectoria en lugar de ir directa a la frente del asesino. Es la segunda la que acierta de pleno. Directa a la cabeza.

El cuello le da una sacudida hacia atrás y cae de espaldas mientras llueven cientos de cristales delante de mí.

Entro en la casa, apuntando el arma, y me acerco a su cuerpo. Lleva una pistola en la cintura. Me agacho, la cojo y me la meto por la mía. Será mucho más fácil convencer a la policía de que la llevaba en la mano cuando lo he visto y que se la he quitado después, claro que a ellos les dará igual.

Miro a ver si tiene pulso, para asegurarme de que la bala le ha hecho polvo el cerebro y no solo un rasguño.

Está muerto.

Subo la escalera sin dejar de apuntar con la pistola. Ya ha tenido cómplices en otras ocasiones. La puerta del dormitorio principal está abierta. Dentro, hay dos cadáveres en la cama: el abogado y su mujer, ambos en pijama. A él le ha cortado el cuello y ella lo tiene amoratado. Miro en el armario: vacío.

Avanzo por el pasillo y veo una muñequita tirada en la moqueta. La primera puerta es el cuarto de una niña pequeña. Entro rápidamente y abro el armario: solo ropa.

Sigo por el pasillo hasta la siguiente puerta. Otro dormitorio de niña. Hago un barrido: también vacío.

Continúo hasta el fondo de la planta superior y llego a un baño. Abro la puerta de un empujón y, a través de la cortina traslúcida, intuyo dos figuras tendidas en la bañera.

No se mueven.

Me pesan los pies como si fueran de plomo, pero tengo que comprobarlo. Piso la alfombrilla rosa y me planto justo delante de la cortina.

Con la mano izquierda, agarro el borde y la aparto de golpe.

Dos pares de ojos aterrados me miran desde abajo.

Ojos llorosos. Con vida.

Capítulo 65

Conclusión

El *sheriff* Duane está sentado a mi lado en el bordillo mientras los agentes acordonan la casa y examinan hasta el último centímetro. Me hace compañía como he hecho yo con las niñas traumatizadas hasta que ha llegado la policía.

Se llaman Connie y Becca. Estaban asustadas porque no entendían por qué el señor Christian estaba tan furioso. Nunca lo habían visto así. Aún no saben que sus padres han muerto. Que Dios asista a la persona que tenga que contárselo.

Las he dejado solas cuando una policía de voz dulce ha entrado en el baño. Entonces los agentes me han sacado al jardín delantero, donde han metido en bolsas las pistolas que llevaba encima y me han tomado muestras de las manos según el protocolo.

El *sheriff* Duane ha llegado veinte minutos después y, tras evaluar lo sucedido dentro, se ha sentado a mi lado para que le contara mi versión de los hechos.

Por suerte, nadie me ha esposado.

—Entonces, ¿tuvo la sospecha de que podía estar aquí? —pregunta.

—Más o menos. Sabía que tenía negocios con el abogado. Me ha parecido que podría ser un buen escondite.

—¿Y no se le ha ocurrido avisarnos? —dice, en tono algo recriminatorio.

—*Sheriff*, ustedes nunca se toman muy en serio mis sospechas.

—Yo diría que eso va a cambiar —contesta—, pero lo entiendo.

—Tampoco sé bien en quién puedo confiar. ¿Ha conseguido averiguar por qué terminé esposado con esos animales anoche?

—No. Ni sé por qué los federales han sacado al grandullón del hospital esta mañana y se lo han llevado en una ambulancia de otra población. El caso es que tampoco encuentro su ficha policial.

—Misterios —replico.

—Sí. Como que hubiera tanta sangre por debajo de sus esposas —dice antes de mirarme de pronto.

—Tendrían que limpiar más las celdas.

—Claro, claro. ¿Y este escenario? —dice, señalando con el pulgar la casa que tenemos a la espalda—. ¿Estará muy limpio?

—Las huellas de Oyo están en su pistola.

Salvo que otra persona se la hubiera metido por la cinturilla, deberían estar ahí.

—Bien. Ya he visto que la bala le ha entrado por la frente. Eso facilita las cosas.

—¿Y si no fuera así?

—Me aseguraría de conseguirle un abogado ahora mismo.

He estado pensando en qué habría hecho yo si Oyo no hubiera tenido un arma. ¿Le habría disparado igual? ¿Habría intentado encubrir mis actos entonces? Desde el punto de vista ético, me digo, no me habría importado acabar con él, aunque solo haya llegado a la casa por razones circunstanciales. Y eso es lo peliagudo. En principio, tomarse la justicia por su mano es una idea horrible. Por algo hay tribunales y umbrales de validez de pruebas. Por mucho que el resultado final demuestre que he tomado la decisión correcta, me digo que no debo ser arrogante. Esto no estaba tan claro como ahora le parece a todo el mundo.

Duane mira a la calle, donde empiezan a detenerse más furgones.

—Ya llegan los buitres carroñeros. Ya tenemos un pequeño circo montado en Sweetwater Road. —Se encoge de hombros—. Por lo menos podremos cerrar el caso.

—Ah, ¿sí? Ya le he contado cómo encontré a Oyo. Esto no termina aquí.

—Podemos cerrar la parte que nos toca, hijo. La otra no creo que esté en nuestra mano.

—Sabe de sobra que ese tío no habría podido llegar tan lejos sin unos cuantos personajes que hubieran hecho la vista gorda.

—Ya, pero eso no es problema mío.

—Igual no. Bueno, ¿cuándo voy a recuperar mi pistola?

Ríe.

—Usted es de Texas. A lo mejor debería pedir otra. Esta pasará un tiempo en el almacén de pruebas.

—Pero usted y yo estamos bien, ¿no? —digo, señalando con la cabeza la furgoneta de la policía científica.

—Eso creo. Salvo que el FBI me enseñe vídeos en los que salga bailando en cueros con el señor Oyo y riéndose a carcajadas de la broma de mal gusto que tenían pensado gastarnos, estamos bien.

Me deja en el bordillo. Un inspector se me acerca y me ofrece amablemente un sitio en un coche para que vuelva a comisaría a declarar. Le pregunto si puedo sentarme delante para que, cuando pasemos por su lado, los periodistas no se enteren de que he vuelto a aparecer en el escenario de un crimen. El inspector accede y, por segunda vez en veinticuatro horas, dejo que se me lleve la policía.

Esto se está convirtiendo en una rutina aterradora para mí. No puedo pensar más que en esas niñas asustadas y en lo que me ha traído hasta aquí.

Quizá el caso de Oyo haya terminado, pero esto no. Ya han intentado joderme la vida varias veces y sospecho que, aunque le fuera con el cuento a la prensa y a cualquiera que quisiera escucharme, vendrán a verme más fantasmas antes de que tenga ocasión de contarle mi versión de los hechos a alguien que de verdad pueda darle un giro a todo esto.

Si quiero acabar con esto, quizá tenga que hacer una concesión que nunca he querido hacer.

Capítulo 66

Respuesta

No hay que creerse nada de lo que se diga de un suceso en las primeras veinticuatro horas. En la era de las redes sociales, eso es especialmente cierto. A la gente le cuesta tan poco soltar en Facebook o en Twitter el titular que acaba de ver en la pantalla que ni se molesta en leer el artículo o esperar a ver si se confirma.

Ver cómo va desvelándose la historia de Toy Man es fascinante. Tengo puestas las noticias en la televisión del hotel mientras los corresponsales corren a Sweetwater Road para informar sobre la segunda casa de los horrores que se acaba de descubrir. ¿Qué probabilidades hay de que se capture a dos asesinos en serie en tan poco tiempo?, se preguntan. ¿Estamos viviendo una nueva era de superasesinos? Bueno, yo no diría que es nueva. Además, me digo para mis adentros, ya veréis cuando sepáis cómo termina.

En cuanto he vuelto a mi habitación y me he molestado en encender el móvil, me he encontrado con decenas de notificaciones. La inspectora Chen me ha llamado seis veces, desesperada por saber qué estaba pasando en Atlanta. Por lo visto los oficiales de la zona están demasiado ocupados intentando averiguar qué demonios es todo esto como para informar a otras agencias de los cuerpos de seguridad.

La policía de Los Ángeles lo tendrá especialmente crudo, por cerrar el caso de la casa de Wimbledon y señalar a Ordavo Sims como principal sospechoso. Como se les ocurra seguir en esa línea, lo llevan claro.

Como John Christian/Oyo Diallo era de California y tenía hasta su coche de allí aquí, el FBI lleva el caso ahora, lo que significa que volverán a interrogar a todos los testigos de Los Ángeles. Sobre todo a Artice. Me muero de ganas de ver qué pasa cuando se enteren de la presión a que lo tenían sometido. Además, había otras huellas en la casa de Wimbledon, supongo que de Oyo. Chen y compañía quedarán fatal por haberlo dejado escapar.

Me regodearía si esto fuera solo una cuestión política, pero se han perdido vidas. Con suerte, el niño de la guardería no quedará muy traumatizado. No sé si puedo decir lo mismo de las niñas del baño.

Sus rostros aterrados no se me irán de la cabeza. He visto el terror en los rostros acartonados de los muertos, incluso lo he sentido en mis propias carnes, pero estar presente en ese momento, estar ahí mismo, afecta a otra parte de mí.

Ahora entiendo mejor cómo funcionan los tipos como Joe Vik y Oyo. Al contrario que cualquier individuo sano, no empatizan con los que sufren, ni desean aliviar su dolor, es más, disfrutan con él.

Otra cosa que he observado es el fuerte hedor a muerte de los mataderos de Oyo y las víctimas de Joe Vik. La parte del cerebro que procesa sustancias químicas como la oxitocina, que nos permite sentir empatía, está relacionada con nuestro sentido del olfato. He oído hablar anecdóticamente de la posible relación entre la conducta del asesino en serie y determinadas peculiaridades olfativas, pero me pregunto si no habrá algo más.

Personalmente creo que es peligroso empezar a nombrar los genes que tienen en común los asesinos en serie: podría convertirse enseguida en una forma horrible de caracterización criminal y hacer que las autoridades ignoraran los casos atípicos. Pero estudiar qué variaciones genéticas pueden provocar esa conducta resultaría interesante. Quizá no fuera tan sencillo como decir «si tienes esto roto, eres un asesino», sino más bien un diagrama donde se viera la intersección de qué mutaciones puede generar esa conducta.

Llaman a la puerta. Agarro el espray de pimienta y me acerco deprisa al umbral, pero antes de que me dé tiempo a asomarme por la mirilla, veo un sobre en el suelo. Cuando caigo en la cuenta de que no es la factura del hotel, quienquiera que fuera ya no está en el pasillo.

Abro el sobre y me encuentro una fotocopia de una ficha de detención. Describe a un hombre negro al que se arrestó como sospechoso del intento de asesinato de un menor del que supuestamente había abusado sexualmente. Se llama Scott F. Quinlan, pero tiene la cara de Oyo. «Cojonudo.» La ficha es de 2005 y se hizo en la policía de Baltimore.

Dos minutos más tarde estoy al teléfono, hablando con Baltimore para que me manden el expediente completo. Tardo una hora en enterarme de que el caso no se encuentra en el sistema. «Supercojonudo.»

¿Quién me habrá metido esto por debajo de la puerta?

Busco en internet a Scott F. Quinlan, pero no encuentro nada. Pruebo sin éxito con dos de los portales de búsqueda que usé para localizar a Oyo. Al final, busco el nombre del agente que llevó a cabo la detención y consigo un número.

—¿Hola? —dice un hombre con un fuerte acento de Baltimore.

—¿Es el agente Kimberly?

—Sargento Kimberly. ¿Con quién hablo, por favor?

—Me llamo Theo Cray. Tengo una pregunta sobre un caso.

—¿Es usted policía?

—No... Soy investigador independiente.

—¿Qué demonios es eso? —replica, demostrando muy poca paciencia conmigo.

—¿Ha visto en las noticias lo de esa casa de Los Ángeles donde se han encontrado tantos cadáveres?

—Sí… ¿Tiene usted algo que ver con eso?

—Pues los he encontrado yo. Estoy aquí, en Atlanta. Igual ha oído algo de eso.

—Algo. ¿Qué necesita?

—¿Podría abrir una página web y mirar la foto del sospechoso?

—Oiga, que estoy comiendo… ¿No puede esperar?

—Confíe en mí. Hágalo.

—Un momento… —Un minuto después—. Joder, esos cabrones.

—Deduzco que ha reconocido a ese hombre.

—¡Vaya si lo he reconocido, joder! Enchironé a ese mierda después de que la madre del niño viniera corriendo a mi coche patrulla. Estaba a dos manzanas de distancia lavando la furgoneta como si nada. Ese capullo arrogante me dijo que tenía inmunidad diplomática o no sé qué hostias. Y no era cierto, pero, por lo visto, tenía algo igual de bueno.

»Lo fichamos. Tomamos declaración al niño, hasta nos hicimos con un kit de violación. Un par de horas después, unos gilipollas del Departamento de Estado vinieron diciéndonos que tenían que ponerlo bajo su custodia.

»Nuestro capitán no estaba dispuesto a tolerar aquello. Cuando quisimos darnos cuenta, teníamos encima a sus abogados... y a la mierda todo. Les dijimos que se ocuparan ellos.

»Cuando fui a hacer el seguimiento del caso, ya no estaba el expediente. Nada. Se lo llevaron y los fiscales retiraron la acusación. Putas comadrejas.

»Acorralé a uno de ellos en el juzgado un día que fui a declarar para otra cosa. Le pregunté que por qué demonios lo habían dejado escapar. ¿Sabe lo que me dijo? Que había sido un altercado doméstico que se les había ido de las manos. Un puñetero altercado doméstico. Violan a un niño, ese monstruo intenta clavarle un cuchillo entre las costillas para que no vaya a contárselo a nadie y la fiscalía decide que no ha pasado nada. Cabrones.

Inspira hondo.

—Hostia, aquí parece que le han metido un tiro a ese capullo. Que se joda. Ojalá pudiera darle las gracias al que se lo ha cargado.

—Lo acaba de hacer —digo.

—¿En serio?

—Sí.

—Pues genial. Que la gente diga lo que quiera, pero le acaba de hacer un favor a la humanidad. ¿Le puedo ayudar en algo?

—La verdad es que sí. Oyo mató a muchos niños después de que lo soltaran. Aunque no creo que los que lo liberaron esperaran que fuese a dedicarse a eso, no parece que le hayan dado mucha importancia.

—¡Y que lo diga!

—Necesito el nombre de uno de los federales. ¿Recuerda alguno?

—Uf, hace mucho de eso. Como le digo, esos tíos eran del Departamento de Estado, pero no tengo claro que supieran quién coño era ese tío. Eran agentes de prensa.

—Seguramente, pero el sospechoso tuvo que hablar con alguien para que lo soltaran.

—Sí, sí. ¿Le importa que lo llame luego? Igual averiguo algo.

Espero sentado al lado del teléfono. Media hora después, llama.

—A ver, esto es lo único que he podido conseguir. Tenemos un registro de llamadas entrantes y salientes. Aunque no podemos escuchar las conversaciones, sí que es legal que hagamos un seguimiento de a quién llaman los detenidos. Uno de nuestros inspectores tiene una base de datos que empezó a componer un par de años antes de aquello. No figura el nombre de quien llamó, pero yo sé cuándo dejaron a ese capullo hacer su llamada y el número es este...

Me lo canta.

Lo tecleo en un motor de búsqueda.

Compruebo el número dos veces para asegurarme de que no he cometido un error. Me esperaba alguna línea de la CIA o del Departamento de Estado, pero esto es otra cosa... esto es una prueba irrefutable.

—¿Lo ha buscado? —le pregunto.

—Sí. Justo antes de llamarlo. ¿A que es genial? Y es línea directa.

—¡Madre mía! —contesto.

—Buena suerte —me dice.

Me va a hacer falta.

Capítulo 67

Servicio de habitaciones

Me recuesto en la cama del hotel, vestido, miro el reloj y decido que me da tiempo a llamar a Jillian.

—¡Vaya, el esquivo doctor Theo Cray! —dice cuando contesta.

—Sigo siendo esquivo, pero antes de que te cuente en qué he estado metido, dime cómo te ha ido el día…

—Ja. Muy bien. Por lo que he visto en las noticias, ya te adelanto que no ha sido tan emocionante como el tuyo. A Carol y a Dennis les han hecho una oferta por el restaurante.

Carol y Dennis son los padres de su difunto marido. Jillian se hizo cargo de su restaurante de Montana después de servir en el ejército. Cuando yo la conocí, vi claro que aquello no le iba mucho y que estaba deseando pasar página, pero quería demasiado a sus suegros para decírselo.

—¿La van a aceptar?

Lo digo por egoísmo.

—Creo que sí. Carol y yo ya hemos vendido muchas empanadas y creo que la ayudará a montar un negocio propio.

—Ah… eso está genial —digo.

—Sí…

«Suéltalo, Theo, suéltalo.»

—¿Sabes…? En Texas no hay muchos sitios donde vendan empanadas…

—Ah, ¿sí?

—Igual podríais veniros y dejarme que os ayude a probar recetas…

—Me lo pensaré —dice, cariñosa.

—Por favor. Solo hay un inconveniente…

—¿Otro asesino en serie?

—Eh… No. No exactamente. Puede que pase el resto de mi vida en una prisión federal, o algo peor.

—¿Peor? —pregunta.

—He cabreado mucho a alguien. Le he tocado mucho las narices y quizá sí, pero quizá no, quiera que me encierren en una cárcel experimental en medio de la nada.

—Joder, Theo. Cuéntame lo que tenga que saber. Jamás les permitiré que hagan algo así.

No hay nada más tierno para un hombre que ver que la mujer a la que ama está dispuesta a colarse en las filas enemigas para rescatarlo.

—No te pongas en plan soldado de élite. Estoy pensando una solución. Un pajarito me ha dicho que puede que me citen para declarar en un tribunal secreto del servicio de inteligencia donde lo que hacen en realidad es poner todo en secreto de sumario y meterte en prisión preventiva.

—¿Y qué puedes hacer?

Oigo que entra una llave en la cerradura.

—Tengo que colgar. Por si no vuelves a saber de mí… ¡Te quiero! —le espeto antes de que pueda reaccionar.

Me guardo el móvil en el bolsillo cuando un hombre mayor, pelirrojo y con entradas, entra en la habitación. Sudando todavía la ropa del gimnasio, se queda mirando la llave y luego me mira a mí, confundido.

—Creo que esta es mi habitación —dice por fin.

—¿Cuándo supo lo de Oyo?

El hombre, el senador Hank Therot, jefe de un comité de contrainteligencia de la Cámara y capaz de dar luz verde a presupuestos de operaciones especiales de cientos de millones de dólares con un garabato, me lanza una mirada asesina. Entonces cae en la cuenta.

—Usted es ese profesor gilipollas. Puede darse por muerto. Voy a hacer que lo entierren en un agujero y lo hagan desaparecer después.

—¿Cuándo supo lo de Oyo? —repito—. ¿Cuándo se enteró de quién era en realidad?

Tengo la absoluta certeza de que, cuando Oyo secuestró al niño de Baltimore, Therot sabía perfectamente quién era y le dio igual. De hecho, tengo pruebas de que el senador, que presionó personalmente para que a Oyo lo hicieran informador, hizo todo lo posible por protegerlo, porque, de haberlo delatado, habría perjudicado a su propia reputación.

Therot mira por la habitación con recelo, en busca de una cámara o algún dispositivo de grabación.

—No sé de qué coño me está hablando —dice, luego se vuelve hacia la puerta.

Me lo suponía. Ni loco reconocerá su relación con el asesino, pero no importa. Las personas que lo mantuvieron en el poder, los destinatarios de esos fondos (expolíticos convertidos en contratistas y en miembros de grupos de presión) sabían que era una carga.

He hecho un trato del que no me siento orgulloso. Yo le doy a Cavenaugh su laboratorio criminalístico para terroristas y a cambio consigo a Therot. Es un pacto con el diablo. Trato de racionalizarlo y me digo que eso es lo que todo el mundo piensa antes de caer en picado y empezar a tirar de expresiones como «daños colaterales» para pegar ojo por las noches.

Therot se desploma antes de llegar siquiera a la puerta.

He impregnado el pomo por fuera con un veneno de contacto que, en pequeñas dosis, te deja fuera de combate. Al senador Therot, que tenía los poros muy abiertos de hacer ejercicio en el gimnasio del hotel, le ha afectado más.

Mientras duerme, saco un frasquito de desinfectante y rocío todas las superficies para no dejar rastro.

Cuando llaman a la puerta, como esperaba, ya he terminado. Con los guantes de látex puestos, la abro y limpio el pomo por fuera mientras dos hombres esperan junto a una silla de ruedas.

Les hago un gesto de confirmación, sientan el cuerpo inconsciente de Therot en la silla y lo atan con las correas, erguido. Luego se dirigen al montacargas mientras yo voy hacia las escaleras. Cuando me vuelvo a echar un vistazo, veo que William Bostrom me mira mientras Mathis y él suben al montacargas empujando la silla en la que llevan al senador.

Intercambiamos unas cabezadas de complicidad, conscientes de que con esto no pondremos fin a tanto sufrimiento, matando monstruos no se consigue. Solo es algo que hay que hacer cuando se sabe que lo son.

Cuando llego al coche de alquiler que tengo aparcado a tres manzanas de distancia, veo una figura conocida apoyada en él, bebiéndose un café en un vaso de cartón.

—A ver si lo adivino... ¿Ha venido a atar cabos? —le digo a Bill «Guerra Fría», solo medio en broma, mientras sostengo con la mano izquierda un pequeño recipiente cilíndrico y me llevo la derecha al costado, preparado para desenfundar la pistola que llevo a la espalda, metida en el cinturón.

Pone los ojos en blanco y gruñe.

—Esto no se hace así. Es más fácil y más limpio comprar a la gente, creo que eso es lo que hicimos nosotros. —No sé bien si me lo reprocha a mí o a toda la humanidad—. He venido a asegurarme de que no se jode nada. ¿Confía en su gente?

—En absoluto —respondo—, pero si en su egoísmo.

—Buena respuesta. Una pregunta más, solo por curiosidad: ¿por qué?

Miro hacia el hotel.

—Me pareció la forma más eficaz de eliminar el vector que hizo posible la existencia de Oyo.

Bill se frota la barbilla y asiente.

—Muy bien, profesor. Entonces, ¿para usted todo es biología?

—Y matemáticas. No se olvide de las matemáticas.

—¡Madre mía! —murmura Bill—. Creo que me da más miedo que Oyo.

—Solo llevo las cosas a su conclusión lógica.

—Eso es lo que me asusta. ¿Cuánto tardará en decidir que el problema es la humanidad e inventará alguna bacteria asesina con la que borrarnos a todos del mapa?

—Una bacteria sería una forma ineficaz de abordar ese objetivo. Sin embargo, un prión de diseño… —añado, mirando el pequeño cilindro que llevo en la mano.

Me mira la mano y me escudriña un buen rato, intentando decidir si bromeo.

—Joder, ya no sé a quién debería preocuparle más ese trato que ha hecho, si a usted o a ellos.

Y eso es precisamente lo que quiero que piensen.

Bill «Guerra Fría» tira a una papelera el café sin terminar y se aleja despacio, probablemente buscando el modo de advertir a sus superiores de que el profesor Cray podría ser en realidad un genocida desquiciado que trama el apocalipsis.

Guardo el cilindro en el bolsillo, subo al coche y enfilo la autopista sin preocuparme de Therot, de Bill ni de sus jefes.

Tengo un laboratorio que montar.